KB266665

혼자라는 즐거움

生·이·준·가·장·소·중·한·선·물··고·독

혼자라는 즐거움

라이오넬 피셔 지음   이혜경 옮김

대원사

차례

새로운 삶, 새로운 희망을 :
2000년 4월 8일에 태어난 소피를 위하여

서문

글은 홀로 쓰지만 고립된 상태로 쓰지는 않는다.
이야기의 줄거리가 제아무리 환상적이라 하더라도
글이란 우리에게 일어나는 일과 우리가 살고 있는
세상에 대한 반응으로 만들어진다.
－매들린 랭글(Madeleine L'Engle)

이 책은 사람들의 이야기이다. 이 책에 등장하는 사람들은 실제 인물이며 그들이 들려주는 삶도 진실이다.

그들의 진실이 당신의 진실이 아닐 수도 있고 그들의 선택이 당신이 꺼리는 것일 수도 있으며 그들이 갔던 길이 당신의 길과는 먼 것일지도 모른다. 하지만 그들의 진실과 그들이 걸어간 길들 중에는 당신의 것이 될 수 있는 것들도 있을 것이다.

자신의 이야기를 들려준 이 용기 있는 사람들은 자신들의 투쟁과 가슴앓이, 실패와 성공에 관해 털어놓았다. 다른 사람의 판단을 받기 위해서가 아니라 자신을 위해서 그리고 자신의 정당성을 입증하기 위해서다. 자신에 대한 경이로운 발견을 기념하고, 확인하고, 이해하기 위해서다.

그런 이유로 이 책에는 그리스 비극에 등장하는 코러스처럼 되는 일과 안 되는 것을 가려 주고, 이것이 정상이며 저것이 옳다고 단정을 내리는 전문가들의 조언은 찾아볼 수 없다.

그들의 갈망과 고통, 승리와 구원 가운데 당신 안의 무언가를 건드리고 당신 자신의 대답과 자신의 길, 자기 성취를 찾도록 도와주는 것이 있다면 그것들을 공유할 충분한 이유가 될 것이다.

들어가는 글

Solitaire(고독): 보석 한 개.
특히 다이아몬드가 하나만 박혀 있는 것.

그것은 죽음을 제외하고 우리를 가장 두렵게 한다.
홀로 있는 것.

홀로 있는 것에 대한 공포는 너무나 뿌리 깊은 것이어서 홀로 있는 것과 다른 사람과 함께 있는 것 중에서 선택하라고 하면 우리는 안전하게 복수를 선택한다. 고통스럽거나 지루하고 구제불능인 사람과 함께 있는 것을 감수하더라도. 하지만 이제 혼자인 사람들이 그 어느 때보다 많다. 죽음이나 이별 등으로 홀로 남게 되는 사람들이 많은 한편 혼자를 선택하는 인구도 엄청날 뿐 아니라 증가 추세에 있다.

1955년 미국의 열 가구 중 한 가구가 일 인 가구였다. 1999년에 와서는 그 비율이 3대 1로 늘었다. 전국의 1억 1,050만 가구 중에서 독신 남녀로 구성된 가구가 3,890만에 달했고 그 중 65세 미만이 60퍼센트, 그 중에서 여성이 약 60퍼센트를 차지했다.

미국 인구통계청에 따르면 21세기로 접어들면서 25세 이상 인구

가운데 여성은 약 1,430만 명, 남성은 2,460만 명이 혼자 산다. 1999년, 18세 미만의 아이를 가진 한부모가족의 수가 전국 7,090만 가족 중에서 27.3퍼센트를 차지했고 그 중 210만은 아버지와 자녀로 구성된 가족이었으며 980만이 어머니와 자녀 가족이었다. 어머니의 42퍼센트는 결혼 경험이 전혀 없었다.

한편 이혼하는 미국인들의 수가 늘어나고 있다. 인구통계청의 보고에 따르면 1970년의 430만 명과 비교할 때 1996년에는 도합 1,830만 명에 달했다. 30년이 채 안 되는 사이에 이혼한 남녀의 수가 네 배 이상 늘어난 것이다.

또 결혼을 하지 않은 미국인들의 수도 증가했다. 30년 사이에 독신 성인 남녀의 수가 두 배 이상 늘어 1970년에 2,140만이었던 것이 1996년에는 4,490만 명이 되었다. "미국 역사상 독신 생활이 지배적인 생활양식이었던 적은 한 번도 없었습니다." 인구 동향 분석가인 세릴 러셀의 말이다. 그는 2005년까지 독신가정이 미국에서 가장 보편적인 가족 형태로 자리매김할 것이라고 예측한다.

그럼에도 불구하고 우리는 홀로 있는 것이 삶이 주는 가장 가혹한 형벌이라는 편견을 고집하며 언제, 어디서, 어떤 이유로든 홀로 있는 것을 혐오해 왔다. 너무나 오랫동안.

어릴 적부터 우리는 홀로 있으면 본능적으로 함께 할 사람을 갈구한다. 혼자인 사람을 자신과 함께 있는 것에 만족하는 사람으로 여기기보다는 다른 사람과 합류하기를 갈망하는 아웃사이더라는 사실을 인정하도록 키워졌다. 혼자서는 삶의 풍부한 잠재력을 거부하고 인생에서 남아 있는 약속들을 허비함으로써 인생을 탕진한다. 우리는 공유하지 않는 경험은 가치가 거의 없으며, 혼자 바라보는 석양은 장관일 수 없고, 고립되어 보내는 시간은 무의미하고 공허하다는 사실을 받아들인다.

우리는 혼자라는 것은 아무 것도 아니라는 사실을 믿고, 홀로 있음으로 해서 우리가 얻을 수 있는 자아의 발견과 개인적 성장을 위한 기회를 단호히 배제하면서 그렇게 나이 들어간다. 심지어 홀로 있는 것을 좋아하는 사람들을 위한 단어까지 만들어 냈다. 반사회적 인간! 마치 그들이 사회의 적이라도 되는 것 같다. 혼자서 여행하는 자들에게 경계의 눈초리를 보내는, 둘 이상으로 움직이는 이 세상에서 그들은 친구 하나 없는 요주의 인물로 여겨진다.

사람을 필요로 하는 사람들에게 그렇지 않은 사람들은 위협적인 존재다. 우리는 타인 안에서 완성된다는 사실을 단언하는 사회에서 혼자서 만족을 추구한다는 개념은 이단이다. 우리는 위안과 안락함, 안전을 얻기 위해 서로에게 매달린다. 혼자서는 아무것도 아니므로—무의미하고 미완성이며 길 잃은 존재다—비극적인 고독은 미룰 수 있는 데까지 미루었다가 최소한만을 받아들인다. 홀로 있음은 신이 주신 가장 소중한 삶의 선물을 거부하는 것이기 때문이다.

아이러니하게도 우리들 대부분은 견딜 수 있는 수준 이상으로 친밀감과 동료 의식을 갈구한다. 우리 자신과 배우자 또는 파트너에게 신체적, 정서적으로 충분히 숨쉴 수 있는 공간을 허용하기를 꺼린다. 그리고는 질식할 것 같은 관계로 인해 신음한다.

내가 이런 사실들을 지적하는 것은 모든 친밀한 관계를 버리라는 이야기가 아니다. 의학 조사에 따르면 혼자 살지만 친척이나 친구들과 빈번히 접촉하는 노인들의 신체적, 정서적 복지 상태가 '우수한' 것으로 나타났다. 젊었을 때는 하루에 사과 한 개를 먹으면 병원에 갈 필요가 없었듯이 노년에는 활발한 사회 활동이 같은 목적으로 이용될 수 있다는 말이다.

하지만 친구를 사귀면도 우리 자신을 제대로 즐길 필요가 있다. "천국에는 가 보았지만 내 자신에게는 가 본 적이 없어요……"라는 옛 노랫말도 있지 않은가.

앤 모로 린드버그(Anne Morrow Lindbergh)는 영감을 주는 자신의 저서 『바다의 선물(Gift from the Sea)』에서 이렇게 강조한다. "우리는 홀로 있는 법을 다시 배워야 한다. 우리는 꿈의 꽃을 피우는 고독을 심는 대신 듣지도 않는 끊임없는 음악과 수다, 동반자들로 공간을 빈 틈없이 채운다. 단순히 진공 상태를 메우기 위해서."

아그네스 드 밀(Agnes de Mille)은 "우리는 침묵을 견디지 못한다. 침묵은 사유를 포함하고 사유를 하게 되면 자신을 직면해야 하기 때문이다."라고 말했다.

그러면 주변의 사람들로 인한 압박 아래서 우리가 찾거나 유지할 수 없었던 것들—마음의 평화, 부드러운 마음, 고요한 영혼, 일상적인 기쁨 등—을 추구하는 사람들로부터 배워 보는 건 어떨까? 홀로 나는 기술을 터득한 사람들은 인간적 잠재력의 최고 경지까지 솟아오를 수 있다.

다른 사람을 알고 사랑하며 그들에게 가치 있는 존재가 되는 법을 이해하려는 사람들은 먼저 자기를 알고 사랑하고 가치 있게 여겨야 한다. 이 세상 안에서 자신의 길을 찾으려는 사람들은 자기를 찾는 일부터 시작해야 한다. 토머스 머튼(Thomas Merton)은 "포기하기 전에 먼저 자기 자신이 되어야만 한다. 자기가 소유하지 않은 것을 포기할 수 있는 사람은 아무도 없기 때문이다."라고 지적했다.

삶의 도전에 직면했을 때 먼저 자신에게 눈을 돌리고 실패했을 때 그 누구도 비난하지 않는 고결한 정신을 찾은 사람들이 바로 그들이다. 침묵이 공허가 아니라 웅변이라는 사실을 알게 된 사람들. 극도의 상실감과 강렬한 슬픔을 겪을 때 허용되는 개인적인 성찰을 통해서만 성취할 수 있는 명징한 삶을 홀로 있음으로써 얻게 된다는 사실을 아는 사람들. 홀로 있는 것을 신뢰하고 자기 개성을 끌어안고 키워 나가며 자기만의 특별한 방식으로 자신을 축하하기 위해 홀로 있는 시간을 이용하는 사람들. 친한 친구들에게 기분 좋은 친구가 되어 주는 사람들.

그들은 누구일까?

삶의 소중함을 확실하게 인정하며 혼자서 잘 살아가는, 심지어 장엄하게 사는 사람들.

이 책의 전제는 시간을 초월한 단순한 것이다. 우리 자신에게만 줄 수 있는 선물, 그 누구도 가르쳐 줄 수 없는 교훈, 혼자서 성취해야 하는 승리가 있다는 사실이다.

혼자이고, 홀로 있기를 원하고 혼자이지만 외롭지 않은 것이―때때로 외로울 때가 있긴 하지만―전혀 문제가 없다는 사실을 확인시켜 줄 것이다. 고독이 주는 보상은 빼앗긴 것만큼의 가치가 있기 때문이다.

이 책은 또 혼자서 엄청난 축복을 얻은 사람들의 승리의 노래다.

영감을 주는 그들의 이야기와 희망의 메시지는 품위 있게, 심지어 영웅적으로 삶에—그들이 원했던 삶이 아닐지라도—대처했던 사람들의 힘과 용기 그리고 회복력으로 가득 차 있다. 그렇게 하지 않으면 삶 자체를 부인하는 것일 테니까. 그들은 드러나지 않은 우리 자신을 찾도록 이끈다. 그들을 따라가려면 기꺼이 우리가 가장 두려워하는 일을 해야 한다.

홀로 있는 것.

굴레를 풀고 짐을 내려놓고 볼륨을 줄여 보라. 가만히, 움직이지 말고. 그리고 들어 보라. 무엇보다 침묵을 환영해야 한다.

가슴으로 길 찾기: 신으둔족

침묵을 받아들이자.

그녀는 거의 말이 없다. 신음 소리조차 내지 않는다.

그녀는 내 침대에서 함께 잠을 잔다.

지금까지 내가 경험했던 모든 것들이

거짓이든 참이든

내 머릿속에서 다시 살아나게 될 것이다.

-메이 사턴(May Sarton)

1996년 봄, 새라 홀브룩(Sarah Holbrook)은 자신이 원했던 삶처럼 최소한만 갖춘 곳으로 옮겨갔다. 지성과 매력, 기지를 무기로 연봉 여섯 자리 수를 실현했던 44세의 사업가였던 그녀가 집과 주요 도시에 있던 잘 나가던 사업체를 팔아 치우고 워싱턴 주의 험준한 캐스케이드 산맥의 한 골짜기에 6에이커의 땅과 15평 남짓한 오두막 한 채를 샀다.

딸 둘과 아들 셋 중 가운데였던 이 여성 사업가는 말하자면 오지로 숨어들었던 것이다. 이들 영국인 부모를 둔 다섯 형제는 모두 런던의 노동자 계층이 사는 동네인 트롤럽 가에서 태어났다.

새로 산 집은 전 주인이 나무를 일부 베어 냈음에도 불구하고 단풍나무와 하늘을 찌를 듯 높이 솟은 전나무가 빽빽이 들어서 있었다. 나무를 베어 낸 자리에는 잘려 나간 뿌리와 불도저에 찢겨진 가지들이 흙더미 속에 박혀 있었다. 최근에 닥쳤던 폭풍우로 여덟 그루가 더 넘어갔지만 어차피 그것들도 베어 내야 할 것들이었다.

"엉망진창이에요." 그녀의 말투에 희미하게 탄식이 배어 있었다. "하지만 이곳을 보는 순간 너무 마음에 들었어요."

그녀는 두 번의 이혼 경력과 독립해서 동부에서 살고 있는 성인이 된 아들이 있다. 그녀는 그 오두막의 대들보 위로 다락방이 하나 있다고 말한다. 겨울에 눈이 내릴 것에 대비해서 지붕을 가파르게 만들어 야트막하게 퍼져 있는 하나뿐인 방은 한 가운데에서나 허리를 펴고 설 수 있을 정도다.

그 오두막집은 토대가 없다. 콘크리트 기둥을 땅에 박아 세웠는데 그것들이 땅속으로 가라앉고 있어 토대를 놓으려면 집을 들어 올려야 한다. 부엌도 없고 물은 압력 탱크로 끌어올린 우물에서 찬물을 길어다 쓴다. 욕실도 없어 메인 주에 있는 공장에서 주문한 퇴비화 화장실을 설치했다. "하지만 전기는 있어요." 그녀가 싱긋 웃으며 말한다.

풍성한 정원과 에메랄드 빛 숲으로 둘러싸인, 밝은 색 덧창으로 장식한 아담한 오두막집. 실내는 하얀 레이스와 꽃무늬 천으로 꾸며졌다. 대대적인 공사 끝에 홀브룩이 그리던 오두막집의 모습이다.

"제가 이 집을 돌보면 이 집도 저를 돌봐 주겠죠." 그녀는 나지막한 소리로 다짐하듯 말한다.

나는 어쩔 수 없이 친구나 가족들로부터 수없이 들었을 법한 질문을 한다. "왜?" 인생의 절정에서 왜 이 외딴 곳으로 왔는가? 그것도 혼자서.

홀브룩은 그 전에도 수없이 대답했을 이유일 테지만 정확한 단어를 고르느라 잠시 침묵했다. 남들보다는 자신에게 확신을 주려는 것 같았다. 결국 그녀는 입을 열었다.

"내 꿈은 존엄성과 평화 안에서 사는 거예요. 자연을 존중하고 내 안에 있는 창의력을 탐구하기 위해서죠. 여기서 내가 실수를 저지를 수도 있어요. 하지만 개의치 않을 거예요. 내 실수니까요. 그리고 그런 실수들을 통해서 배우지 않겠어요?"

또다시 침묵이 흘렀다. 그리고 나서 그녀는 "여기서의 일도 겁나지 않아요. 상당히 어렵겠지만 해낼 수 있어요."라고 덧붙인다.

도와줄 사람은 구할 생각인가? 대답은 간략했다. "누군가 다른 사람이 이곳을 인수하겠죠."

내가 그녀의 말뜻을 확실히 이해했는데도 홀브룩은 자신의 입장을 분명히 밝힌다. "여기다 내가 무엇을 짓든 그것은 더 이상 내 것이 아닐 거예요."

그녀는 어깨를 으쓱하더니 얼굴을 찌푸리면서 흰머리가 더 많은 머리카락을 손가락으로 훑어 내렸다. 다시 말을 시작했을 때는 목소리가 좀 더 부드러워지고 엷은 갈색을 띤 두 눈은 온화했다.

"인생의 대부분을 다른 사람들의 평가와 인정을 얻으려고 발버둥치며 보냈어요. 어머니가 시작이었죠. 이제 이곳은 내 것이에요. 이곳과 여기서의 생활 그건 완전히 제 소유죠. 어떤 남자도 제 인생을 구해 줄 수 없고 나 자신의 미래는 내가 보장해야 한다는 사실을 깨닫게 되었거든요. 내 대신 그 일을 해 줄 사람은 아무도 없어요. 자급자족을 해야 하고 내 자신 외에는 아무도 의지할 수 없다는 사실을 깨달은 거죠. 그 깨달음을 위해 이만큼 좋은 방법도 없어요."

"저는 계절과 조화를 이루며 살아갈 거예요. 친환경적으로 에너지를 절약하고 낭비하거나 오염시키지 않으려고 노력할 거예요. 단순하게 살면서 물건을 적게 소유하고 내가 좋아하는 일들을 할 거예요. 바느질과 정원 가꾸기 등. 뭔가를 배우고 만들며 조용히 살아가려고 해요. 그러면 언젠가는 평정의 경지에까지 이를 수도 있겠죠."

그녀는 다시 침묵하다가 말을 이었다. "여기서는 젊거나 아름다워야 한다는 생각 없이 늙어갈 수 있을 거예요."

그럼 육체적 관계는? 이 질문에 그녀는 킬킬 웃었다. "물론 그립죠. 바로 이 사람이다 싶은 남자를 만날 수 있는 날이 올지 아직도 의문이에요. 가끔은 다시는 낭만적인 사랑을 할 수 없을 거라는 생각에 슬퍼지기도 해요. 하지만 정말 희망이 없어요."

홀브룩은 웃음을 터뜨렸다. "짝을 찾는 능력이 별로 없으니까 그럴 수밖에 없어요. 예전에 약물 중독에다 허풍이 심한 남자들을 선택했던 적이 있어요. 그리고 나한테 이래라저래라 하는 사람들과는 항상 문제가 있었어요."

그녀는 다시 웃으며 말한다. "물론 섹스가 그립죠. 1960년대에 자란 저는 섹스에 개방적이었어요. 그리고 상당히 섹스를 밝혀요. 늘 그랬어요. 폐경기가 가까운 지금 섹스의 절정기는 지나간 것 같아요."

그래도 괜찮은가? "물론이죠." 그녀는 딱 잘라 말한다. "지금 당장 우선순위에 들어 있는 것들을 처리하는 데 문제가 없냐는 뜻이라면 말이죠."

외로움이 두렵진 않은가? "처음엔 그랬죠. 하지만 일단 혼자 있기를 받아들이고, 그것을 마주하고, 두려워하는 것을 멈추면 멋진 비밀을 한 가지 배운 것 같은 느낌이 들어요. 그러면 그것이 나를 해치지 않는다는 사실을 알게 되고 소중해져요."

에드 소렌슨(Ed Sorenson)은 새라 홀브룩과는 달리 자기가 혼자이고 싶어 한다는 사실을 늘 알고 있었다. 열일곱 살 때 집을 떠난 이후로 그는 도시의 은둔처에서 살아왔다. 소렌슨은 런던(Jack London: 미국의 작가, 1876~1916년 — 역주)과 콘래드(Joseph Conrad), 헬러(Joseph Heller)의 작품들을 파스칼(Pascal)이나 실러(Friedrich von Schiller), 카뮈(Albert Camus)를 인용하듯 인용하는 40세의 매력적인 지식인으로 집과 직장에서 자신의 고독을 지켜 주는 삶을 구축해 왔다.

그는 심리학 학사와 경제학 석사학위까지 가지고 있지만 대도시의 사무실 빌딩에서 야간 근무조 경비로 일한다. 14년 전에 선택했던 직업이다. "도시에는 홀로 일할 수 있는 직업이 많지 않지요."라는 게 그의 설명이다.

소렌슨에게는 직장을 구하는 데 두 가지 전제 조건이 있다. 첫째 사람들과 상대하지 않는 일. 둘째 근무 시간에 읽고 잠자고 '공상'에 빠질 수 있어야 한다. 부지런한 직원인 그는 주간 근무조로 옮기는 것뿐 아니라 경비부장으로 승진할 기회도 있었지만 모두 거절했다. 그는 현재의 상황에 완벽하게 만족한다고 말한다.

몇 년 전 관리직을 수락했던 적이 한 번 있었다. 그는 "그 일은 사람들과 제 자신에 관해 많은 것을 가르쳐 주었습니다. 더 이상의 승진을 거절하고 전일제 근무를 그만두기에 충분할 만큼이었죠."라고 털어놓는다.

그는 직장에서 일하면서 읽고 쓰고 생각하고 작곡하고 댄스 스텝을 연습할 수 있으며(그의 춤 솜씨는 수준급이다.) 심지어 큰소리로 노래까지 할 수 있다고 한다. "근무 시간은 완전히 저하기 나름입니다. 무엇보다 좋은 점은 그 누구의 방해도 받지 않는다는 거죠. 주류에서 벗어난 삶을 산다고 해서 잃는 게 많다고는 생각하지 않습니다."

그는 집에서도 그 정도로 열심히 혼자를 지킨다. 공식적이거나 사적인 행사에서 고전과 재즈 피아노 연주도 하는 그의 최우선 순위는 음악이다. 그는 서부의 한 대도시의 지하 아파트를 임대해서 살면서 하루에 세 시간 이상 피아노 연습을 한다. 그의 두 번째 열정은 평생 지속되는 취미 생활인 지칠 줄 모르는 독서다.

그는 자전거로 출퇴근 하고 머리도 직접 자른다. "내가 직접 할 수 있는 일을 뭐 하러 다른 사람의 손을 빌립니까?"

자동응답기도 한 친구가 연락을 취하려는 사람에게 예의가 아니라고 설득하는 바람에 구입했다. 집에 있으면서도 전화를 받는 일이 드물기 때문이다. 하지만 키가 크고 호리호리한 이 야외 활동 마니아는 자동차를 소유하는 문제에는 단호하다. 그는 자신의 또 다른 열정에—미 서북부의 숲과 강을 탐사하는 것—빠지겠다고 작정하면 언제든 배낭과 공기주입식 카약을 둘러매고 버스를 타는 것에 만족한다. 그것도 혼자서.

"저는 혼자서 할 수 있는 일을 가장 즐깁니다."라고 그는 담담하게 말한다. "더구나 자연 안에서만은 그 누구와도 함께 있고 싶지 않아요."

소렌슨은 자기가 홀로 있는 것에 매력을 느끼는 이유를 불행했던 어린 시절에서 찾는다. "저는 가족을 좋아하지 않았어요."라고 솔직하게 밝힌다. "가족들에게 따뜻한 대우를 못 받았어요. 지금은 나아졌지만 어려서는 안전하다거나 사랑받고 있다는 느낌을 받지 못했죠. 그래서 책을 읽거나 숲을 탐험하고 피아노를 치면서 홀로 있는 시간을 더 좋아했던 것 같아요."

타인에 대한 그의 불신은 학교에서의 경험에 의해 더욱 고조되었다고 덧붙인다. 결과는 뻔했다. "혼자였을 때만 진정으로 편안함을 느낄 수 있었습니다." 그것은 그가 혼자서 휴가를 가는 이유이기도 하다. 최근에는 벨리즈에서 스노클링을 하고 마야 유적지에서 트레킹을 하면서 3주를 보내고 왔다. 친구 두 명이 같이 가자고 했지만 거절했다고 한다.

"저는 여행을 할 때 어딜 가고 무엇을 할지 타협하는 것을 좋아하지 않아요. 배려해야 할 사람이 아무도 없어야 내 자신에게 완전히 빠질 수 있거든요."

너무 이기적인 것 아닌가? 그는 내가 무슨 농담이라도 한 듯 소리내어 웃었다. "그래요. 그런 것 같군요. 하지만 저는 '자기 탐닉'이라는 단어를 쓰고 싶어요. 사전에 찾아보세요. 자기 자신의 즐거움과 기분, 욕망에 아무런 제한이나 타협 없이 굴복하는 것을 의미합니다. 그게 뭐가 잘못된 건지 모르겠는데요."

처음 가 보는 곳이나 재미있는 곳에 가면 그에게 시간은 훨씬 더 소중해진다. "매 순간이 알차고 하루하루가 오랫동안 지속되죠. 시간이 마치 손에 잡힐 듯 느리게 지나갑니다. 묘한 기분이 들어요." 그런 기분은 자신을 즐겁게 해 주는 것이면 무엇이든 너무나 강렬하게 집중한 결과이기도 하다. 문자 그대로 매 시간 매 순간까지 즐거움이 연장되는 데서 오는 것이다.

"말을 하면 감각이 방해를 받아요. 대화가 무의미하게 흐르면 뭔가 박탈당한 느낌이 들죠. 고독은 우리의 인지적 기능을 차단하고 현재 경험하고 있는 것을 느낄 수 있게 해 줍니다. 감각적인 경험을 위해서 타인은 불필요한 요소예요. 사실 해로운 존재라고 할 수 있죠."

그럼 섹스는? 그는 다시 웃음을 터뜨렸다. "그게 뭐죠?"

사실 그는 주어진 것 이상의 섹스를 할 수도 있었지만 그 대가를 치를 생각이 없었다. 나는 "그 대가가 뭐죠?"라고 물었다. "대부분의 사람들이 원하는 거 있잖아요. 파트너가 원하는 만큼의 시간과 관심, 에너지와 정서가 우선이 되는 거 말이에요. 그것은 제가 좋아하는 삶과 양립할 수 없습니다. 그 순간 내게 가장 중요한 것—그것이 음악이든 독서든 다른 취미든—에 최대한의 시간을 바치는 삶 말입니다."

순수하게 육체적인 관계만 갖는 것은 어떤가? 그는 "그런 건 없죠."라고 반박한다. "그것은 유니콘을 찾는 것과 같아요. 매혹적이긴 하지만 별로 있을 법하지 않은 일이죠." 그는 자신이 설명한 개념에 만족스러워하는 빛이 역력했다.

"공짜 섹스란 없어요." 그가 다시 한 번 강조했다. "남자나 여자나 마찬가지죠. 대부분 서로 밀고 당기는 게임을 하게 되고 어떤 식으로

든 서로에게 항상 대가를 지불해야 해요. 게임이나 거짓말이 없는 섹스는 없거든요. 우리는 누구나 소중히 간직되고 안전하며 중요하다는 느낌을 받고 싶어 하잖아요."라고 그는 결론을 내렸다.

"남자들은 일에서, 여자들은 관계에서 그런 느낌을 찾는 경향이 있지요. 하지만 낭만적 관계는 해답이 아닙니다. 그런 관계들은 안전하다든가 가치 있다든가 하는, 우리가 원하는 만큼 중요하다는 느낌을 주지 않아요. 그리고 그리 오래 가지도 않고요. 행복해지는 길은 자기 안에서 흔들림 없는 가치를 발전시켜 나가는 겁니다."

"그러면 자신의 안전이나 만족을 위해 다른 사람에게 의존할 필요가 없죠. 자기 손으로 찾아낸 것은 그 누구도 앗아 갈 수 없어요. 자신만이 할 수 있는 거죠."

우리가 처음 만나 대화를 나눈 지 4년 후 나는 소렌슨에게 전화를 걸어 삶에 어떤 변화가 있었는지 물었다. 그의 대답은 이랬다. "사랑을 느꼈던 여자가 둘이 있었어요."

"그 결과 제 안에 아버지와 남편으로서 느끼는 기쁨을 갈망하는 부분이 있었다는 사실을 깨닫게 되었어요. 젊었을 때는 직관적으로 제가 그런 면에는 적합하지 않다고 인식하고 그런 갈망들을 부인하고 억눌렀나 봐요. 그러다 거부를 당하자—전혀 있을 수 없는 일은 아니죠—신가할 정도로 우울해졌고 제가 선택한 삶에 대한 욕구와 성향을 재평가하게 되었어요."

"저는 직장에서 주류가 되고 성공적인 남편, 아버지가 되는 데 필요한 수준의 인간 관계에 적응할 수 없다는 사실에 직면해야 했습니다. 이미 너무 늦은데다 우리들 각자는 자신을 위해 만든 세계에 살아야 하며, 성향은 내 운명이고 그 안에서 최선을 찾아야 한다는 사실 말입니다."

"제게는 그게 홀로 사는 것을 의미합니다. 평생 그렇게 살아왔으 니까요."

대부분의 미국인들은 동의하지 않을 것이다. 이해하지도 못할 뿐 더러 동정도 느끼지 않을 것이 분명하다.

사람들은 훌륭한 사업가로서 어렵게 이룩한 물질적 성공과 사회 적 지위라는 아메리칸 드림을 내팽개치고 적막한 오두막에 숨어 버린 홀브룩을 이해 못한다며 고개를 내저을 것이다. 무엇 때문에 그런 짓 을? 칩거와 고립, 외로움을 위해서라니!

소렌슨은 자신의 꿈을 한 번도 추구해 보지도 않고 소외와 불만, 실패의 구렁텅이로 자신을 몰아넣었다고 비난할 것이다.

그들을 신은둔족이라고 부르자.

점점 더 많은 수의 사람들이 사회의 일원이 되기를 거부하고 자기 주변에서 울려 퍼지는 삶의 행진곡에 고의적으로 발을 맞추지 않는 다. 그들은 또 일부러 정해진 길로 가지 않는다.

신은둔족은 옛날 사막의 교부(덧없는 세상을 뒤로 하고 사막과 광 야를 찾아 은둔, 수도 생활을 했던 사람들. 이런 사막의 교부들로부터 관상기도의 전통이 시작되었다 — 역주) — 그들은 당대의 반항아들이 었다 — 처럼 자신의 운명을 찾아 나름대로의 길을 가기 위해 사회적 기반을 버린 사람들이다.

베네딕타 워드(Benedicta Ward)의 말을 빌리면 사막의 교부들은 일찍이 세상의 규범을 파괴한 사람들이다. "은자라는 이름 자체가 공공의 의무를 완수하지 못한 사람, 규범을 파괴한 사람이라는 것을 의미한다."

신은둔족은 자아실현이라는 강렬한 욕구에 의해 자신이 만든 사막으로 과감히 모험을 떠나는 각계각층의 현대인들로 남녀노소를 가리지 않는다.

아메리칸 드림을 추구해 오는 동안 그들은 이전의 어느 세대보다 완벽한 부모, 완벽한 직장 동료, 완벽한 이웃, 완벽한 친구에 가까워졌다. 그 중 일부는 부와 지위, 그리고 그 과정에서 명예까지 얻었지만 결국은 그게 전부가 아니라는 사실을 알게 되었다. 자신이 누구였는지 그리고 평범한 것의 소중함을 잊어버렸기 때문이다.

전통적인 지혜에 대한 믿음을 지켜 오면서 무언가 부족하다는 사실을 깨닫게 된 그들은 실질적인 보수와 성공의 형태에 더 이상 구애받지 않고 자신들의 삶 속에서 진정한 의미와 열정을 되찾고자 한다. 영혼을 갉아먹는 일상적인 요구에서 벗어나 홀로 있는 시간은 진정한 자아와 존재의 이유를 이해하고 신과 자신 그리고 이 세상에서 자기 존재의 타당성을 이해하는 데 없어서는 안 될 요소가 되었다.

이런 신은둔족은 어디서든 찾을 수 있다. 록 스타들은 내면을 찾아가는 여행을 하지 않을 거라고 생각하기 쉽다. 하지만 존 프루시안테(John Frusciante)는 내면 여행을 할 수 있었던 것에 감사한다. 록 그룹 레드 핫 칠리 페퍼스(Red Hot Chili Peppers)의 기타 연주자인 그는 "저의 내면 여행은 6년이 걸렸습니다. 인생에서 뭔가를 성취해야 한다는 생각에 사로잡힌 사람들은 기회조차 얻지 못하는 가치 있는 여행이었죠."라고 말한다.

캔자스에 사는 작가 로라 웩슬러(Laura Wexler)는 "나를 위해서 결정을 내려 주는 사람이 나 이외에는 아무도 없다는 사실을 처음으로 깨닫게 될 때 가장 두렵다. 나 자신에 대해 나만큼 아는 사람이 아무도 없기 때문이다."라고 말했다.

릭 센게리(Ric Cengeri)는 혼자 살겠다는 결정을 의식적으로 내린 게 언제인지, 심지어 그런 결정을 내린 적이 있는지조차 알지 못한다. 아주 어려서부터 자기가 형제자매나 동네의 다른 아이들에 비해 훨씬 독립적이었다는 사실은 알고 있었다. "자전거에 올라타고 길 닿는 대로 가다 보면 이웃 도시까지 가곤 했죠." 40세의 마이애미의 광고대행사 임원인 릭의 말이다.

"대개는 우연히 마주친 스포츠 경기를 구경하는 것으로 끝났지만 때로는 심판을 보거나 경기에 출전하라는 권유를 받은 적도 있었어요." 전직 대학 강사에 출판사의 국장, 카피 편집자에 라디오 디스크 자키까지 지냈던 그는 이렇게 털어놓는다. "하지만 참여가 목적이 아니었어요. 좁은 우물 안 개구리 같은 내 삶 밖의 세계를 관찰하는 것이 보상이자 목적이었죠. 음악과 운동, 지리, 문화, 그밖의 것들―너무나 많아요―에 대한 관심이 항상 저를 낯선 곳으로 달려가게 했어요. 다른 아이들이 야구에 빠져 있을 때 저는 한 걸음 더 나가서 크리켓이나 신티(shinty: 스코틀랜드에서 했던 하키의 일종―역주), 하이알라이(jaialai: 핸드볼 비슷한 중남미의 놀이―역주)에 관해 알고 싶어 했지요."

"반 친구들이 주청 소재지를 배우는 것에 만족하고 있는 동안 저는 스코틀랜드와 아이슬란드의 도시와 마을들에 대해 알고 싶어 했어요. 뿐만 아니라 다른 아이들이 이성과 사귀는 것을 궁극적인 목표로 삼고 있을 때 저는 그것은 세월이 흐르면 적당한 시간과 장소에서 자연스럽게 일어날 것이라는 생각에 만족했지요."

"또 독신의 길을 계속 간다고 해서 반사회적이 될 필요는 없다는 사실을 알게 되었어요. 내 자신이 내가 아는 그 누구보다 사회적인 존재에 속한다고 생각합니다. 하지만 하루 일과가 끝나면 혼자인 사람은 자신만의 공간으로 돌아가 평화로운 상태로 하루의 노고를 씻고 기운을 회복하죠. 그리고 자신을 위해 만들어 놓은 특별한 세상을 즐길 수 있다는 것도 알구요."

세상에는 두 종류의 사람들이 있다고 센게리는 믿고 있다. 외로움을 두려워하는 사람, 다시 말해 외로움을 피하기 위해 무턱대고 동반자를 만드는 사람, 혼자이기보다는 차라리 누군가—어떤 사람이든—와 함께 시간을 보내려고 하는 사람. 이런 사람들이 대다수다. 반면 현재의 자신을 편안하게 느끼고, 이해하고, 알기 위해 자신과 함께 있기를 택하는 사람들도 있다.

센게리는 오랫동안 자신은 훨씬 수가 적은 두 번째 그룹에 속해 있다는 사실을 의식하고 있었다고 한다. "그들은 홀로 있기를 즐기는 사람들이죠. 현실감을 느끼기 위해 다른 사람과 함께 있어야만 하는 사람, 고독—그것이 가져다주는 자유와 열린 마음, 사회 부적응성 등—을 음미하는 사람들 말입니다. 한쪽은 옳고 한쪽은 그른 걸까요?' 그는 수사학적 질문을 던지더니 곧 스스로 대답을 한다. "그렇지 않아요. 그럼 둘 중 하나를 선택해야 할까요? 그럴 필요도 없을지 모르죠."

"있는 그대로 행복을 느끼지 못하고 마음속 깊이 옮겨 가고 싶은 욕망이 자리잡고 있다면 이쪽저쪽 왔다 갔다 하는 법을 배울 순 없을까요? 물론 할 수 있어요. 압도적 다수가 이렇게 축복받은 혼합된 생활을 즐기고 있을 뿐 아니라 이런 부류에 들기 위해 평생 노력하기로 결심한 사람들도 많아요."

독신자들이 사회에서 소수에 속하는 이유를 알아내기는 어렵지 않다고 센게리는 지적한다. "이 세상은 독신자를 위해 설계된 곳이 아니에요. 왼손잡이들을 위해서 만들어지지 않았듯이 말입니다. 오른손잡이를 위한 세상이고 왼손잡이들은 그에 따라 적응해야 합니다. 하지만 혼자를 자신의 운명으로 받아들인다면 심지어 왼손잡이 독신이라 할지라도 당당하게 삶을 받아들이는 수밖에 없습니다."

그는 희미하게 웃으며 말을 계속했다. "삶을 두려워하지 말고 정면으로 맞서야 합니다. 자신에게 다가오는 삶을 결코 피해서는 안 돼요. 그래야 그 누구에게도 뒤지지 않을 만큼 풍요롭고 충만한 삶을 살 수 있습니다."

삶의 전부 또는 대부분을 홀로 보내야 할 가능성이 높다는 사실이—배우자도 없고 가족도 없는 상황에서—점점 명백해지면서 센게리는 두 가지 매우 중대한 결정을 내렸다.

"첫째는 단순히 홀로 있음을 피하기 위해 제가 정한 기준과 타협할 생각은 전혀 없어요. 친구들은 혼자서 늙어가지 않으려면 함께 살 사람이 있어야 하는데 단순히 혼자라는 이유로 제가 외로운 삶을 살 것이라고 믿고 있어요. 그리고 그런 현실을 직면하지 못하는 절 이해하지 못했죠. 저는 언제나 혼자였어요. 하지만 언제나 주위에 찾아갈 친구와 사랑하는 사람들이 충분히 있어요. 그런데 늙었다고 모두 나를 버릴 이유가 있겠어요? 사람들에게 평생 하나뿐인 사랑—다른 그 누구도 대신할 수 없는 단 한 사람, 당신을 위해 존재하는 사람—을 확실히 만난다는 보장이 있다면, 그 사람을 만나기 위해 필요하다면 여든여덟 살까지 기다릴 수 있습니까라고 질문을 했던 적이 있어요."

"모두 아니라고 대답하더군요. 저는 여든여덟 살의 절반을 살았어요. 그리고 아직도 필요하다면 기꺼이 그만큼 더 기다리겠다고 말합니다. 하지만 타협은 하지 않을 거예요."

그의 두 번째 결정은 단지 혼자 해야 한다는 이유로 하고 싶은 것을 포기하지는 않겠다는 것이었다.

"함께할 누군가를 찾을 때까지 기다리느라 그 모든 멋진 경험들을 놓쳐 버리고 말았다면 제 삶은 너무 빈약했을 거예요. 캐나다와 스코틀랜드로 가는 여행도 놓쳤을 것이고 감동적인 영화들도 못 보고 지나갔을 거예요. 맛있는 음식도 맛보지 못했을 테고요. 그렇다고 함께하는 경험을 폄하하려는 것은 아니에요. 그게 얼마나 가슴 뛰는 건데요." 센게리는 이 말을 덧붙이는 것을 잊지 않았다.

"결코 아니에요. 하지만 제 말은 삶이 어떤 패를 주면 그걸 전부 걸고 게임을 해야 한다는 거죠. 패를 보기도 전에 접어 버리면 승패 여부조차 알 수 없을 거 아닙니까."

그는 또 남들이 생각하기에 자기가 놓친 또 한 가지는 자식이라고 한다. "내 성을 물려받고 내가 늙었을 때 돌봐 줄 자식 말입니다. 맞는 말이죠. 제 인생에서 그 선택은 그냥 흘려보냈습니다. 하지만 대학에서 가르칠 기회가 있었던 덕분에 제자가 거의 백 명은 될 거예요. 그 아이들과 부모 자식처럼 지내고 있어요. 평생 지속될 관계라고 저는 생각합니다.”

“저는 그들이 필요로 하는 한 도움과 조언을 나눠 줄 겁니다. 돈을 받고 조언을 해 주었더라면 굉장한 부자가 되었을 거라고 늘 얘기하죠. 얘기가 나왔으니 말인데 저는 정말 부자예요. 제가 혹시 아무것도 모르는 사람들을 벼랑 끝에서 돌아 나오도록 이끌어 주는 데 결정적인 역할을 하는 ‘호밀밭의 파수꾼’ 같은 인물로 비친다면 저는 아주 고고한 직업으로 멋진 성공을 거뒀다고 생각할 겁니다.”

“나는 품위 있는 인간적 경험은 사회의 주변부에서만 가능하다는 생각이 그 어느 때보다 강하게 든다.” 한나 아렌트(Hannah Arendt: 독일 태생의 유대인 철학사상가 — 역주)의 말이다.

68세의 에밀리 패럴(Emily Farrell)은 신은둔족에 대해 우리가 나눌 대화를 이 말로 시작했다.

“그들 중에는 다른 사람들과 연결되기를 소망하는 사람이 많을 거라고 저는 확신해요.” 은퇴한 대학 강사이며 손자를 둔 할머니인 패럴의 말이다. 그녀는 15년 전 이혼한 이후로 줄곧 혼자 살았다. “그렇지만 관계를 맺는 방법을 배운 적이 없거나 관계란 게 충만하지 못하고 피상적이라는 사실을 깨닫고는 보편적인 가치를 거부하게 되었는지도 모르죠. 그래서 자신들의 내면의 목소리를 찾는 거예요. 세상의 소음을 묻어 버리거나 줄이거나 아니면 아예 꺼 버리기 위해서죠.

제 머릿속에는 의문점이 가득해요. 어디서부터 시작하면 좋을까? 신은둔족들이 관계—소속되는 것—를 갈망하게 되면 어떻게 관계를 맺을까요? 격리를 통한 방법 이외에는 부적응을 극복하는 법을 배운 적이 없다면 어떻게 하죠? 그런 격리가 단순히 이기주의의 한 형태일까요? 현대 사회는 우리를 지나치게 자극하고 있어요." 패럴은 이 말을 강조했다.

"현대 사회는 우리의 이성을 고갈시키고 감정을 지배합니다. 조용히 앉아서 우리 자신의 경험을 종합하고 적합한 것과 그렇지 않은 것, 육성해야 할 것과 거부해야 할 것을 깨닫는 데 필요한 결정적인 시간을 앗아 가죠."

"하지만 가족이나 친구, 공동체 등과 함께하는 것도 필요해요." 여기서 그녀는 한 발짝 양보했다. "같은 점을 알기 전까지는 개별성을 구별할 수 없으니까요. 그리고 모든 것을 경험할 수는 없기 때문에 다른 사람들의 경험, 성공과 실패, 그들 개개인의 방식을 통해 성장하고 이익을 취해야 합니다. 융(Carl Jung)이 말했듯이 우리는 정말 '집단 무의식'을 상속받은 사람들이거든요."

"다른 사람들이 발명한 것을 재발명할 필요는 없는 거죠. 그들이 건설하고 기록해 놓은 것들로부터 배울 수 있지요. 이런 면에서 우리는 상호 의존적입니다. 비참하게 의존적이지도 고고하게 독립적이지도 않은, 단순히 서로 의존하는 관계라는 말이에요."

"만약 인간이 태어나면서부터 원시인들처럼 생존 능력을 연마하고 실행하는 데 존재의 전부를 바쳐야 하는, 끊임없이 다시 시작해야 하는 운명이었다면 인류는 오래전에 이 지구상에서 사라졌을 거예요.

하지만 오랜 세월에 걸쳐 많은 사람들이 기본적인 생존을 위한 시간을 빼 내서 이 세상을 좀 더 나은 자아를 토로하고 영혼을 고양시키는 장소로 만들어 가는 데 이용해 왔지요. 그건 특권이라고 할 수 있어요. 꿈과 희망의 지평선을 높이고, 인간의 조건을 검토하고, 명확하게 표현하고 발전시키는 장소로 말입니다."

"이런 창의적인 영혼들의 대부분은 당연히 보통 사람들과는 인연을 끊고 자신들의 철학을 정제하기 위해 고독을 찾았던 거죠. 하지만 세상 사람들의 대부분은 사유에 대한 욕구를 외면하고 여흥을 추구하죠. 현대 사회는 대량 문화가 되었어요. 시끄럽고 산만한데다 불안하고 지나치게 빨라요. 항상 행동하길 요구하죠. 무언가를 성취하고 이룩하고 성공하고 있다고 느끼기 위해선 도움을 주고 도움을 받아야 하거든요."

"은둔을 가치 있게 여기질 않아요. 사실 멸시당하고 있는 거죠. 결과적으로 무언가 눈에 보이는 판매 가능한 제품이 나오지 않으니까요. 그것은 생산성도 없고 경제에 혜택도 주지 않아요." 패럴은 자신이 선택이 아니라 환경에 의해서 신은둔족이 되었다고 말한다."

"저는 지금 끊임없이 전통적인 지혜에 어긋나지 않을까 하는 생각을 저울질하면서 제 자신과 세상을 향해 질문을 던집니다. 이렇게 늦게 게임을 시작하다니 얼마나 가증스러운지! 자신에게 무엇이 중요한지 묻기 위해서는 지성과 의지가 필요해요. 우리는 아무 생각 없이 재촉하고 규범의 일부가 되며 단체로 달리게 되어 있거든요. 축복 받은 길을 따라가는 것이 안전하고 편안하죠. 아무 생각 없이 갈 수 있으니까요. 그러면서 우리는 남과 다르기를 추구하는 사람들과 정말 다른 사람들에게 손가락질을 할 수도 있죠. 그러면 그들은 이렇게 외치죠. '잠깐! 여기 좀 봐요! 잠깐만 내 말 좀 들어 보세요.' 하지만 대중과 떨어져 있는 사람들의 '미친 짓' 일 뿐이에요. 자신의 길을 찾으려고 애쓰고 자기 내면에서 일어나는 것과 외부 세계에서 일어나는 것 사이에서 균형을 찾으려는 사람들 말입니다." 패럴은 말을 계속한다.

"그 외부 세계와 건강한 조화를 이루지 못하고 우리 자신뿐 아니라 타인들과 평화에 이르지 못한다면, 다른 사람들이 자신의 개성에 관해 알아낸 것들을 존중하는 데 가치를 부여하고 안전을 느끼지 못한다면, 다른 종과 우리 자신을 구별하려는 우리의 탐구가 반사회적이거나 이기적이거나 아니면 정신 이상이 될 수도 있지요."

"신은둔족들은 자기 자신의 영웅이 되어야 합니다. 신중하며 행동하는 남녀가 되어야 할 뿐 아니라 본능적으로 존재 안에서 최선의 것을 모두 이상적으로 종합하기 위해 노력하는 사람이며 시인이어야 합니다. 일반적인 인간적 경험의 골짜기 안에서라면 더 좋겠지만 필요하다면 그것을 넘어서야 합니다. 저는 남은 삶을 위한 인생관을 이제 막 계발하기 시작했어요."

"아직도 '미완성' 이에요. 하지만 이것만은 믿습니다. 과거에 대해 깨어 있되 과거를 미래에 투사해서는 안 된다는 겁니다. 앞으로 좋은 일, 나쁜 일들이 지속적으로 일어날 거예요. 그게 바로 인생이니까요. 하지만 전 이제 더 이상 실패를 예상하지 않고 승리만 생각할 거예요. 우연이 아니라 제가 차지해야 할 몫으로 말입니다. 제가 노력해서 얻은 것이니까요."

　　65세의 윌리엄 캐링턴(William Carrington)은 현재의 독신 생활에 만족한다는 설명을 하기 위해 '책임감' 이라는 단어를 선택했다. "어쩌면 난생 처음 이제 더 이상 누구를 책임지지 않아도 된 것 같아요. 제가 평정을 느끼는 주된 요인이 바로 이겁니다."라고 그는 말한다.

　　청각장애자인 어머니, 아버지 밑에서 자란 캐링턴은 일찍이 의무와 의존이라는 무거운 굴레에 대해 배웠다. "어린 시절을 전부 부모님에게 '봉사' 하는 것으로 보냈습니다. 부모님의 복지를 전적으로 제 책임이라고 여겼지요. 아주 어릴 적부터 부모님께 좋은 일만 일어나게 해야 한다는 책임감을 느꼈어요. 부모님에게 '정상적인' 사람들이 누리는 권리와 특권을 모두 누릴 수 있게 해 드리고 싶었어요. 그분들께 나쁜 일이 생기면 어떤 면에서 그건 제 잘못이었어요. 나를 필요로 했던 바로 그 순간에 제가 그 자리에 없었거나 아니면 제가 수화로 전달한 '메시지' 를 그분들이 제때에 이해하지 못했거나 아니면 제가 제대로 전달하지 못해서 잘못 이해했거나 하는 것들 중 하나였으니까요."

　　"하지만 그건 언제나 제 잘못이었어요. 적어도 저는 그렇게 느꼈어요. 그 분들의 '귀' 가 되고 세상과의 연결 고리 역할을 하는 것이 자식 된 도리라고 생각했으니까요. 그래서 부모님들이 나를 필요로 하는 순간을 모두 파악해서 그분들이 결코 고통받거나 소외되지 않도록 하는 것이 제게 지워진 의무였어요. 적어도 저는 그렇게 느꼈습니다. 어린아이에게 지워진 그 엄청난 짐이 어떤 건지 아세요?" 여기서 캐링턴은 침묵했다. 그렇게 1분쯤 지난 후 그는 자기가 던진 질문에 대답했다.

"전 압니다. 제게는 어린 시절이 없었어요. 어린 시절의 기억은 부모님의 '귀' 노릇을 했던 것이 대부분이에요. 아버지가 자동차를 정비소에 가져갈 때, 어머니가 치과에 가거나 두 분이 세금을 내러 국세청에 갈 때, 어머니가 새 코르셋이나 모자를 사러 쇼핑을 갈 때—1940년대의 일이었지요—온 식구가 외식하러 나갈 때, 부모님이 은행에 갈 때, 변호사나 보험 회사 직원 또는 병원에 갈 때, 배관 수리공이 올 때나 헌 차를 팔고 새 차를 살 때, 자동차 여행을 할 때, 그때마다 저는 무엇을 하고 있든 상관없이 끌려 나가 통역을 해야 했어요."

"제가 마치 부모님과 신체적으로 붙어 있다는 느낌을 받았던 기억이 나요. 그 분들은 제가 없으면 어디도 갈 수 없었으니까요. 심리학적 견지에서 보면 그보다 훨씬 더 중요했을지도 몰라요. 저는 그분들이 안전하게 생을 마치도록 해 드리는 것이 마치 제 책임인 양 늘 부모님에 대해 너무너무 책임감을 느꼈어요. 어린아이에게 이보다 더 별난 생각이 어디 있겠습니까?"

"부모님들이 저를 부르는 방법은 밖으로 나와서 크게 손뼉을 치는 거였어요. 손뼉 소리를 들으면 저는 무슨 일을 하던 상관없이 집으로 달려갔죠. 제가 '필요한' 상황이라는 것을 아니까요. 집에 누가 와서 부모님께 뭘 물어 보거나, 두 분이 볼일 보러 나가는 길이거나, 그 분들을 대신해서 '얘기'를 해야 하는 상황이었어요. 놀라지 마세요. 이 모든 일들이 제가 학교에 입학하기 전부터 고등학교 졸업할 때까지 계속되었습니다."

이런 책임감—부모나 가족, 교회, 공동체, 고용주뿐 아니라 그에게 의지하러 오는 모든 청각장애를 가진 사람들에 대한—은 성인이 되어서도 지속되었다고 캐링턴은 말한다. 그는 결혼을 일찍 했다. 열 아홉 번째 생일이 지나고 며칠 후였다. 그리고 스물한 살에 세 아이 중 첫째의 아버지가 되었다.

그리고 이혼을 했고 지금에 와서는 후회스러운 관계들을 맺게 되었다. 알코올 중독자나 신용 불량자 같은 문제 있는 사람들과 엮이게 된 것이다. "그 사람들에게도 책임감을 느끼는 함정에 빠져들었죠."라고 그는 털어놓았다. "그들의 삶을 개선시키거나 적어도 가능한 한 문제가 없는 삶으로 만들어 주는 것이 제 의무라고 생각했거든요. 어쨌든 그게 제가 평생 해 왔던 일이었으니까요."

거기서 끝나지 않았다. 나이 들어 혼자 시작했던 회사를 성공적으로 운영하면서 자립하게 되자 사업의 성공이나 실패에 대한 무거운 책임감뿐 아니라 고객에 대한 책임감까지 느끼게 되었다. 그리고 나서 65세에 은퇴를 했다. 그는 더 이상 평생 동안 지고 왔던 것과 같은 의미의, 아니면 그만큼의 책임감이 없어진 게 얼마나 축복인지 모른다며 기뻐서 어쩔 줄 모른다. "사장도 없고 고객이나 관리할 회사도 없어요. 부모님은 돌아가시고 자식들도 성인이 되어 사회에 나가 성공적으로 자기 길을 가고 있지요. 전처도 은퇴해서 편안하게 살고 있고요."

정말 다행히도 그는 이제 자신의 어깨 위에서 책임감이라는 엄청난 무게를 내려놓게 되었다는 것을 알고 있다. 하지만 사회에 대한 책임과 세금 납부, 법을 준수하고 적절한 이웃이 되는 것. 사람들을 친절하게 대하고 가족을 사랑하고 친구들을 소중하게 여기는 것에 대한 책임감은 계속된다.

그는 마지막으로 책임감이라는 굴레에서 벗어나 홀로 있는 것이 굉장한 기쁨이며 절대적인 즐거움이라고 말한다.

신은둔족 중에는 다운시프터(downshifter: 느리게 사는 사람들)가 있다. 이는 「U.S. 뉴스 & 월드 리포트」의 에이미 살츠만(Amy Saltzman) 이 지난 10년 사이에 부상한 현상을 설명하기 위해 만들어 낸 신조어 다. 살츠만의 말을 빌리면 "고의적으로 좀 더 느리고 사적인 직업에 서 더 큰 개인적 성취를 추구하는 것"이다.

발레리 영(Valerie Young)은 이것을 "훌륭한 직업에 관한 논쟁: 돈 대 행복"이라고 부른다. 칸막이 사무실에서 일했던 경험이 있는 그녀 는 현재 「변화하는 진로(Changing Course)」라는 뉴스 레터를 발행하 면서 사람들이 '구직을 위한 창의적 대안'을 찾는 일을 도와주고 있 다. 그녀가 발행하는 뉴스 레터는 목적 있는 삶을 살고 싶은 사람들, 자기가 사랑하는 일을 하고 자신의 길을 따라가기를 원하는 사람들을 위한 것이다.

영이 '예측 가능한 삶이란 양쪽에 날이 선 칼일 뿐'이라는 사실을 깨닫게 된 계기는 어머니의 갑작스러운 죽음으로 인한 충격 때문이었 다. 그녀는 자기 삶을 통제하지 못하면 그녀의 말마따나 '비참하게 잘사는' 상태로 남을 수밖에 없는 운명이라는 사실을 깨달았다.

돈을 적게 번다고 생각하면 두렵지 않은가? 영은 "물론 두렵죠." 라고 대답한다. "그래서 스트레스가 심한 직장에서 그토록 오래 견뎌 왔던 거죠. 그런데 아무런 경고도 없이 어머니가 심장마비로 돌아가 신 거예요. 어머니는 은퇴까지 5개월밖에 안 남아 있었거든요."

그녀는 혜택이 많은 안정된 직장을 나온 것은 위험한 짓이었다고 한발 물러나며 말했다. "하지만 제가 진짜 위험하다고 생각하는 것은 묘석에 '그녀는 행복하진 않았지만 보장이 많은 치과 보험에 들어 있었다.'라는 말이 올라가는 거예요. 제게는 더 이상 논쟁의 여지가 없습니다."

신은둔족들 가운데는 '자발적 단순한 삶(voluntary simplicity)' 운동의 회원들이 있다. 그들은 물질적 목적을 위해 안간힘을 쓰는 것, 자기 이외의 다른 사람들을 위해 사는 것에 지친 남녀들, 중요한 것을 위해 쓸 더 많은 시간을 얻으려고 물질적 소유를 줄이고 적은 수입으로 살아가는 사람들이다.

또 다른 신은둔족은 나이 들어가는 베이비 붐 세대로 2045년까지 미국의 65세 이상 인구를 7,700만 명까지—미국 전체 인구의 20퍼센트—끌어올려 인구 곡선의 정점의 일부를 차지할 세대다. 수백만 명에 이르는 베이비 붐 세대는 드라이든(Dryden)이 '젊은 노년'이라고 불렀던 시기를 부정하며 초조한 에너지로 머리카락을 곤두세우고 소리를 지르고 반항해 보았지만 어쩔 수 없이 도달한 중년이라는 나이와 부모 노릇이라는 삶의 두 통로를 동시에 헤쳐 가고 있다.

자식들에게 올바른 가치를 전수하려는 욕망과 죽음을 눈앞에 둔 그들에게는 삶의 질을 위한 선택이 가장 중요한 것이 되었다. 따라서 더욱 많은 베이비 붐 세대가 카를로스 카스타네다(Carlos Castañeda)의 말처럼 '마음으로 가는 길'을 찾기 위해 자신의 내면을 들여다보고 새로운 방식으로 일하며 살아가는 법을 고안해 내고 있다.

그 중에는 인생의 의미를 찾는 데 있어 리처드 보드(Richard

Bode)의 결정적인 깨달음에까지 도달한 사람들이 있다. "나는 이제 더 이상 투쟁하고 싶지 않다. 즐거워하고 싶지도 않으며 돈과 권력, 성공이라는 덫을 추구하지 않는다. 장식장에 세워 둘 트로피나 사무실 한 귀퉁이에 놓아 둘 화분도 필요 없다. 남들이 차를 타고 지나갈 때마다 부러워하는 집도 원하지 않는다. 내 자신의 삶, 그것이 내가 원하는 전부다."

『헤드헌터와 춤을(Dancing with Headhunters)』의 저자 G. J. 마이어(Meyer)는 이렇게 설명한다. "롤렉스 시계를 차고 캐시미어 재킷을 입고 다니는 친구들이 있다. 하지만 알고 보면 그들도 자신의 삶이 두려움과 탐욕, 실망 등으로 얼룩져 있다고 생각한다는 것을 알 수 있다. 그들이 생각하는 성취는 일주일에 6일을 골프를 치며 보내는 것이다."

하지만 골프조차도 더 이상 직장과 가족의 요구를 벗어나는 도피처가 아니다. 스트레스를 주는 세상으로부터 도망칠 수 있는, 전원을 배경으로 하는 건강한 피난처가 아니다. 골프는 홀로 있긴 하지만 초음속 시대의 다른 모든 것들과 함께 있는 지나치게 혼자는 아닌 방식으로 휴식과 운동, 생산성을 동시에 아우르는 것이다. 지금은 다중 기능 세대가 아닌가. 광고는 이렇게 외쳐 댄다. 어디를 가든 "그것이 없으면 집을 나서지 마세요!" 그것은 이제 믿음직한 크레디트 카드와 더불어 휴대폰도 되고, 휴대용 단말기, 노트북 컴퓨터도 될 수 있다.

마크 트웨인(Mark Twain)은 골프를 "쓸모없이 많이 걷는 것"이라고 했다. 이제는 걸어 다니는 골퍼라는 말도 모순이 되어 버렸다. 페어웨이든 쇼핑몰에서든 천천히 걸어 다니는 것은 사업에 도움이 안 된다. 그러니 머지않아 전국의 골프장에서 골프 카트가 의무 사항이 될지도 모를 일이다.

하지만 끊임없이 움직이고 활동하는 세상에서 자기 성찰을 위해 잠깐 멈춰 서는 귀한 기회를 탕진하거나, 그런 고요한 오아시스가 주어졌을 때 충동적으로 그것을 집어 삼키거나, 가속화하는 것만이 문제가 아니다. 가장 방해가 되는 것은 극대화된 효율성과 실적에 사로잡혀 긴장과 초조 속에서 살아가는 것을 현대적 삶의 파괴적 특성으로 보지 않고 바람직한 것으로 여긴다는 점이다. "모두 가질 수 있다!'는 문구는 탐욕과 속도에 중독된 어떤 나라의 구호가 되어 버렸다.

맨해튼의 심리학자 알린 케이글(Arlene Kagle)은 뉴욕 타임즈의 한 기사에서 "스트레스는 새천년을 기념하는 배지가 되었다."고 말했다. "지금 우리가 하고 있는 일은 거의 더 이상 즐겨서는 안 될 것처럼 보인다. 우리의 삶이 마치 더욱 중요한 그 무엇의 앞길을 가로막는 것 같다. 우리는 휴식을 위한 날이었던 안식일이라는 개념을 오래전에 잃어버렸다."고 케이글은 덧붙였다.

"이제 우리는 저녁과 밤, 주말마저 잃어버렸다. 인터넷 뱅킹을 하거나 인터넷으로 옷을 사 대느라 정신이 없다. 그리고 이렇게 불평을 늘어놓는다. 다시 말해 허풍을 떠는 거다. 너무 바쁘고 여유가 없어서 거의 잠도 못 잔다고. 기껏해야 하루에 네 시간, 세 시간밖에 안 잔다고 우기지 말라. 질투심을 불러일으킬 테니까."

이니스프리로 가다: 미지로 가는 여정

나는 때때로 내가 가진 전부가 내 자신이라는 현실에 눈뜨게 된다.

- 클라크 E. 무스타카스(Clark E. Moustakas)

1994년 1월, 나는 이사를 했다. 진짜 이사를 했다는 말이다. 늙은 개 브리트와 멜이라는 이구아나를 데리고. 그해 크리스마스카드에 주소 변경을 알리는 문구를 나는 이렇게 적었다. "해변으로 떠납니다. 은퇴가 아니라 은둔입니다. 올해 저는 세상을 잠시 세우고 거기서 내렸습니다. 그리고 오이스터빌에서 약 1마일쯤 떨어진 워싱턴 주 노스비치 반도로 올라갑니다. 이 근처에 오시면 맥주라도 한잔 하러 들르세요. 제가 집에 없으면 해변으로 나와 보세요. 아마 제가 개를 데리고 산책하고 있을 겁니다."

징말 그랬다.

서프사이드는 내가 예전에 살았던 그 어느 곳보다도 훨씬 작은 곳이다. 나의 신념이 엄청나게 도약하기 전에 살았던 포틀랜드나 마이애미, 뉴욕, 시카고, 샌프란시스코나 홍콩에 비하면 형언할 수 없을 만큼 작고 보잘 것 없는 곳이다.

베이지 색을 띤 윌라파 만의 물과 태평양의 회색 바닷물이 만나는, 손가락의 마지막 마디처럼 생긴 비에 얼룩진 외딴 곳이다. 하늘이 빛바랜 청색을 띠는 여름을 제외하고는 카키색 모래와 올리브색 구름에 싸여 있는 곳이다. 바람과 물이 육지 쪽으로 흘러드는 이곳에서는 바다 건너 찬 공기를 끊임없이 몰고 오는 바람이 밤하늘에 찬란하게 빛나는 별빛을 흐려 놓는다.

갑작스럽게 이사를 한 다음날 나는 일기장에 이렇게 적었다. "브리트와 함께 해변으로 첫 산책을 나갔다. 산책하는 내내 내 안에서 두려움과 공허감, 절망감이 밀려왔다. 내가 고의적으로 도망쳐 온 복잡한 도시와 그 모든 사람들이 없는 오늘 나는 외롭다. 나 자신에게 끊임없이 왜 그랬는지, 영원한 것은 아무 것도 없다는 사실을 상기시켜야 한다. 한번 들어선 길은 되돌릴 수 없다. 맙소사, 햄릿 같은 말을 하는군."

그날 썼던 일기의 또 다른 부분에는 이렇게 적혀 있다. "이 집을 처음 보러 왔을 때와 똑같은 오후다. 집 아래 운하의 납빛 수면이 음산하고 침울한 차가운 빗물로 얼룩져 있다. 그때는 그 모습이 평화롭고 편안하고 아름답게 보였는데, 오늘은 그저 음산할 뿐이다. 이런 황량한 모래밭 한 귀퉁이에 모든 것을 묻어 버리는 대신 포틀랜드 시내 윌래멋 강 근처에 단독 주택을 얻었더라면 어땠을까? 지금 포틀랜드의 강 위로 떨어지는 빗물을 바라보고 있으면 어떤 기분일까? 어쩌면 기분이 더 안 좋을지도 모른다. 내 꿈을 포기한 것일 테니까. 변화가 있어야 할 부분이 지리적인 것이 아니라는 사실을 안다. 변화는 내 안에 있다. 하지만 변화가 일어날 때까지 홀로 있는 것을 견뎌 낼 수 있을까?"

키에르케고르(Kierkegaard)는 불안을 자유가 주는 현기증이라고 주장했다.

이구아나 멜과 충직한 늙은 개 브리트는 첫눈에 해변에 반해 버렸다. 그곳에서 함께 보낸 첫해 여름, 거의 매일 거실 창밖을 내다보며 해바라기를 하고 있는 멜을 볼 수 있었다. 분명 밝은 초록의 사랑을 꿈꾸었을 게다.

하지만 브리트는 그해 가을까지밖에 버티질 못했다. 내겐 소중한 친구였던 녀석은 너무 늙어서 햇살을 받아 따뜻해진 모래밭에서 꾸벅꾸벅 졸면서 자신에게 마지막으로 주어진 화사한 계절을 보낼 자격이 충분했다. 하지만 나는 브리트가 한 해 여름만 더 내 곁에 있어 주길 바랐다. 녀석이 죽은 지 엿새 후에 나는 포틀랜드로 나가서 8주 된 호주산 셰퍼드를 데리고 돌아왔다. 그리고 버디 홀리 피셔라는 이름을 붙여 주었다. 미국애견가협회 입회신청서에 메모해 두었던 이름이었다. 그런데 그 녀석과 함께 여생을 보내기 위한 축배를 들 스카치를 사느라 입회비를 써 버리는 바람에 그 신청서는 결국 보내지 못했다. 사람들 없이는 살 수 있지만 곁에 개가 없다면 견디기 어려울 것이라는 사실을 빨리 일깨워 준 사건이었다.

그렇게 해서 우리는 지난 6년간 함께 살아왔다. 푸른 태평양의 황갈색 모래사장을 걸어서 닿는 거리에 있는 운하 옆의 아늑한 작은 집에 글 쓰는 사람 한 명과 파충류 한 마리, 그리고 강아지가 한 마리가 살고 있다.

아메리칸 드림은 명예나 재산이 아니다. 과거에도 그랬고 앞으로
도 그럴 것이다. 우리들 대부분은 그렇게 생각한다. 명예나 재산은 우
리의 삶을 통제한다. 진정한 꿈은 우리 스스로가 이루어 낸 성공—독
립적이며 내면 지향적이고, 자기 성취적이며, 헨리 데이비드 소로
(Henry David Thoreau)의 말처럼 '소박한 삶'—의 근본적 만족 속에
뿌리를 두고 있다.

이 꿈은 특히 작가와 화가, 시인, 예술가들이 공감하는 것이다. 그
들은 혼자였을 때 자기 자신과 창의력 그리고 자신의 존재 이유에 가
까워지기 때문이다. 20세기가 저물어 갈 무렵 엘버트 허버드(Elbert
Hubbard)가 21세기의 삶을 더없이 정확하게 표현했던 "그 타령이 그
타령"이라는 말을 조리 있게 정당화할 척도를 찾는 일에 골몰하는 사
람들도 마찬가지다.

이들은 엘리엇(T. S. Eliot)이 자신을 향해 말했듯이 "살아가는 동
안 잃어버린 삶은 어디 있는가?"라는 질문을 던지는 사람들이다. 이
들은 인간의 존재에 대한 장 드 라 브뤼예르(Jean de la Bruyère)의 음
울한 주장에 대해서도 알고 있다. "인간은 태어나는 것도 모르고, 고
통 속에 죽어가면서 사는 법을 잊어버린다."

그리고 자신을 위한 이들의 소원은 조나단 스위프트(Jonathan
Swift)가 친구에게 했던 말과 같다. "자네 인생의 모든 날들을 살아가
기를 비네."

이들은 소로가 그랬던 것처럼 자신의 신성한 목적을 '의도적으
로' 그리고 '상상했던 대로' 성취하기를 갈망한다. 증가 추세에 있는
이들은 소로의 "혼자 가는 사람은 오늘 출발할 수 있다. 하지만 누군

가와 함께 여행하는 사람은 상대가 준비될 때까지 기다려야 한다."라
는 조언에 귀를 기울인다. 하지만 함께 갈 사람이 에밀리 디킨슨
(Emily Dickinson)이 애처롭게 하는 말을 듣고 주저앉아 버린다면 어
떻게 될까?

> 당신과 함께 살 수 없어요
> 그게 인생이겠죠
> 그리고 인생은 저기 있어요
> 저 선반 뒤에.

이런 잠재적 소로들을 위한 1차적 거주지로는 시간제로 빌려 쓰
는 월든 호수의 오두막이 더 좋을지도 모른다. 고요와 평정을 얻을 수
있고 진실하고 자연스러운 자아를 다시 한 번 느낄 수 있는 조용한 장
소를 갈망함에도 불구하고 우리는 그런 전원의 은신처에서 그 정도
시간밖에 견딜 수가 없다.

홀로 있기를 택한 사람들을 경외감이 섞인 경멸의 눈으로 보도록
만들어진 우리는 신은둔족들을 새뮤엘 존슨(Samuel Johnson)처럼 생
각한다. "혼자인 인간은 분명히 사치스럽고 미신에 사로잡혀 있을 가
능성이 있으며 미쳤을 수도 있다."

냉혹한 실적에 고착된 초음속의 시대에 우리는 부러움과 회의가
뒤섞인 시선으로 그들을 바라본다. 토머스 머턴(Thomas Merton)이
지적했듯이 "은자는 자기가 원하는 일을 하는 사람이어야 한다. 사실
그것 외에는 할 일이 없다. 그런 이유로 그의 소명은 위험하며 경멸당

한다. 위험하다고 하는 이유는 자기가 원하지 않는 일 대신 자기가 원하는 일을 하려면 성자가 되어야만 하기 때문이다. 자기가 좋아하는 일을 하면서 성자가 되기란 매우 어렵다."

53세의 앤 갤러거(Ann Gallagher)는 남자들보다 여자들이 은둔에 대해 훨씬 더 이중적인 태도를 보인다고 말한다. 도서관 사서이며 작가, 주부, 성인이 된 자녀 네 명을 둔 어머니인 갤러거는 지역 공동체에 열심히 참여하고 동정심 많고 베풀기 좋아하는 사람들 중 한 명이다. 갤러거 같은 사람들이 영원히 사라져 버린다면 이 세상은 살기 힘든 곳이 될 것이다. 그러나 그녀는 자신의 활동적인 사생활과 직장 생활이 허락할 때마다 가족 소유의 바닷가 오두막으로 피신해서 홀로 보내는 회복기를 지키고 키워 나간다

"은둔은 여자들에게 거창하면서도 이중적인 주제예요. 이런 최면성 주제의 글을 여자들이 많이 쓴 것도 바로 그런 이유 때문이죠. 대부분의 여자들은 다른 여자들이 과감하게 독립하는 것을 존경해요. 하지만 자기들은 절대로 하지 않지요. 심지어 그렇게 하고 싶은 욕구조차 인정하지 않아요. 이건 경험에서 하는 얘기예요."

갤러거는 자신의 일과 활동, 인간 관계 등은 즐거움이라고 자신한다. 하지만 홀로 떠나 있는 시간과 균형을 이룰 때만 그렇다. 완전히 혼자서 보내고 싶어 하는 시간. 많은 친구들이 홀로 떠나는 것에 대한 그녀의 성향에 대해 마지못해 존경을 표하는 동시에 "무섭지 않아?" "외롭진 않은 거야?" 라고 묻는다고 그녀는 털어놓는다.

"그들은 내게 '나 홀로 여자'를 기다리고 있는 공포를 상기시키

죠." 그녀는 사람 좋은 얼굴에 재미있다는 표정을 짓는다. "폭력이나 강간, 전기가 나가거나 어두운 시골길에서 차가 서 버리는 일 같은 거 말이에요."

홀로 있는 여자들을 기다리고 있는 숨은 적들에 대해 늘어놓으며 갤러거의 입가에 웃음이 번진다. "눈, 진눈깨비, 홍수, 그밖의 자연 재해들, 전기가 나가거나 뼈가 부러지는 일. 또 앞에서 언급한 모든 상황에서 전화가 없을 때. 더 나쁜 것은 전화가 아예 없는 거죠. 친구들은 바닷가에서 혼자 뭘 해 하고 물어요. 이런 질문을 할 때는 영락없이 이마에 주름이 잡히고 걱정스러운 표정을 짓죠. 내가, 많은 것을 바라봐 하고 대답을 하면 눈들이 동그래져요. 뭘 바라보는데? 허공을. 저는 진심으로 대답하는 거예요. 바다와 산들 그리고 간간히 걷기도 하고. 그리고 또 바라보는 거야."

"만약 제가 응, 글을 써 했다면—사실 그 일도 하지만 바라보거나 걷는 게 늘 우선이거든요—친구들은 안심하고 고개를 끄덕이며 아, 그래 그렇겠지. 혼자 있을 때 글을 쓰는구나 하죠. 그러면 대체로 괜찮아져요. 미친 것처럼 보이진 않으니까요."

하지만 공포에 대한 경고는 언제나 따라다닌다고 갤러거는 말한다. "어둠과 혼자 자는 것, 낡은 자물쇠와 새벽 5시에 들려오는 어부들의 목소리. 그들이 트럭 문을 세게 닫는 소리. 커튼이 없는 창문, 침묵, 아무 것도 할 일이 없는 것 등이 무섭죠."

작가인 할 볼랜드(Hal Borland)는 우리가 개인적인 시야를 상실했다고 한탄한다. "노래하는 것에서 게임까지, 여행에서 자연 관찰까지 모든 것이 단체 활동이 되어 버렸다. 무엇이든 혼자 하고 싶은 사람은 가만히 앉아 있거나 생각하는 것조차 단체를 조직하려고 드는 사람들과 싸워야 한다.”

오리건 주 남부에서 자란 열두 형제 중 한 명인 갤러거는 어느 날 아침 시내까지 걸어가려고 집을 나섰다. “그런데 어머니가 너 혼자서 시내에 가려고 하며 대경실색을 하셨어요. 제가 그렇다고 하자 어머니는 혼자서 돌아다니는 것을 사람들이 보면 저 여자애는 친구도 한 명 없나 봐 하며 수군거릴 거라고 하셨어요.”

“저 여자애는 친구도 한 명 없나 봐라는 말에 저는 벽돌로 한 대 맞은 기분이었죠.” 어머니의 말투는 그건 나쁜 일이라는 것을 암시했어요. 혼자 돌아다니는 것도 나쁜데다 친구가 없는 여자애는 더 나쁘다는 거죠. 우리가 막 그 마을로 이사를 갔을 때였어요.” 갤러거의 얼굴에서 웃음이 사라졌다. “그리고 문제는 친구를 사귈 정도로 충분한 시간이 없었다는 거죠. 더구나 모든 게 서툰 10대 초반인데다 열두 살이란 나이는 아이로서는 쉽게 영향을 받는 나이죠. 특히 여자애한테는요. 그후 몇 년 동안 혼자 걸어갈 때마다 어머니의 목소리가 들리곤 했어요. 사람들이 널 친구가 하나도 없다고 생각할 거야.”

갤러거는 큰소리로 웃었지만 얼굴에는 슬픈 빛이 어른거렸다. 그리고는 나지막하게 “쉰다섯이라면 그러거나 말거나 하겠죠. 하지만 열두 살짜리 여자애한테는…….” 그녀는 말을 마저 끝내지 못하고 생각에 빠져들었다.

작가 테드 모건(Ted Morgan)은 “우리는 월든 호수를 갈망하면서 월든 호수에 빠질 수도 있다는 사실을 잊고 있다.”고 경고한다.

아니면 바다 한 끝자락에 서서 물에 아예 발을 담그지 않을지도 모른다. 내가 해변으로 이사 오면서 두려워했던 것처럼.

홀로 있는 것. 그것은 마치 두려운 묘기 같다. 이 사회가 어떤 남녀도 고립된 섬이 아니며 고독한 존재는 용서할 수 없는 죄에 대해 복수심 많은 신이 내린 잔인하고 보기 드문 형벌이라는 사실을 우리의 집단적 무의식 속으로 강제로 밀어 넣기 때문이다.

따라서 너무나 많은 사람들이 타인과 단단히 연결되어 있을 때만 홀로 있음을 견딜 수 있다는 사실은 놀라운 게 아니다. 마치 견고한 상어 우리 속에서 다치게 될 상황에 대비해서 밖으로 끌어올려 주는 심해 잠수부의 구명줄처럼, 밧줄로 안전하게 묶여 있을 때만 완벽하게 보호받고 있다고 느낀다. 또 안전한 곳으로 신속하게 끌어올려질 수 있다는 확신이 있을 때만 우리는 캄캄한 자신의 내면으로 내려가려고 한다.

사이버 공간에서 퍼온 글

결혼한 사람들을 위한 세상이라고 느껴지는 곳에서 살고 있는 31세의 독신이다. 평생 독신을 지키는 사람들이 어떻게 자기 삶 속에서 가치를 발견할까 가끔 궁금해질 때가 있다. 독신이 가치 없는 삶이라는 말이 아니다. 하지만 내 주위의 모든 사람들이 운동이든 밴드든 연극이든 상관없이 아이들의 행사에 신경을 쓴다. "이번 연극에서 지미가 주인공 역을 맡을까?" "바비가 축구팀에 들어갈 수 있을까?" 그게 아니면 배우자들 이야기다. 생활이 전부 가족 중심으로 돌아가고 있다.

좋은 일이다. 우리 문화가 장려하는 바니까. 그래서 나는 내 자신과 종종 다투게 된다. 결혼을 하지 않으면 내가 여생을 함께 보낼 만큼 가치 있는 사람이라는 사실을 아는 사람이 아무도 없을 것이다. 그러면…… 글쎄 나도 잘 모르겠다. 나는 이 문제에 대해 많이 생각한다.

나는 내가 가치 있다고 생각한다. 사람들이 나를 원하고 좋아하는 중요한 직책을 맡고 있다. 하지만 그것으로는 충분하지 않을 때가 많다. 주말이 – 혹은 같은 의미에서 밤이 – 가까워져서 뭔가 하고 싶은 일이 있을 때 친구들은 가족이 좋다고 하거나 아니면 가족과 특별히 할 일이 없어 바쁘지 않을 때만 나와 함께 지낼 수 있다. 물론 나를 위해서 시간을 내주기도 하지만…….

내 말은 친구들이 가족과 시간을 보내고 싶어 한다는 것이다. 휴일에 함께 있고 싶어 하는 사람도 가족이고 좋은 소식(또는 나쁜 소식도)을 가장 먼저 나누고 싶어 하는 사람도 가족이다. 헤어졌다 만나면 좋아서 펄펄 뛰는 것도 가족이다. 내가 가족을 갖지 못하고 이런 것들을 '우선순위'로 여기지 않는다면 나는 결코 누군가의 '우선순위 리스트'에서 윗부분을 차지하지 못할 것이다.

나는 엄마나 아내, 며느리 등등이 되지 못할 것이다. 그렇다면 나의 중요성은 뭘까? 내 안에서 그것을 찾아야 한다는 것을 알고 있다. 하지만 그렇게 단순한 일이 아니다. 또 내가 "내 삶 속에 하느님이 계시므로 나는 외롭지 않다."고 말하는 사람들 가운데 한 명이었으면 좋겠다. 하지만 하느님은 나와 보드게임을 하지 않는다. 영화도 함께 볼 수 없다. 그리고 실제로 누군가가 필요할 때 나를 안아 주지도 못한다.

그렇다. 나는 하느님을 믿는다. 기도하고 종종 그분과 얘기도 나눈다. 하지만 나는 하느님이 내 삶 안에 계시기 때문에 외롭지 않다고 말하는 사람은 아니다. 나도 그렇게 단순했으면 좋겠다. 내 생각에는 외로움 때문인 것 같다. 내가 이런 생각을 한다는 것을 사람들이 알면 놀랄 것이다.

나는 친구들이 굉장히 많다. 초등학교에서 아이들을 가르치고 있고 우리 학교에서 가장 인기 있는 선생님이다. 그래도 공허함을 느낀다. 나이가 들면서 그런 공허에 익숙해지려고 노력하고, 그것이 내 운명이라는 생각이 든다. 앞으로도 내 인생에 결혼은 없을지도 모른다. 어떻게 해야 할지 몰라 그에 대비한 노력은 한다. 가끔 괜찮을 때도 있고 가끔은 아닐 때도 있다. 정말 견디기 어렵다.

그렇게 나는 일어나서 나의 이니스프리로 갔다. 작고 아늑한 집. 예이츠(William Butler Yeats)의 시처럼 벌들이 잉잉대는 숲 속의 나뭇가지를 엮어 진흙 바른 집은 아니지만 모래밭에 와 닿는 바다의 속삭임이 내 허울만 번지르르한 영혼을 유혹하는 곳으로. 여기서 나는 앤 모로 린드버그의 텅 빈 열린 해변, "오늘의 파도가 어제 했던 낙서를 모두 지워버리는" 해변이 되었다.

하지만 추억은 지워지지 않는다.

내가 기억할 수 있는 한 오랫동안 가두어 두려고 애써 세워 놓았던 부정의 둑을 넘어 추억들이 가장 먼저 홍수처럼 밀려왔다. 추억과 함께 회한이 따라왔다. 평생 잊고 있었던 실패한 선택과 잃어버린 기회에 대한 탄식. 중요성을 너무 늦게 이해하는 바람에 한 번도 행하지 못했던, 다시는 되돌릴 수 없는 그 모든 애정 어린 행동과 용기, 친절.

　나는 항상 다른 사람들 안에서 자신을 찾는 그런 사람들 중 한 명이었다. 자신과 함께 있는 것이 무슨 병이라도 되는 듯 피해 왔다. 사람들과 다양한 활동으로 빈틈없이 삶을 채우고 그 안에서 내가 되고 싶은 사람을 찾았다. 정작 내 안에서 찾은 적은 한 번도 없었다. 늘 다른 사람 안에서 찾았다.

　그러다 내 목적을 좁혀 갈 필요성을 절실하게 느꼈던 때가 왔다. 도리스 그룸바흐(Doris Grumbach)의 말을 빌리면 "아무리 깊이 숨어 있다 하더라도 그 안에 무엇이 있는지 발견하기 위해 내 자신의 중심"으로 돌아가야 했다. 내 자신에게 줄 수 있는 것이 다른 사람에게서 추구했던 것보다 더 나은지 알아보기 위해, 내 삶을 안정시키고 그 상태를 유지하기 위해서, 매일 아침 지난 밤에 떠나왔던 날과 다름없이 눈을 뜨기 위해서였다.

　해변에서 보낸 불안했던 처음 몇 달 동안은 아무런 해답도 얻지 못했다. 두려움에 가득 찬 질문들뿐이었다. 이 음산하고 추운 곳이 내 영혼으로 스며들어 나를 파괴하기 전까지 얼마나 견딜 수 있을까? 그렇게 오랫동안 억눌러 왔던 후회를 견딜 수 있을까? 사람들 사이에서도 거의 견딜 수 없었는데 혼자서 이 외로움을 극복할 수 있을까? 이제 더 이상 도망가지 않는데 어떤 꿈이 나를 찾아올 것인가?

　그리고 이제 다시 달아난다면 영원히 달아나야 할 것이다. 찾기를 포기한 모든 희망을 간직한 채. 그게 뭔가? 도대체 내가 찾고 있는 것이 뭐란 말인가?

　해변에 온 것은 나의 가장 깊은 불안을 마주하는 것을 의미했다.

진정한 나와 내가 결코 되지 못했던 나에게 느꼈던 모든 절망적인 불안. 또 모든 응고된 회한에 직면하는 것을 의미했다. 다른 모든 것들이 잠잠할 때 표면으로 올라오려고 몸부림치는 것처럼 보였던 내가 부정했던 죄책감.

또다시 내가 완전히 혼자가 될 수 있는지 알아내는 것을 의미했다. 다른 사람의 부속물이 아니라 내 자신을 입증하고 격려하고 내가 무언가 가치 있고 중요한 사람이라는 느낌을 받기 위해 다른 사람이 필요한 것은 아닌지. 또 내 자신에게 감히 한 번도 던져 보지 못했던 질문과 내가 그 대답을 침아 낼 수 있는지 알아내는 것을 의미했다.

나는 필사적으로 다른 사람들 안에서 나의 구원을 찾았다. 시간이 점점 줄어들면 내 자신에게서 구원을 찾을 수 있을까? 누군가가 이렇게 썼던 적이 있다. "지혜의 10분의 9는 때맞춰 지혜로워지는 것이다." 내가 이런 생각할 시간을 흘려보낸다면 그 시간이 또다시 찾아와 줄까?

문제는 시간: 단 하나뿐인 진정한 재산

나는 기꺼이 길모퉁이에 서 있을 것이다.

그리고 손에 모자를 들고 지나가는 사람들에게

구걸할 것이다.

쓰지 않은 자투리 시간들을 던져 달라고.

–버나드 베런슨(Bernard Berenson)

다시 겨울. 여름에 왔던 사람들이 모두 떠나갔다. 이른 아침 산책
길은 또다시 혼자다. 하늘과 바다에 안개가 내려앉아 마치 회색 장갑
을 끼고 있는 듯하다. 서리 내린 모래언덕의 풀밭 사이로 버디가 물에
흠뻑 젖은 채 흐뭇한 표정으로 달려온다. 녀석은 이제 사내아이처럼
군다. 끝없이 풋사랑을 하고 힘이 넘쳐나는지 그 근육질 몸을 막무가
내로 벽에다 부딪힌다. 녀석은 한 가지 규칙만 지키면서 산다. 살아
있는 것은 더없이 행복한 것이라는. 나는 나쁜 규칙은 아니라고 종종
내 자신에게 상기시킨다.

　녀석은 각자의 개성과 요구가 밀려오고 밀려가는 대로 편안하게
대응한다. 내가 일할 때 동반자가 되어 주고 녀석이 놀고 있을 때 종

종 내가 합류하기도 한다. 또 지칠 줄 모르는 활기로 나를 부추겨 자기가 그렇게 하듯 걷고 있는 매 순간 활동과 기쁨을 강요한다. 그럴 때면 나는 이렇게 다짐한다. 내게 주어진 시간을 개의 시간으로(개의 1년은 사람의 7년에 해당함—역주) 계산해서 남아 있는 계절도 그런 식으로 늘려서 살아가겠노라고. 삶을 바라보는 좋은 방법 아닌가.

나는 전국 일간지의 독자상담란에 실린 한 칼럼니스트의 글을 읽고 손을 들어 손바닥을 마주치고 싶은 기분이었다. 56세의 여자가 이런 사연을 보냈다. "한 가지만 빼면 모든 면에서 완벽한 멋진 남자와 약혼을 했어요. 근데 그 사람이 개를 싫어하는 거예요." 그녀는 정말 아끼고 사랑하는 독일산 셰퍼드를 키우고 있다고 했다.

그녀의 약혼자는 결혼 후에는 그 개를 키우지 못하게 하겠다고 했고 걱정이 된 여자는 "저는 이 사람을 사랑하고 여생을 함께 보내고 싶어요. 하지만 개를 포기하면 얼마나 상처가 클지 자신이 없어요." 라고 덧붙였다.

이 여자는 어떻게 해야 한단 말인가?

"인생을 즐기고 싶으면 약혼자를 포기하고 개를 택하세요. 당신이 사랑하는 동물을 포기하라고 하는 남자는 고려의 여지도 없을 뿐더러 사랑의 의미를 모르는 사람입니다." 이것이 그 칼럼니스트의 대답이었다.

해변에 홀로 있으면 빠르고 강렬한 직관이 생긴다. 생각할 시간이 너무 많기 때문이기도 하고 그토록 오랫동안 해답을 찾아왔기 때문이기도 하다. 하지만 마침내 '해답을 얻게' 되자 놀라운 일이 생겼다.

이제 모든 것이 단순해지고 믿을 수 없을 정도로 명백한 것 같다. 고독이 그렇게 만든 것인지도 모른다. 시간을 내서 자신을 직면할 수 있는 용기를 낸 것에 대한 보상을 해 준 것이다. 그것은 혼자 해야 하는 일이기 때문이다.

내가 확실히 아는 한 가지는 그것은 영혼의 문제가 아니다. 빌리 조엘(Billy Joel)이 노래했듯이 그것은 시간의 문제다. 내가 소유하고 있는 것 중에 가장 소중한 것이 시간이라는 사실을 깨달았다. 시간은 올 겨울 해안을 뒤덮었던 폭우처럼 희고 깊은 고요의 핵심과 함께 광활하고 산만하지 않으며 제한이 없다.

흘러가는 시간을 헤아릴 필요 없이 흥청망청 써 대는 풍부한 시간. 시간은 어느 것에도 집착하지 않는다. 내가 선택한 것이라면 내가 무언가를 위해 써 버린 시간은 나에게만 의미 있는 것이다.

생각할 시간, 아니면 아무 생각하지 않고 느끼기만 하고 존재하기만 하는 시간.

앤 갤러거처럼 그 안의 고요 속에서 바라보기만 하는 시간.

기억하고 슬퍼하고 비통해 하는 시간. 이것은 내가 한 번도 해 보지 않은 시간이다.

용서를 비는 시간. 용서하는 시간. 무엇보다 내 자신을.

내 삶과 살아오면서 내게 중요했던 사람들, 또 나를 중요하게 여겼던 사람들을 살펴보는 시간. "사랑한다."라고 말할 시간.

꾸밈없는 내 자신과 지금의 나를 만든 모든 것과 만나는 시간.

내가 할 수 있는 것은 바꾸고 할 수 없는 것과는 화해하며 깨끗한 바닷물로 삶의 반석에 새겨진 모든 것들을 지워 버릴 시간.

하지만 이런 풍부한 시간을 얻는다는 것은 지금까지 내가 그토록 오랫동안 혼자라는 느낌을 없애기 위해, 시간을 빨리 보내기 위해 매달려 왔던 사람들과 장소, 사물을 모두 버리는 것을 의미한다.

좋은 점은 쓸모없는 잡념으로 보냈던 그 시간들이 이제 모두 내 것이 되었다는 사실이다.

이 시대를 살아가는 사람들 중에 아무나 붙들고 이렇게 물어 보라. "어떻게 지내요?" "일은 잘 됩니까?" "살기는 어때요?"

틀림없이 "바빠요!"라는 대답이 나올 것이다. 마치 가장 일반적으로 인정되는 반응인 양 본능적으로 튀어 나온다.

우리의 가치에 대한 척도는 지출한 시간의 합계에 달려 있는지도 모른다. 시간이 전혀 없는 세상에서 바쁘다는 것은 용기와 업적을 기리는 무공훈장이 되고, 필요한 수단이기보다는 숭고한 목적이 되어 버렸다.

영화계의 한 거물급 인사가 했던 말을 「로스앤젤레스」라는 잡지에서 인용했던 적이 있다. "능력 있는 임원의 표시는 전화에 회신을 하지 않는 것이다." 이 말은 걸려온 전화에 회신을 할 정도로 시간이 남는 사람은 사업이 그렇게 바쁘지 않다는 뜻이다.

"이전투구(泥田鬪狗)보다 더 심하다." 우디 앨런(Woody Allen)의 1989년 영화 「범죄와 비행(Crimes and Misdemeanors)」에 등장한 한 인물이 했던 말이다. "개들이 다른 개들에게 회신 전화를 해 주지 않는 세상이야. 정말 끔찍한 일이지."

너무나 많은 사람들이 별 뜻 없이 회신을 하지 않는다. 특히 업무와 직업에 관한 문제라면 더 그렇다. 무언 중에 내비치는 태도는 "내가 회신을 하지 않는 데 대해서 도대체 뭘 이해하지 못하겠다는 건가?"이다.

더 나쁜 것은 우리 자신이 더 이상 반응을 기대하지 않게 되어 버린 것이다. 반응을 보이지 않는 사람들은 실제로 잠시도 여유 시간이 없다는 전제를 그대로 받아들인다. 즉각적인 의사소통의 시대이긴 하지만 돈이 되는 사람들을 제외하고는 시간을 전혀 내주지 않는 세상에서 무응답이 정당한 반응이 되어 버렸다. 사실 우리에게는 필요하지만 그들에게는 우리가 필요하지 않은 사람들이라면 누구든 무응답을 기본적인 협약으로 생각하게 되었다.

그것은 정말 나쁘다. 거절의 문제가 아니라 무시하는 것이기 때문이다. 나이든 사람들―고의적인 늦장이나 의사소통의 실패를 변명의 여지가 없는 나쁜 매너라고 여겨 온 세대―에게는 반응을 보이지 않는 사람들이 특히 못마땅하다.

사실 매너를 초월해야 할 필요가 있는 사람들로부터 받는 경멸에서 벗어나려고 노력하는 은둔자들에게는 좋은 매너의 실종은 문제가 되지 않는다. 그런 인간들은 하늘에, 그들의 자만심과 회사의 주주들에게 맡기면 된다. 그럼에도 나는 짜증나게 하는 우리 시대의 또 다른 희생물인 예질이 니무나 고맙다.

에이미 크라우스 로젠탈(Amy Krouse Rosenthal)은 이렇게 시인했다. "우리는 과잉 행동을 하는 모래쥐들처럼 정신없이 돌아다닌다. 우리를 흥분시키는 것은 카페인뿐만이 아니다. 카페인의 향긋한 부산물인 생산성 때문이다. 아, 무언가를 하고 성취하고 말살시키는 기쁨

이란!'

아, 그리고 물론 돈 버는 일도 있다. 문제는 돈에 대한 우리의 욕구가 줄어든다 할지라도 바쁜 상태를 지속해야 한다는 충동이다. 아무리 무의미하고 불필요하다 해도 바쁜 것은 우리의 타당성과 행복을 느끼는 데에 필수적인 것이 되었다. 그것은 사람을 주눅들게 하는 방법이라고 로젠탈은 말한다. "내 시간은 빈틈없이 짜여 있고 전화벨 소리가 멈추질 않지. 그러니 당신은 나를 중요한 사람으로 생각해야 돼."라고 말하는 것과 같다.

존 E. 존슨(John E. Johnson)은 어쨌든 미국인들은 시간의 경제적 가치를 캐내는 데는 그 누구보다 훨씬 앞질러 가고 있다고 지적한다. 저명한 목회신학 교사인 그는, 하지만 그 과정에서 자신의 위치 파악과 균형 감각, '해가 뜨고 지는 데서 오는 주기와 계절의 변화, 달의 주기, 썰물과 밀물, 내리는 눈과 비' 등이 만드는, 시간을 초월한 리듬을 잃고 산다고 설명한다.

자기에게 주어진 모든 시간을 술래잡기를 하느라 다 써 버리지 말고 성찰을 좀 하라고 존슨은 촉구한다. "당신이 진정으로 누구인지 기억하고 정말 중요한 것이 무엇인지 새롭게 인식하라. 자식들이 독립하기 전에 남아 있는 시간을 점검해 보라. 영혼에 영원성을 회복하고 진실한 것과 보조를 맞춰라. 자신이 경험했던 것을 알아야만 어디로 가야 할지에 대한 단서를 얻을 희망을 가질 수 있다. 그러면 삶은 그렇게 미쳐 돌아가지만은 않을 것이다. 삶이 또다시 중심을 잡고 흔들리지 않게 될 것이며 이토록 천박하고 진부하거나 단순노동의 수준으로 전락하지는 않을 것이다."

　　38세의 조안 로스(Joan Roth)는 18개월 동안 남자들을 멀리하고 자신에게 시간을 선물로 주었다. 금발에 놀라울 정도로 예쁘고 붙임성이 뛰어난 그녀는 구애자들이 끊일 날이 없었다. 하지만 11년간의 결혼 생활을 끝낸 후 6년간 지속되었던 관계가 깨지자 로스는 자아 감각을 계발하기 위해 진정으로 자신이 원하는 것이 무엇인지 알 시간이 필요하다고 결심했다. 그래서 새로운 관계를 맺을 때 필요에 의해서가 아닌 힘을 가진 입장에서 시작하고 싶었다.

　　로스는 "제 인생에서 가장 행복하고 자유로웠던 시간은 바로 홀로 보낸 그 1년 반이었어요."라고 털어놓았다.

　　"생전 처음 혼자 살아온 데다 일분일초를 사랑했다니까요! 데이트 신청을 거절하고 처음으로 혼자 휴가를 보내면서 진정으로 내 자신과 함께 있는 것의 가치를 알게 되었죠. 돌이켜보면 내 자신을 위해서 할 수 있는 최선의 일이었어요."

　　그랬던 게 분명하다. 왜냐하면 그녀는 6개월 전에 결혼했으니까. 하지만 로스는 그 18개월을 홀로 보내지 않았더라면 자신에게 꼭 맞는 파트너를 찾지 못했을지도 모른다고 말한다. 적응하기 가장 어려웠던 점은 그녀가 소중하게 여기게 된 홀로 있는 시간을 포기하는 것이긴 했지만 말이다.

　　"남편은 아주 다정한 사람이에요. 부드러운 정신의 소유자이고 저의 독립성을 존중해 주죠. 홀로 지내고 난 후에 어쩌면 내가 함께 살 수 있는 유일한 사람일 거예요. 한편 새로 생긴 의붓아들이 현재 제가 당면한 문제예요. 열한 살 난 남자아이인데 그 아이와 적응하는 데 어려움을 겪고 있어요." 그래서 지금 그녀에게 함께 있음이란—더

없이 행복했던 1년 반 동안의 혼자 생활 후에—그다지 중요하지 않다며 아쉬운 듯 덧붙였다.

"어떡하지. 혼자가 돼 버렸어. 뛰어나가서 다른 남자를 찾아야 해라고 생각하는 사람들에게 해 주고 싶은 충고가 하나 있어요. 그러지 마세요. 잠깐 쉬어 봐요. 다른 관계를 시작하기 전에 우리 모두에게 필요한 시간을 가져 보세요라고 말해 주고 싶어요."

"혼자 있는 걸 너무 두려워하지 마세요. 허둥대며 새로운 관계에 들어가면 곧 후회하게 되죠. 제가 일정 시간을 억지로라도 기다리지 않았더라면, 홀로 있는 시간을 가지지 않았더라면, 제가 진정으로 원하는 게 뭔지 알아내지 못했더라면, 지금 결혼한 사람을 만날 준비가 안 됐을 수도 있어요."

은막의 스타 멜라니 그리피스도 「퍼레이드(PARADE)」지에 실린 엘렌 혹스(Ellen Hawkes)의 기사에서 거의 똑같은 말을 했다. 혹스의 기사에 따르면 1994년 여름 그리피스와 그녀의 세 번째 남편 돈 존슨이 별거를 했다. 그리피스는 몇 달을 혼자서 '대부분 자기 성찰'을 하면서 보냈는데 그 시기가 그녀에게는 매우 의미 있었다고 했다.

"전에는 누구도 나더러 직접 내 삶을 장악하라고 했던 사람이 없었어요. 난 내 자신의 정체성과 내게 진짜 중요한 게 무엇인지 찾아야 했어요. 더 이상 다른 사람들의 기대치에 의해 좌우되고 싶지 않았거든요."

다음해 2월 그리피스는 스페인 배우 안토니오 반데라스를 만났다. 세상이 다 알듯이 그들은 1996년 결혼했고 그해 9월 딸을 낳았다. 세 번의 이혼과 혼자 아이를 키워 봤고 갱생 시설의 신세도 진 적이

있으며 상당한 자기 성찰의 시간을 가졌던 마흔두 살의 그리피스는
이제 자기 감정을 감추지 않는다. 오른쪽 어깨 한가운데 사랑하는 남
편의 이름 안토니오를 문신으로 새기고 다닐 정도다.

그리피스는 혹스에게 "그해 여름 가졌던 자기 성찰의 시간이 안
토니오를 만날 수 있는 준비를 해 준 것 같아요."라고 털어놓았다.
"사랑에 빠져 안전하다는 느낌을 받기 전에 제 자신이 강해질 필요가
있었거든요. 제 딸들에게도 그렇게 가르칠 거예요. 사랑에 빠지거나
남자들에 의해 자기 자신을 규정 짓기 전에 자신을 가치 있게 여겨야
한다고 말입니다."

조앤 더글러스(Joanne Douglas)는 누군가가 마법 같은 시간을 한
뭉텅이 뚝 떼어 줄 거라는 기대로 삶의 대부분을 보냈다.

"늘 내가 지고 있는 모든 의무가 해결될 때가 올 거라고 생각했지
요."라고 66세의 더글러스는 말한다. "하지만 지금은 아무도 이유 없
이 내게 시간을 주지 않을 것이며 뭔가 중요한 일을 할 시간을 정말로
원한다면 내가 시간을 만들어야 한다는 것을 안답니다."

그녀는 "자기 자신에게 시간을 선물로 주세요."라고 간곡히 충고
한다.

"난 그렇게 하는 법을 배우질 못했어요. 언제나 돌봐야 할 가족이
있었거든요. 자식들이 어릴 때는 그게 의무였지요. 하지만 아이들이
다 자라서 자립한 지금은 자식들을 뒤로 미룰 수 있게 되었어요. 물론
그 아이들이 여전히 내 삶의 중요한 부분을 차지하고 있긴 하지만 말
이에요. 그래서 자식들의 요구보다 저의 요구를 먼저 생각할 수 있게

되었답니다. 그래도 죄책감 없이 그러기가 왜 그렇게 어려운지 모르겠어요."

"어미의 삶이라는 게 너무 주기만 하는 거라 그거 말고는 어떻게 하는지 몰라서 그럴까요? 내 별자리가 전갈자리라 내 팔자가 그런 걸까요? 아니면 우리가 대부분 그렇게 키워졌기 때문일까요? '착한 여자 신드롬' 이라는 거 말이에요. 가톨릭 가정에서 가르치는 죄책감 정도는 아니지만 영국성공회도 그 면에서는 꽤 심한 편이죠."

"저희 할머니는 윤회설을 강하게 믿었지요. 하지만 저는 운명에 맡기고 처음으로 원하는 것을 무엇이든 하기로 결심했답니다. 다시 또 기회가 오지 않을 수도 있잖아요. 그래서 내 자신에게 이렇게 물어요. 지금 처음이자 유일하게 성취하고 싶은 것이 뭔가?'

"몇 년 동안 재미 삼아 족보를 만들고 있어요. 정말 매력적인 고조부와 증조부 그리고 증조부의 장인이 계시더라고요. 그 분들에 대해서 적어도 한 장씩은 할애하는 책이나 소책자를 만들어야겠다는 생각을 하고 있어요. 그 분들에 대한 자료를 적어 놓은 공책도 있어요. 이제 쓰기 시작해야 할 것 같아요. 이 일을 할 시간을 내야겠지요. 저절로 만들어지지는 않을 테니까요. 문제는 쓰기 시작한다 하더라도 그 시간을 낮잠 자는 데 써 버릴지도 모른다는 거지요."

"하지만 일주일에 하루 정도는 내 자신에게 선물로 주기 시작했어요. 어디서 그 시간을 찾느냐고요? 그렇게 중요하지 않은 일들을 하는 시간을 빼내서 내게 영향을 미치는 결정과 행동을 시작할 수 있는 부분으로 소중한 시간을 옮겨다 쓴답니다. 나한테 중요한 일이라면 무엇이든요."

1996년 황금빛으로 물든 가을에 버디와 나는 신은둔족들을 찾아 6주 동안 열여섯 개 주를 도는 1만 5,000마일의 대장정을 시작했다. 어느 날 문득 하고 싶어진 일이기도 했고 그러지 말아야 할 이유도 전혀 없는 터라 우리는 길을 떠났다. 그런데 여행길에 오른 지 얼마 안 되어 무언가 기분 나쁜 고립감이 엄습했다. 마치 내가 이 지구상에서 유유자적하게 차를 몰며 전국을 누빌 만큼 시간이 있는 유일한 사람, 음속으로 치닫는 땅에서 마지막 남은 한가한 여행자가 된 듯한 느낌이었다.

윌리엄 리스트 히트문(William Least Heat Moon)의 '블루 하이웨이(blue highways: 히트문이 만들어 낸 조어로 시골길이라는 의미 — 역주)'는 박물관으로 사라지고 미친 듯 질주하는 고속도로가 그 자리를 대신했다. 심지어 은퇴 후 마련한 모터홈, 위네바고를 몰고 가던 조지와 마사도 갈 길이 급했다.

이런 기분 나쁜 느낌은 버디와 함께 여행을 떠나기 전날 작가인 캐틀린 노리스(Kathleen Norris)가 보낸 엽서에서부터 비롯된 것인지도 모른다. 출발하기 몇 주 전 나는 이 책에 인용할 말들을 확보해 두려는 생각에 편한 시간에 만나고 싶다는 요청의 글을 그녀에게 써 보냈다. 가는 길에 중서부 시골에 있는 그녀의 집을 지나게 되어 있어 아무 때고 잠시 시간을 내주면 감사히겠디는 설명도 덧붙였다.

그녀는 엽서에서 "미안하지만 일정이 꽉 짜여서 인터뷰할 시간을 낼 수가 없습니다."라고 난색을 표했다. 신은둔족을 찾아 나서면서 내 머릿속에는 '일정'이라는 말이 맴돌았다. 내가 그녀에 대해 품고 있던 이미지가 갈가리 찢겨져 나갔기 때문이다. 그녀는 존경하는 수도

승들 옆에서 고요하게 명상에 잠겨 있는 그런 감동적인 이미지였다.

노리스는 감동적인 자신의 저서 『다코타: 영적 지형(Dakota: A Spiritual Geography)』에서 맨해튼을 버리고 어려서 살았던 그레이트 플레인스(로키 산맥 동부의 대초원 지대 — 역주)로 돌아가면서 "주변을 헤매거나 나쁜 길에 빠지지 않고 집으로" 자신을 이끌어 준 그 땅의 "유혹적이지 않으면서 강력한" 부름을 들었다고 기록했다.

그 말이 내 머릿속을 떠나지 않는 이유가 어쩌면 또 며칠 전에 우연히 보았던 「유튼 리더(Utne Reader)」 지에 실린 한 삽화 때문이었는지도 모른다. 출가한 수도사가 손에 서류가방을 들고 겨드랑이에 신문을 낀 채 택시를 잡기 위해 헉헉대며 뛰고 있는 그림이었다. 제목은 '혹사당하는 수도자들' 로 「내셔널 가톨릭 리포터(National Catholic Reporter)」 지에서 발췌한 기사였다. 그 기사는 일이 — 미국 스타일의 — 우리가 낭만적으로 그리고 있는 수도원 생활까지 파괴하고 있다는 사실을 다룬 것이었다.

그레고리 J. 밀먼(Gregory J. Millman)은 인습 타파적인 자신의 글에서 요즘의 수도원 생활에 수도원다운 분위기는 전혀 없다고 지적하면서 매사추세츠의 글래스턴베리 수도원의 티모시 조이스 신부의 말을 인용했다. "수도자들은 쉴 새 없이 분주하게 돌아다니는 일중독자들이 되어 버렸다. 나는 우리 수도자들의 생활이 다른 사람들과 다른 점이 전혀 없다고 생각한다."

이 얼마나 우울한 생각인가. 그리고 다코타의 마지막 말에서 연상되는 조용한 이미지와 얼마나 다른지. "곧 수도자들도 노래를 시작할 것이다. 저녁 종소리와 저녁 기도 소리가 저물어 가는 빛과 달이 떠오르면서 만들어 내는 저녁의 리듬과 하나가 되는 부드러운 자장가. 수도승과 코요테는 온 세상이 잠들 때까지 함께 자장가를 불러 줄 것이다."

이와는 극명하게 대조를 이루는 밀먼의 기사는 테렌스 카르동 신부의 실망스러운 말로 결론을 내렸다. "우리는 문화에 의해 만들어지는 것, 또는 자신의 소명을 따르려고 노력하는 것 중에 선택할 수 있다. 우리의 소명은 문화라는 소용돌이 속에서 이리저리 내던져지는 것이 아니다. 우리는 우리 자신의 생활 방식을 결정할 수 있다. 하지만 당신은 어디까지 가난해지길 원하는가?" 카르동 신부는 캐틀린 노리스가 선택한 노스 다코타 주 리처드턴에 있는 성모승천수도원 소속이다.

그렇다. 장애물이 있었다. 당신은 어디까지 가난해지길 원하는가?

나는 카르동 신부가 "필요하다면 어디까지든." 이라고 덧붙여 주었으면 했지만 그는 그러지 않았다.

어쨌든 누군가는 늑대가 들어오지 못하게 문을 지켜야 한다. 수도원의 현관문도 마찬가지다. 수도자들조차 과중한 업무에 시달리며 돈이라는 덫에 빨려 들어가는 것으로부터 자신을 지키지 못한다면 남은 우리에게는 무슨 희망이 있겠는가?

보즈맨과 빌링스를 통과한 다음 나는 와이오밍 주의 광활한 초원 지대로 들어갔다. 그런 다음 네브래스카 주와 맞먹는 사우스 다코타의 호박 빛 공허 속으로 빠져 들어갔다. 나는 그 화사했던 오후를 "계란 껍질처럼 파르스름한 빛을 띤 둥근 하늘은 가장자리로 가면서 가는 청록색을 띠를 두르고, 땅은 언덕과 계곡이 바다처럼 펼쳐져 있다.”라고 일기장에 적었다.

10월 한 달이 온통 마술에 걸린 듯 지나갔다. 인디언 서머(가을에 여름 같은 화창한 날이 지속되는 기간 – 역주)의 하루하루는 그 전날과 다름없이 시작되었다. 사프란이 하늘 끝까지 닿을 듯 피어 있는 미네소타의 들판 위로 차를 몰고 지나가면서 나는 캐틀린 노리스가 내가 직접 알아낸 것들만큼 가치 있는 말을 해 주었을지 의문이 들었다.

하지만 난 이미 답을 알고 있다.

힘겨운 박사 과정의 막바지에 들어선 딸아이가 사는 위스콘신 주의 매디슨에 가까이 갔을 때 나는 잠시 길을 멈췄다. 그때 언덕으로 서늘한 바람이 불어와 적갈색 단풍을 파르르 떨게 하는 것을 보면서 ‘사시나무’의 의미를 알게 되었다.

우리는 샌타페이에 있는 그녀의 아파트에서 처음 이야기를 나누었다. 그녀가 노스 아이다호의 숲에서 8년을 홀로 지냈던 4평 남짓한 오두막만큼 작은 아파트였다.

수전 바움가트너(Susan Baumgartner)는 32세의 나이에 단순한 골격만 갖춘 구조물에서 은자로 살았다. 그녀의 고향인 제네시 동쪽의 포틀래치 강이 끊어지는 곳에 있는 오지의 협곡에서 욕실이나 전기, 수돗물도 없이 지냈다. 특별히 하는 일이나 자동차도 없이 지냈지만 1년이 지나자 돈이 다 떨어졌고 아이다호 야생 지대에서의 독신 생활을 접어야 했다. 아이다호 대학 졸업생인 그녀는 오리곤의 한 리조트에서 화장실 청소를, 알래스카 통조림 공장에서는 생선 포장을 했으며 코네티컷의 한 시체 안치소에서 사무원으로 일했던 적도 있었다.

그리고 그녀는 시러큐스 대학에서 문학 석사학위를 얻기 위해 동부로
가기로 결정했으며, 시러큐스에 머물면서 기술 글쓰기 분야에서 일을
시작했다. 그때까지 썼던 일곱 권의 소설은 모두 거절 통보를 받았다.

그러나 4년 후 바움가트너는 다시 조그만 아이다호의 오두막으로
돌아갔다. 이번에는 자동차를 가지고 갔다. 아이다호 대학에서 시간
강사로 1학년 영어를 가르치는데 통근 수단으로 필요했기 때문이다.
그리고 이번에는 일주일에 사흘씩 강의를 하면서 7년을 그곳에서 보
냈다. 여름 방학 때는 쉬었다. 학기 중에는 일주일에 닷새를 오두막에
서 잤고 여름에는 내내 그곳에서 지냈다.

바움가트너는 또다시 장작을 패고 근처 샘물에서 물을 길었다. 밤
이면 촛불과 프로판 램프로 불을 밝혔다. 그 아늑한 불빛에 소형 태양
열 집열판으로 전기를 끌어 쓰는 전구 하나가 보태졌다. 프로판 스토
브로 음식을 만들고 장작으로 난방을 했다. 파란색 설거지통을 개수
대로 사용하고 오두막 북쪽에 아이스박스를 하나 갖다 두고 냉장고로
썼다. 그리고 오두막 근처에 있는 옥외변소까지 걸어가서 볼일을 보
았다.

그리고 『나의 월든: 데드 카우 골짜기 이야기(My Walden: Tales
from Dead Cow Gulch)』라는 책을 썼다. 이 책에서 그녀는 다음과 같
이 자신의 생각을 밝히고 있다. "누구나 '하는(to do)' 법은 알고 있
다. 하지만 우리들 대부분은 '존재하는 것(to be)'을 거의 경험하지
못한다. 마침내 그 경지에 도달한다 해도 우리는 존재하는 법을 모른
다. '죽느냐 사느냐(To be or not to be)?'라고 했던 햄릿은 그런 고뇌
를 잘 알고 있었고 완벽하게 표현했다."

"세상사의 소용돌이가 멈추면 우리는 불현듯 자신을 돌아보게 된다. 우리의 삶을 돌아보고 자기 성찰을 할 시간이 생겼다는 것을 알고 공황에 빠진다. 그래서 얼른 텔레비전을 켜거나 서둘러 쇼핑을 나간다. 어쩔 수 없이 우리의 모습을 보게 되지 않을까 겁이 나서다."

"그저 존재하는 것만도 엄청난 일이다. 죄책감과 오랜 적응기를 극복해야 하고 슬픔이나 실망, 혼란과 절망 같은 감정에 직면해야 한다. 느닷없이 자신의 삶에 책임을 져야 한다. 아무 생각 없이 손가락 사이로 삶을 흘려보내는 대신 주어진 시간을 다잡고 관리해서 뭔가 의미 있는 것으로 만들어야 한다."

그녀는 다음과 같은 주장으로 책을 끝낸다. "겨울도 좋다. 겨울을 잘 넘기는 법과 겨울의 고요한 기쁨을 경험하는 법을 배웠다. 하지만 다가오는 봄, 여름, 가을, 해빙과 성장, 추수의 계절, 그 계절들이 내가 살아가는 이유다. 나는 그 계절들을 사랑한다. 오두막으로 들어가서 문을 닫는다. 내 마음은 가능성으로 차오른다. 이곳 데드 카우 골짜기에서 또 다른 한 해의 삶이 시작되는 시간이다."

하지만 1996년 10월 그녀와 다시 만났을 때 바움가트너는 자신을 찾는 여정으로 뉴멕시코에 가 있었다. "데드 카우 골짜기에서 보낸 세월은 대체로 좋았어요. 내가 떠나기로 결심했던 그 시원섭섭했던 마지막 해만 제외하고요." 그녀는 샌타페이의 초미니 원룸 아파트에서 이렇게 말했다. 이제 47세가 된 제네시의 은자에게는 그마저 '사치'였다.

"나무를 베고 물을 길으며 그저 생존하기 위해 얼마나 많은 시간을 보내고 있는지 분명히 깨닫기 시작했어요. 단순히 생존하기 위해 내 인생의 소중한 시간을 잃고 있는 건 아닌가 하는 의문이 들었죠.”
그녀의 목소리에 슬픔이 배어 있었다.

“하지만 그토록 강렬한 경험이 아니었더라면 거기까지 생각이 미치지 못했을 거예요. 끝없이 밖으로 나가는 경험 같은 것. 쉬지 않고 저의 한계에 도전했어요. 곤경과 도전이 없었다면 거기까지 높이 가지도 못했을 거예요.”

바움가트너는 예를 하나 들었다. “1년에 두 번 천정에 난 창문에 낀 돌이나 흙 부스러기를 치우러 지붕에 올라가야 했죠. 그 일은 늘 겁이 났어요. ‘떨어질지도 몰라.’ ‘며칠 동안 아파서 일어나지도 못하고 죽을 거야.’ 라고 혼잣말을 하곤 했어요. 그런데 매번 굉장한 승리감을 느꼈고 일이 끝난 후에는 이제 예전에 비해 더 강하고 용감해졌다는 생각이 들었죠.”

처음에는 무계획이 계획이었다고 그녀는 말했다.

“저는 늘 혼자 지내는 것에 대해 강렬한 욕구를 지니고 있었어요. 1973년 글을 쓰기 시작했을 때 전 계속 글을 쓸 거라고 생각했어요. 혼자서요. 제게 다른 일은 항상 시간 낭비였어요. 궁극적인 꿈은 일하지 않고도 혼자 있는 거였죠. 그 오두막은 저의 일차적인 목표였던, 일은 적게 하고 글은 더 많이 쓸 수 있게 해 주었어요. 그곳에서 사는 것은 작가로서는 지극히 생산적이었어요. 방해나 긴섭이 없었던 이유도 있었지만 시간이 흐르면서 오두막에서는 생산성이 습관처럼 몸에 배어 버린 것도 한 가지 이유였지요.”

출간된 책을 포함해서 완성된 일곱 권의 소설이 이런 동기와 에너지의 증거다. 뿐만 아니라 다양한 지방 신문과 잡지에 팔리기 시작했던 그녀의 칼럼과 에세이 기사들도 증거가 된다. "파블로프의 개(먹이를 주면 침을 흘리는 조건 반사 실험에 사용된 개—역주)처럼 학교에서 강의를 마치고 오두막으로 걸어가는 동안에도 머릿속에서 생각이 떠오르기 시작하는 거예요. 그것들을 곧 안전하게 컴퓨터에 쏟아낼 수 있을 거라는 사실을 알고 있었죠. '현실' 세계에서는 그 생각들이 날 미치게 만들지 않도록 종종 억누를 수밖에 없었거든요. 적어 둘 만큼 집중할 시간이 없는데 머릿속에서 끊임없이 맴도는 그 모든 생각들이요. 그리고 그곳이 그냥 좋아서 머물렀던 것이기도 해요."라고 바움가트너는 덧붙였다.

"내가 그곳에 뿌리를 내리고 있었던 것도 한 가지 이유였어요. 오두막에 오래 있으면 있을수록 그곳의 모든 것이 더욱 소중해지는 거예요. 매년 봄에 처음 고개를 내미는 미나리아재비를 보면 전 해 봄에 보았던 것보다 더 유심히 보게 되었죠."

"나무 한 그루, 바위 하나도 추억 속에 깊이 새겨지고 다시 그 추억들이 증폭이 되었어요. 주위에 있는 것들을 의식적으로 경험함으로써 그것들을 되새기고 미화하고 강력하게 만들 시간이 있었거든요."

"그런 강렬한 인식은 홀로 살지 않는 사람들, 특히 인구가 밀집된 지역에 사는 사람들에게는 가능하지 않은 사치죠. 그들은 주변의 생명과 사랑에 빠질 시간이 없잖아요. 자연과 오랫동안 밀접한 관계를 통해 자신을 낮출 수 있을 만큼 운이 좋지 않은 거죠. 그들은 자신들이 주변의 광대한 생명의 네트워크 안에서 작지만 없어서는 안 될 부분이라는 사실을 의식하지 못한 채 자신의 생태계에서 늘 아웃사이더로 남아 있을지 몰라요."

“그것은 많지 않은 사람들이 경험하는 소속감의 일종이죠. 상당히 만족스럽고 중독성이 있는 거예요.”

바움가트너는 침묵에 빠졌다. 그녀가 계속 침묵할 거라는 생각에 내가 다른 질문을 하려고 하는 순간 그녀가 불쑥 말문을 열었다.

“저는 깨어 있고 싶어요. 살아가면서 내가 살아 있다는 것에 주목하고 싶어요. 삶을 한 방울도 남기지 않고 다 빨아들이고 싶어요. 제가 가장 소중하게 여기는 것은 ‘깨어 있는’ 거예요. 저는 일찍이 제가 머리가 늦게 돌아간다는 사실을 알았어요. 저는 동시에 여러 일을 못해요. 제게는 세상이 너무 빨리 돌아가요. 그것을 따라가다 보면 제 존재에 대한 의식을 모두 잃어버려요. 그래서 저는 항상 느리게 사는 법을 찾으려고 노력했죠. 현실적 삶이 벌어지는 곳에서 나의 다치기 쉬운 부분을 보호하기 위해 사람들과 격리되어 사는 법을요. 신비주의자들이나 승려들 초월주의자들과 학자들이 느끼는 충동과 똑같은 거라고 생각해요. 우리에게는 영적이고 정신적인 삶이 육체적인 삶보다 훨씬 더 현실적이거든요. 책상에 앉아서 창밖을 바라보고 있는 동안에 온 세상이 솟아올랐다가 다시 곤두박질치기도 하죠.”

“우리 은자들이 사랑하는 것은 고독 그 자체가 아니라 고독이 우리에게 주는 것이에요. 고독은 목적을 위한 수단이지 목적 그 자체는 아니거든요. 고독은 다른 그 누구도 우리에게 줄 수 없는 것을 주지요. 그래서 저도 두려움 없이 지낼 수 있었는지도 몰라요. 오두막은 제게 마법의 장소처럼 다가왔죠. 그곳에 오래 머물수록 마법의 힘이 점점 더 커졌어요. 그런데 의구심이 들기 시작했어요. 다른 곳에서도 글을 쓸 수 있을까? 그리고 내 자신이 주변의 모든 생명과 연결되어 있다는 경이로운 느낌과 단절되지 않은 채 살 수 있을까 하는.”

하지만 외로움은 결코 완전히 사라지지 않았다고 그녀는 털어놓았다.

“가끔 오두막에서 절벽까지 걸어가서 멀리 보이는 아이다호 주 모스코 시의 불빛을 바라보곤 했어요. 또다시 어두운 밤이 찾아오면 사람들 사이에서 그들과 함께 걷고 영화도 보고 식료품점에도 들어가고 싶은 생각이 간절했죠.”

“사람과의 접촉이 필요한 시간들이 있다는 사실을 깨달았어요. 그리고 제가 할 수 있었던 것은 그 깨달음과 욕구를 받아들이고 관리해서 그럭저럭 살아가는 것밖에 없다는 사실도 알게 되었지요.”

그녀는 또 홀로 사는 것은 진짜 낙인이 찍히는 일이라는 사실도 알게 되었다고 말했다.

“3년 아니 4년 전만 해도 저는 은둔만이 제가 살아갈 수 있는 유일한 삶의 형태라고 굳게 믿고 있었어요. 지금도 완전한 고독을 통해서 배운 것을 소중하게 여기고 다시 그 생활로 돌아갈 가능성도 크지만 현재 은둔 생활에 대한 저의 믿음은 시험당하고 있어요.”

“오두막을 떠나 샌타페이로 이사하면서 제 삶이 엄청나게 방해를 받았어요. 제가 다시 시험 기간에 든 게 분명해요. 제가 지금까지 쌓아 온 삶에 대한 전반적인 전제를 다시 한 번 재점검하고 있어요.”

“내 자신에게 이렇게 묻지요. 가장 소중하다고 느끼는 내 자신의 일부를 잃지 않고 현실 세계에서 제 기능을 할 수 있는 법을 배울 수 있을까? 영성을 키우기 위해서 내 삶의 성적, 사회적 측면을 경시하는 것을 정당화할 수 있을까? 영적인 영역이 존재하기나 하는 걸까? 아니면 내가 정말 처리해야 할 사안들을 피하기 위한 단순한 구실에 지나지 않는 건 아닐까?"

"은자들이 고독 속에서 엄청난 신비적 기쁨을 경험할 때조차도 다른 사람들의 함성이 그들의 신념을 흔들어 버릴 수 있지요. 그렇지 않다고 믿고 싶지만 사실이 그래요. 오두막 창문으로 바깥 세계를 내다보면서 우리가 뭔가 놓치고 있는 것이 아닌가 하는 의문을 갖지 않을 수가 없었어요."

"남의 떡이 커 보인다는 증상에 지나지 않을 수도 있지요. 결혼한 사람들도 독신자들이 누리는 자유를 보면 같은 생각을 할 거라고 생각해요. 그리고 우리 독신자들은 결혼한 사람들의 친밀한 관계를 부러워하지 않을 수 없고요."

"어쩌면 고독이 유일한 해답이 아니라 여러 해답들 가운데 하나에 불과할지도 모른다는 의문이 생겨요. 그래도 고독은 모든 개인이 경험할 기회를 가져야 할 사치지요. 그것은 우리를 무한히 풍요롭게 해 주거든요. 고독은 영혼의 모험이죠. 내 앞에 놓인 미래가 어떤 것이든 저는 언제나 데드 카우 골짜기에서 보냈던 8년을 소중하게 간직할 거예요. 고독에 바쳤던 다른 시간들도 함께요."

"홀로 지내면서 얻게 된 것들은 내가 놓쳤을지도 모를 그 무엇과도 비교할 수 없을 정도예요. 그 시간들을 그 무엇과도 비끼지 않을 거예요. 하지만 혼자일 때는 자신을 감추기가 어렵죠."

"고독은 사람을 자기 성찰에 사로잡히게 만들어요. 고독은 저주인 동시에 축복이며 아픔인 동시에 치유가 됩니다. 그 하나에 모든 것이 들어 있지요."

오두막에서는 매년 한 해가 끝날 때마다 매일 일기를 쓰던 열정적인 글쓰기 의식이 절정을 이루었다. 매년 12월 31일이면 그녀는 한 자리에서 그해 썼던 일기를 모두 읽었다.

"의식을 점검한다는 의미에서 그랬어요. 내 자신에게 완벽하게 정직해지기 위해서 계속 나타나는 어두운 지점들을 찾아가고 또 찾아갔죠. 제가 누구인지, 뭘 하는 건지, 왜 이 일을 하고 있는지를 이해하고 볼 수 있게 하기 위해서였죠."라고 그녀는 설명했다.

그리고 나서 바움가트너는 동성애자가 아닌 여자로서 겪는 불편한 점, 남자와 함께 있고 싶지 않은 것에 대한 갈등을 극복하기 위해 오랫동안 투쟁했던 이야기를 들려주었다. "자신을 없애는 것이 성에 대한 나의 딜레마를 해결하는 내 나름대로의 방법이었죠."

"혼자서 대부분의 생을 보낼 것인가 아니면 다른 사람들과 애인으로 또 친구로서 함께 지내는 방법을 찾을 만한 용기를 낼 것인가 결정해야 할 때였어요. 그것은 제가 항상 추구했던 것의 일부이기도 했죠. 혼자 있기를 원하는 내 욕구에 대한 의문. 그것이 건강한 것인지 아니면 병적인 것인지, 사랑에서 나온 것인지 아니면 두려움에서 나온 것인지." 데드 카우 골짜기로 돌아간 지 2년 후인 1991년 그곳을 떠날 때 그녀는 동성애자가 되어 있었다.

그녀는 샌타페이에서 그 답을 찾을 것 같다고 했다. "사람들은 답을 찾아서 샌타페이로 오지요." 거기서 그녀는 세 가지 길 중에서 어떤 것이 자신에게 맞을지 결정할 것이다.

"첫째는 '물론 오두막으로 돌아가는 거죠. 그곳은 제가 속한 곳이고 제가 있어야 할 곳이니까요. 혼자서 말입니다.' 둘째는 '여기서 살 수도 있어요. 전기도 있고 문화적 풍요로움과 다른 사람들이 있는 곳.' 세 번째는 '오두막도 그립지 않고 샌타페이도 해답이 아닌 경우죠'. 다음에는 어떤 길을 가 볼까요?"

세 번째 선택의 기회를 열어 둔 것은 생전 처음이라고 바움가트너는 말했다. 데드 카우 골짜기에서 보낸 마지막 해에 있었던 일 때문이었다.

"처음에는 그곳에 있어야 한다고 느꼈어요. 제가 중심이 되고 모든 것이 나를 통해서 흐르는 곳이었죠. 무엇이 중요하고 무엇이 중요하지 않은지 내가 해야 할 일이 무엇인지 아는 곳. 그런데 이제 더 이상 특정한 장소가 필요하지 않다는 사실에 눈을 뜨게 되었어요. 이제 그 모든 것이 내 안에 있고, 물리적 여행보다는 심리적 여행을 통해 내가 있어야 할 곳이 어디든 닿을 수 있을 거라는 사실을 깨달았던 거예요."

이 시점에서 나는 수전을 떠났다. 자신에게 가는 긴 여정에서 세 갈래 길을 두고 생각에 잠겨 있었던 그녀. 그리고 4년이 지난 후 나는 그녀가 어디까지 갔는지 알게 되었다. 숀 가드너라는 남자가 그녀를 차지했다.

값비싼 자아 발견 형태를 선택한 36세의 앤 와일리(Anne Wylie)에 대해 의구심이 일었던 것은 어쩌면 우리가 만났던 장소의 부조화 때문이었는지도 모른다. 티베트로 한 달간 종교적 피정을 떠나기 며칠 전 헬스 클럽에서 웨이트 트레이닝을 하고 있는 그녀를 만나 이야기를 나누었다. 그녀는 일주일에 세 번 규칙적으로 하는 그 운동이 매일 쌓이는 직업적 스트레스를 풀어 준다고 강조하면서 운동하면서 인터뷰에 응해도 괜찮은지 물었다. 나는 전혀 상관없다고 대답했다.

그렇게 해서 격렬한 팔 운동과 다리 운동, 오리걸음과 바 당겨 내리기, 벤치에 누워 밀어 올리기 등을 하는 사이사이에 단단한 몸매가 매력적인 중환자실 담당 간호사 와일리는 멀리 침묵과 명상의 땅으로 자기를 찾아 떠나는 여행에 관해 이야기했다. 비행기 삯과 비용 그리고 곧 방문하게 될 불교 수도원에 헌금할 800달러를 합하면 앞으로 있을 영적 여행에 3,000달러 가까이 들 것이라는 계산이 나왔다.

"그 정도 돈이면 호화유람선 여행이나 유럽의 절반은 구경할 수 있을 텐데 왜 전망도 안 좋은 수도원의 방에다 그 돈을 들이죠?" 내가 농담 삼아 물었다.

"영성을 추구하는 사람들과 물리적으로 가까이 있고 싶어서요. 제게는 그게 굉장히 중요한 일이에요. 오랫동안 추구했던 길이기도 하고요." 그녀의 대답은 이랬다.

그래도 내 앞에서 웨이트 트레이닝을 하고 있는 활기차고 사교적인 정력가와 오지의 고색창연한 수도원에 틀어박혀 있는 수동적인 이미지와는 일치하지 않는 것 같았다. 내가 회의적인 생각을 하고 있다는 것을 눈치 챈 와일리는 조용히 말을 계속했다.

"저는 우리 모두가 주변의 세상에 전적으로 참여해야 한다고 생각하고 있어요. 현대를 살아가는 데 있어서 변치 않는 영원한 현실―일하고, 청구서를 지불하고, 경제적으로 생존해야 한다는―이 있죠. 하지만 그밖의 모든 것은 유동적이며 끊임없이 변하고 영원히 달라지죠. 우리 주변에서 쉬지 않고 드러나는 새로움과 일시성을 부인하고 싶은 정신적인 압박을 지속적으로 받고 있음에도 불구하고 말입니다. 우리는 누구나 행복하기를 원하고 지속적인 사랑과 의미, 목적, 내면의 평화를 찾고 싶어 하거든요.”

“하지만 세속적인 세상에서는 그런 것들을 얻을 수 없지요. 그것들은 본질적으로 수명이 짧은데다 무엇이든 조금이라도 그와 비슷한 것이 다가올 때 필사적으로 지키려고 노력해 보지만 눈 깜짝 할 사이에 달아나 버리거든요. 우리가 통제할 수 있는 것이라고는 우리가 생각하는 것, 알고 있는 것, 믿고 있는 것뿐이죠. 우리가 성취할 수 있는 유일한 영원성은 자신에 대한 지식—우리 자신과 평화롭게 지내기 위해 있는 그대로의 자기 모습과 우리가 어떤 사람이 되어야 하는지에 대한 확실성—뿐입니다. 그리고 그 경지에 이를 수 있는 유일한 방법은 자신의 현실이라는 좁은 감옥에서 두려워하며 살아가는 대신 우리를 중심으로 끊임없이 일어나고 있는 사랑과 창조에 가슴과 마음을 여는 겁니다.”

와일리는 갑자기 싱긋 웃었다.

“그게 바로 제가 클럽 메드 여행을 가는 대신 긴 피정을 떠나는 이유예요. 자, 그럼 이제 벤치 프레스로 가서 얘기할까요?”

버디와 함께했던 가을 여행에서 마지막 들른 곳은 위네바고 호수 쪽으로 불거져 나온 작은 위스콘신 반도에 있는 예수회 피정의 집이었다. 그리고 나서 서쪽으로 길을 돌려 피닉스와 르노, 샌프란시스코, 포틀랜드와 워싱턴 남서부를 거쳐 집으로 갈 예정이었다. 이곳, 숨이 멎을 정도로 아름다운 그 집은 한때 백만장자의 저택이었다가 장애아를 위한 학교와 수련 수도원을 거쳐 지금은 묵상의 집이 되었다. 거기서 나는 리처드 맥캐슬린(Richard McCaslin) 신부와 마리 슈반(Marie Schwan) 수녀를 만났다.

오래된 전나무와 은청색 해안선으로 둘러싸인 피크닉 식탁에서 나는 피정의 집 감독인 두 사람에게 물었다. "사람들이 왜 여기를 찾아올까요? 다른 곳에서는 찾을 수 없는 무언가를 찾고 있는 걸까요?" 두 사람 모두 몇 분 동안 말이 없었다. 맥캐슬린 신부가 먼저 입을 열었다.

"더 많은 것이요. 더 많은 것을 찾고 있지요. 의미를 찾아서 다른 그 무엇, 초월적인 것과 접촉하기 위해서 오는 거예요. 평화를 찾아서, 자유를 찾아서, 또 내면 깊은 곳에서 일상 생활에서보다 더 많은 것을 원하기 때문에 허기를 채우러 오는 겁니다. 인간적 가슴이 갈망하는 것을 충족시키기 위해서 오기도 하고, 좀 더 만족스러운 방식으로 다시 바깥 세상으로 발을 내딛기 위해 내면으로 한걸음 들어와야 할 필요가 있어서 오는 겁니다." 예수회 신부는 나직하게 덧붙였다.

"조용히 있기 위해서, 이미 알고 있는 것을 확인하기 위해서, 또 자기 존재의 진정성을 믿고 싶어서 오는 거지요. 기도하는 법을 알긴 하지만 아직도 기도할 수 있다는 확신이 필요한 거예요."

맥캐슬린 신부가 잠시 입을 다물자 마리 수녀가 이야기를 시작했다 "우리는 그들이 자신의 내면의 길을 따라갈 수 있게 도와주지요. 이미 나 있는 하느님의 발자국을 따라갈 수 있도록 말입니다."

"우리 각자는 자신의 여정에 필요한 것을 자기 안에 가지고 있어요. 해답은 밖에, 바깥 세상에 있는 게 아니라 우리 안에 있습니다. 그리고 그 해답은 조용히 있을 때만 들린답니다."

"저는 여자들이 자신을 찾아가는 여행을 하면서 열심히 노력하는 것을 봅니다. 저는 그들 영혼의 형태가 보여요. 금방이라도 끊어질 듯 팽팽하게 당겨져 있고 빈틈없이 긴장감으로 차 있고 가장자리는 다 해어져 있죠. 저는 그들의 영혼이 쉴 수 있도록 그들을 초대합니다. '당신의 가장 깊은 자아로 빠져들어 그대로 휴식을 취하세요. 선한 엄마의 품에 안겨 잠든 아이처럼 말입니다.' 라고 말해 주지요."

그런 강렬한 생각들과 함께 나는 그곳을 떠났다. 그리고 한 가지 더. 자기가 간절히 듣고 싶어 하는 말을 자신에게 들려주어야 한다. 다른 누군가로부터 듣는 것보다 더 진실할 테니까.

상실감과 슬픔 그리고 부정:

집으로 가는 긴 통로

너 자신을 알라고? 내가 만약 내 자신을 안다면 도망가 버릴 것이다.

―괴테(Goethe)

질문: 부정(denial)이 뭐죠?

대답: 이집트에 있는 강입니다(denial의 발음이 나일 강과 비슷한 것에서 나온 농담―역주).

기능장애적 관점에서 부정이란 무엇일까? 요즘 우리는 이 말을 너무 많이 듣고 또 읽게 된다. 하지만 나는 그 말의 의미가 정확히 무엇인지 궁금할 때가 종종 있다.

컬럼비아 백과사전에서는 부정을 '정서적 갈등과 그와 유사한 긴장감을 해결하기 위해 외부 현실의 불쾌한 측면들에 대한 인식을 거부함으로써 무의식적으로 작동되는 자아방어기제'라고 정의하고 있다. 또 죽음과 관련해서 오는 첫 단계에서 생기는 '적응성' 부정과 '비적응성' 또는 '망상적' 부정을 구별한다.

성경에서는 부정에 대해 자기 눈의 대들보는 보지 못하고 형제의 눈에 든 티만 본다고 표현한다.

영국인 작가 예레미아 크리돈(Jeremiah Creedon)은 부정을 '마음을 위한 영양크림'이라고 했다.

부정은 밤에 당신을 깨워서 "근데 말이지 너는 못 말리는 멍청이야. 어떻게든 조치를 취해야 할 거 아냐!'라고 속삭이는 소리를 거부하는 것이다.

윌리엄 리스트 히트문은 미국의 시골길에서 자아를 발견한 일을 연상시키는 일기 『블루 하이웨이(Blue Highways)』의 서두에서 "밤에 밀려오는 생각들을 조심하라."고 경고한다. "그것들은 적절한 생각들이 아니다. 그것들은 일그러진 형태를 띠고 지각이나 제한도 없이 전혀 상관없는 먼 근원에서 올라온다."

새뮤얼 테일러 콜리지(Samuel Taylor Coleridge)는 이런 전혀 상관없는 먼 근원을 "가슴에 뚫린 쓰라린 구멍, 마음에 박힌 어둡고 싸늘한 반점, 의식의 눈앞에서 사라져야 하는 무엇인가에 대한 희미하고 불길한 느낌. 해결하지도 거절하지도 머물게 할 수도 없는 뭔가 비밀스러운 동거인."이라고 했다.

부정은 우리가 이미 알고 있는 비밀로부터 우리를 벗어나게 해 준다. 기억하는 것을 견딜 수 없어 잊기로 선택한 것이다. 사람들로 하여금 우리가 듣고 싶어 하는 것을 말하게 하고 자신에게 했던 거짓말을 계속 믿게 만든다. 또 감히 우리에게 진실을 듣게 만드는 사람들을 계속 벌 줄 수 있게 하는 것이다.

「오늘의 심리학(Psychology Today)」지의 선임 편집자인 대니얼 골먼(Daniel Goleman)은 부정을 또 다른 이름으로 부른다. 공백. 그것

은 심리적 사각 지대이며 우리의 관심에 뚫린 구멍이고 자아 의식 속
에 난 틈이다.

하버드 출신 박사이며 『치명적인 거짓말, 단순한 진실: 자기기만
의 심리학(Vital Lies, Simple Truths: The Psychology of Self-
Deception)』의 저자인 골먼은 부정은 자기기만적 심리 상태며 자신으
로부터 자신을 지키기 위해 사물을 있는 그대로 보지 않으려는 의도
적 마음가짐이라고 말한다.

부정에 대한 귀에 익은 표현들.
"나는 사기꾼이 아니야."
"나는 명령에 복종할 뿐이지."
"사업은 사업일 뿐이야."
"돈에 관한 얘기가 아니라니까."
"내가 원하면 언제든 그만둘 수 있어."
"기억이 안 나는데."

아버지가 눈앞에서 돌아가시는 것을 보았을 때 그 소년은 열두 살
이었다. 그리고 1950년 4월 '이 글은 아버지의 4주기 기일에 쓴 것으
로 아들의 기억 속에 위대한 인물로 남아 있는 분께 바치는 글이다.'
라는 주석이 붙은 기사가 고등학교 교지에 실렸을 때 소년은 열여섯
살이었다. 그 글은 1946년 9월 17일 밤, 마닐라의 한 근교에서 일어났
던 일에 대해 소년이 기억하는 내용이었다.

거리 한 모퉁이에 흰색의 웅장한 대저택이 있었다. 철제 대문을 지나면 우람한 소나무가 네 그루 서 있었다. 소나무의 초록색 꼭대기는 저녁에 부는 미풍에 가볍게 흔들리고 있었고 뿌리는 말끔하게 깎아 놓은 바다처럼 펼쳐진 잔디밭 속 어딘가에 숨어 있었다.

때는 저녁이었고 떠오르는 달빛이 비치는 집은 조용했다. 집안에서 흘러나오는 웃음소리가 간간이 들릴 뿐이었다.

그 집에는 한 가족이 살고 있었다. 방금 퇴근하고 들어온 아버지가 널찍한 거실에 앉아서 담배를 피우며 맥주를 즐기고 있었다. 아버지는 석간 신문에 관심을 집중하고 있었고 그 주위로 네 아들과 외동딸이 둘러앉아 있었다. 아내는 남편과 함께 있는 것만으로도 행복해 하며 옆에 앉아 있었다.

40대 초반인 그들 부부는 멋진 한 쌍이었다. 남편은 상당히 큰 키에 꿰뚫어 보는 듯한 옅은 갈색 눈을 가지고 있었다. 그의 두 눈은 간간이 빛을 발했고 얼굴에는 선량한 영혼이라고 쓰여 있는 듯했다. 아내는 가녀린 몸에 상냥하고 인내심이 있었다. 그녀에게서 젊은 시절의 아름다움이 여전히 느껴졌다.

아이들이 잠자리에 들고 난 후 부부는 잠시 얘기를 나누고는 그들도 역시 2층으로 올라갔다. 온 집안에 곧 정적이 감돌면서 가족이 함께 즐겼던 여느 저녁과 다름없이 그날 저녁도 저물고 있었다. 하느님과 또 이 세상과도 평화롭게 지내는 가족이었다. 고요한 밤이었다. 부부가 잠자리에 든 지 세 시간이 흘렀고 온 동네가 잠들어 있었다.

그때 집의 희미한 그림자 속으로 남자 다섯이 살금살금 걸어 들어

왔다. 그들은 집 주위를 한 바퀴 돌더니 무단 침입이 가장 수월해 보이는 창문으로 다가갔다. 남자들은 철삿줄 구부린 것으로 창문을 강제로 열고 조용히 안으로 들어갔다.

그때 두목이 소리를 죽여 둘은 남아서 망을 보라고 명령했다. 두명을 남겨 두고 나머지 세 명이 거실을 지나 부엌으로 들어가는 순간 부엌 바닥에서 자고 있던 하인이 발에 걸렸다. 그 중 한 명이 재빨리 그를 흔들어 깨우며 "주인의 침실로 안내해."라고 다그쳤다. 겁에 질린 하인은 주인의 침실 문 앞으로 괴한들을 데려갔다.

괴한들은 강제로 문을 열고 안으로 밀고 들어갔다. 그 중 한 명이 민첩한 몸놀림으로 침대 옆으로 기어 올라가서 베개 밑에 있던 권총을 꺼내려고 하던 주인의 손에서 총을 빼앗았다. 그는 45구경 권총을 허리춤에 꽂고는 불을 켰다. 괴한들은 전부 맨발이었고 모두들 잔인한 눈만 내놓고 얼굴과 머리는 손수건으로 가리고 있었다.

두목은 서둘러 일에 착수하기 위해 부하들 중 한 명에게 거칠게 명령을 내렸다. "넌 여기 남아서 저 둘을 감시해." 그리고 남은 한 명에게는 "넌 날 따라와. 우리 둘이서 이 집을 뒤질 거니까."

괴한 둘이 줄지어 나가려는데 아이 엄마가 "잠깐만요."라고 소리쳤다.

둘은 나가다 말고 천천히 고개를 돌렸다.

"제발 제 손으로 아이들을 깨워서 이 방으로 데려오게 해 주세요."

"그건 왜?" 괴한이 퉁명스럽게 물었다.

아이 엄마가 설명했다. 황급히 말을 하느라 말이 두서가 없었다.

"훔쳐 갈 물건을 찾으려면 소리가 날 수도 있잖아요. 아이들 방으로 들어가서 뒤질 수도 있잖아요. 그러면 틀림없이 아이들이 잠에서 깨어나 비명을 지르지 않겠어요? 그러면 아이들이 다치게 될까봐 그래요."

두목은 일을 끝내려고 서둘렀다. 그는 곧 동틀 녘이라 무시하고 나가고 싶었지만 마지못해 동의했다. "당신은 여기 있어. 내가 하녀를 보낼 테니까."

겁에 질려 떨고 있던 하녀가 침입자들 중 한 명과 함께 아이들 침실로 갔다. 그녀는 자고 있던 아이들을 한 명씩 깨웠다. 영문을 모르고 놀란 아이들이 그들을 기다리고 있던 부모에게 끌려갔다.

"이제 됐나?" 두목이 능글맞게 웃으며 물었다. 그는 대답이 나오기도 전에 얼른 부하를 향해 "자, 이제 가자."라고 외쳤다. 그는 어깨 너머로 남아 있던 한 명에게 "잘 감시해."라고 명령했다. 총을 들고 있던 괴한은 일가족을 침대 옆에 앉혔다. 그리고는 벽에 기대 앉아 긴장을 풀고 담배에 불을 붙였다.

"이건 누워서 떡 먹기겠군." 남아 있던 남자는 이렇게 생각했다. "배불뚝이 중년 남자와 그 가족들을 지키라니, 원."

그때 예상하지 못했던 일이 벌어졌다. 갑자기 주인 남자가 벌떡 일어났다.

살아날 확률은 분명 거의 없었다. 자기 집이 침입당하고 아내와 아이들이 그런 취급을 받는 것을 보고 있자니 분통이 터졌을지도 모른다. 아내와 아이들은 말릴 수만 있었다면 아버지가 그런 일을 못하게 했을 것이다. 놈들이 집안에 있는 것을 모두 가져간다면? 처음부터 다시 시작하면 된다.

하지만 아버지가 왜 그랬는지 아무도 모른다. 그는 기회가 보이자 날쌔게 몸을 날려 총을 들고 있던 남자의 손을 낚아채더니 다른 팔로는 괴한의 몸을 죄었다. 괴한은 속수무책으로 붙들려 있었다. 그는 미친 듯이 눈을 희번덕거리며 천정을 향해 총을 난사했다.

그 소리를 들은 나머지 괴한들이 동시에 방으로 뛰어들었다. 즉시 상황을 파악한 그들은 속수무책이던 주인 남자의 몸속으로 다섯 발을 퍼부었다. 용감하게 남편을 부축하고 있던 아내에게는 총알이 기적적으로 피해 갔다.

그리고는 그들은 비겁하게 밤의 어둠 속으로 달아났다.

주인 남자는 비틀거리며 오열을 하더니 천천히 남편을 바닥에 눕히던 아내의 몸 위로 쓰러지며 머리가 아내의 무릎 위로 떨어졌다.

하지만 너무 늦었다. 두 발이 치명적이었다. 죽음이 어느새 눈앞에 와 있었다. "오 하느님, 당신의 뜻을 거역한 죄를 진심으로 뉘우칩니다……"

그들은 함께 통회의 기도를 바치려고 했지만 결코 끝내지 못했다. 주인 남자는 아내의 무릎에 머리를 묻었다. 그의 눈은 이미 흐릿해졌고 아내는 끝내 울음을 터뜨렸다.

내가 아는 가장 훌륭한 남자는 이렇게 숨을 거두었다. 그는 조국의 자랑이었고 친구들에게는 용기와 품위의 상징이었으며 가족들의 사랑과 존경을 받으며 소중히 간직될 사람이었다.

그는 내 아버지였다. 나는 이 사실을 잊지 말아야 한다.

노인이 된 그의 기억은 50년 전 소년이 썼던 글과는 사뭇 다르다.

그날 밤에 대한 노인의 기억은 누군가가 자기를 흔들어 깨웠던 것에서 시작된다. 그는 눈을 뜨고 자신을 내려다보고 있던 남자를 보았다. 남자의 얼굴은 두 장의 흰 손수건으로 가려져 있었다. 하나는 이마를 가린 다음 뒤로 묶었고 다른 하나는 콧잔등에 걸쳐 얼굴을 가리고 있어 그 틈으로 눈만 겨우 보였다. 그 혼란스러웠던 순간에 처음 떠오른 생각이 집에서 키우던 개 블랑카가 새끼를 낳고 있을 때 개를 지켜보라고 불려갔던 것이었음을 노인은 기억한다.

그리고 부모님의 침실로 끌려갔던 기억이 난다. 아버지, 어머니가 방문 바로 오른쪽에 있던 침대 위에 앉아 있었다. 방 안에는 또 한 남자가 부모님과 함께 있던 것을 보았던 것도 기억한다. 그도 역시 손수건으로 얼굴을 가리고 있었다. 그 남자가 소년에게 앉으라고 했고 소년은 부모 옆에 가서 침대에 등을 기대고 앉았다.

그런데 갑자기 아버지가 벌떡 일어나 괴한을 덮치더니 허리를 감싸 쥐고 총을 들고 있던 손목을 잡아채는 것을 본 기억이 있다. 또 두 사람이 몸싸움을 하는 것, 괴한이 천정을 향해 총을 쏘는 것을 보았던 기억이 난다.

소년은 그때 자기가 서 있었는지 아니면 계속 앉아 있었는지는 기억나지 않지만 필사적으로 부둥켜안은 채 엉켜 있던 두 남자와 매우 가까이 있었던 것 같다. 왜냐하면 총을 든 괴한과 몸싸움을 벌이는 동안 아버지의 애처롭고 당혹스러운 표정이 기억나기 때문이다. 아버지의 얼굴은 마치 "내가 왜 이런 짓을 했을까? 지금 내가 뭐 하는 거지?"라고 자문하는 듯했다.

어머니가 있는 힘을 다해 아버지를 붙들고 애원하던 모습도 기억

한다. "스탠리 앉아요. 그를 놔줘요." 그리고는 총을 든 괴한에게는
"이럴 생각이 아니었어요. 이제 앉을 거예요. 이러려고 했던 게 아니
라구요." 그리고 다시 아버지에게 "여보 그 사람 놔줘요. 제발 놔주세
요. 아무 일 없을 거예요." 노인은 이 장면을 무엇보다 생생하게 기억
한다.

다음날 아침 한 신문 기사에는 "피셔 부인은 남편을 도와 괴한을
물었다."고 썼다. 하지만 노인이 기억하는 것은 그게 아니다. 왜냐하
면 그는 아직도 아버지의 비통한 눈빛이 눈에 선하고 어머니의 애원
하는 목소리가 귀에 맴돌고 있기 때문이다. 그리고 그날 밤에 대해 노
인이 기억하는 것은 이것이 전부다.

자기가 고개를 돌렸는지 아니면 그밖에 자기가 보았던 것을 잊기
로 마음먹었는지 그도 모른다. 하지만 아버지가 총에 맞았던 일은 기
억나지 않는다. 아버지가 쓰러지고 돌아가시는 것도 보지 못했다.

오래전 그날 밤 침실에 누워 있던 죽은 남자의 그림은 마음속에
남아 있다. 하지만 그것은 스크랩해 두었던 신문의 흑백 사진들 가운
데 한 장에서 본 것이다. 그는 50년을 기다린 후에야 그 신문을 읽었
다. 누렇게 바랜 신문에 보존되어 있던 선명하지 않은 모습. 그의 아
버지는 옅은 색 가운과 줄무늬 파자마 바지 밑으로 맨발을 드러낸 채
바닥에 등을 대고 누워 있다. 왼쪽 다리는 구부러져 있고 무릎은 벽에
기대어 있다. 바닥에 쓰러지기 전에 벽에 부딪혔던 게 분명했다. 얼굴
은 카메라 쪽으로 돌리고 있었지만 화장대 그림자 때문에 모습이 희
미했다. 왼쪽 어깨를 타고 내려와 옅은 색 가운의 가슴 윗부분까지 이
어지는 검은 얼룩만이 확연했다.

"C. S. 피셔 씨는 복면의 총을 든 괴한 다섯 명에 대항했지만 그들을 이길 수 있는 가망은 전혀 없었다."

마닐라의 영자 신문인 「이브닝 헤럴드(The Evening Herald)」의 1946년 9월 18일자 신문 1면에 그 범죄에 대해 다음과 같은 기사를 실었다.

한 영국인이 파사이 자택에서 총기를 소지한
다섯 명의 괴한들에게 살해되다

런던 태생으로 스페셜티사 부장인 코넬리우스 스탠리 피셔 씨가 오늘 아침 3시 15분경 파사이의 F. B. 해리슨가 923번지의 자택 침실에서 집을 털기 위해 침입한 신원불명의 괴한 다섯 명으로부터 총알 세례를 받았다.

강력계의 P. 페나란다 형사, C. 라가디 형사, D. 투가데 형사 등이 지휘하는 심문 과정에서 신원불명의 다섯 명의 괴한이 부엌의 방범망을 자르고 집으로 침입했던 것으로 밝혀졌다.

부엌에서 자고 있던 하인 피오 테브스가 인기척을 듣고 잠에서 깼으나 미처 도움을 청하기도 전에 괴한 중 한 명이 뒤에서 권총을 들이대며 조용히 피셔 씨의 방으로 안내하라고 위협했다.

괴한 두 명이 1층에서 망을 보고 있는 동안 나머지 세 명은 테브스와 함께 2층으로 올라가서 피셔 씨의 방으로 갔다. 방에 들어온 괴한을 본 피셔 씨는 자신의 45구경 권총을 꺼내려다가 강도들에게 탈취당했다.

피셔 일가를 침실로 몰아넣고 무장한 괴한 한 명이 그들을 감시하고 있는 사이에 두 명은 약탈할 물건을 찾아 집을 샅샅이 뒤졌다. 그 사이에 피셔 씨는 무기를 빼앗기 위해 감시하고 있던 괴한과 몸싸움을 벌였다. 서로 밀고 당기는 사이에 총이 발사되자 약탈에 여념이 없던 나머지 강도들이 총 소리를 들었다.

강도들은 동료를 구하기 위해 방으로 달려갔고 피셔 씨에게 총알을 난사하여 그 자리에서 숨지게 만들었다.

강도들이 도망간 후 피셔 씨 집에서 없어진 것은 현금 300파운드와 피셔 씨의 45구경 권총 그리고 개인 서류들이었다.

영국 시민권 소지자인 코넬리우스 피셔 씨의 사무실은 후안 루나에 있는 윌슨 빌딩에 있다. 유가족으로는 미망인 메르세데스 데 오캄포 피셔(45세)와 다섯 명의 자녀가 있다.

누렇게 바랜 신문 오린 것을 내려놓으면서 노인은 수화기를 들고 은행에 전화를 해서 미국 달러와 필리핀 페소의 환율에 대해 문의했다. 창구 직원이 현재 0.02612라고 하며 계산을 해 주겠다고 했다. 그리고 몇 분 후 창구 직원이 "오늘 환율로 환산하면 300페소는 7.84달러입니다."라고 알려 주었다.

"왜 그랬을까? 왜 그 분은 그렇게 개죽음을 당하신 걸까?" 노인은 자문했다. 그러자 오래전 어머니가 어떤 사람에게 그 이유에 대해 말하는 걸 우연히 들었던 기억이 났다. "그 양반이 가장 즐겨 하던 말이 '내 집은 내 성이오.' 라는 거였어요. 그 말을 자주 했죠. 가족을 사랑해서 그랬던 거예요. 영국 사람이라 자부심이 강한데다 가족을 너무 사랑했어요. 그래서 돌아가신 거예요."

그리고 나는 일어나서 바닷가에 있는 나의 이니스프리로 갔다.

그곳에서 기억을 찾았다. 하지만 전부는 아니었다. 영원히 사라져 버린 것들도 있었다.

결코 사라지지 않을 후회가 하나 있다면 어머니에게 어머니와 아버지에 관한 이야기를 들려 달라고 했던 적이 한 번도 없었다는 것이다. 우리가 함께 살았던 어린 시절의 우리 가족에 관한 이야기도. 돌아가시기 전 마지막 몇 달 동안 어머니 곁을 지키며 홍콩과 마닐라에서 보냈던 단란했던 시절에 관한 이야기를 귀 기울여 들어 드리는 다정함과 호의를 베풀었더라면.

하지만 어머니는 가고 안 계시다. 그리고 이제 내가 결코 알지 못할 일들이 생겼다. 아는 것이 중요해질 때는 이미 때가 늦었다. 그리고 이제 내게는 기억할 수 있는 것들만 남았다. 지금 나는 내 자식들에게 그 강하고 속마음을 알 수 없는 용기 있는 여성에 관해 내가 아는 것보다 훨씬 더 많은 것들을 들려주고 싶은 마음이 간절하다. 하지만 이제 그럴 수 없게 되었고 내 자식들도 내가 잃어버린 것만큼 많은 것을 상실한 채 살아가야 한다.

내가 1946년 9월 17일, 그날 새벽에 일어났던 일에 관해 정확히 알게 된 것은 거의 반세기가 지나서였다. 이곳 해변에서 나는 마침내 누렇게 바래고 구겨진 신문 스크랩을 읽기로 마음먹었다. 어머니가 조문 편지와 전보 등과 함께 스크랩북에 보관해 두었던 것이었다.

나는 한 번도 그것을 보여 달라고 했던 적이 없었다. 그러고 싶었던 적이 한 번도 없었다.

1981년 겨울 뉴욕 시립병원에서 어머니가 암으로 돌아가신 다음 나는 그 스크랩북을 오리건으로 가져왔다. 고통에 시달리던 마지막 몇 달 동안 어머니가 병상에서 타이프로 쳐서 쓴 13장짜리 편지와 함께. 어머니는 손자들을 위해서 그 편지를 썼다고 말했다. 그 편지는 어머니가 마닐라와 홍콩에서 살았던 시절에 관해 말해 주고 있다. 그 편지는 지금 내게 값으로 따질 수 없을 만큼 소중한 것이 되었다.

그런데 어머니가 돌아가신 후 나는 그 편지를 신문 스크랩과 함께 보이지 않는 곳에 처박아 두었다. 차마 그것들을 볼 수가 없었다. 그리고 그후 20년이 지나도록 열어 보지 않았다.

그 노인은 이제 해변에서 기억하고 수용하고 용서하기로 마음먹었다. 아버지의 죽음에 대한 소년의 부정만큼이나 강했던 또 하나의 거부까지도. 그것은 그가 결코 찾을 수 없는 그 누군가를, 자기가 결코 될 수 없는 사람을 추구했던 자신에 대한 평판이다.

언젠가 읽었던 글이 생각난다. "나는 어디든 속해 있고 어디에서도 아웃사이더다."

어떤 아시아계 유럽인 작가가 수용에 대한 자신의 갈망에 관해 쓴 글이었다.

노인은 필리핀인 어머니가 어렸을 때 마닐라에서 들려준 이야기를 기억한다. 그의 영국인 아버지는 이 이야기를 듣고 배를 잡고 웃었다. "하느님이 인간을 창조하셨을 때 진흙으로 형상을 빚으신 다음 오븐에 넣었대요. 그런데 너무 빨리 꺼내서 백인이 태어났어요. 그래서 다시 만들었는데 이번에는 진흙으로 빚은 형상을 너무 오래 넣어 둔 거예요. 그래서 흑인이 탄생했대요. 그 다음에 하느님은 한 번 더 시도를 했고 이번에는 정확히 제시간에 꺼냈어요. 그래서 태어난 게 황인종이래요.”

소년은 하느님이 세 번째 시도에서 결국 제대로 했다는 사실을 알게 되었다.

하지만 1957년 미 해병 대원으로 미국 최남단에 배치되면서 그는 또 다른 형태의 편견에 부딪히게 되었다.

사우스 캐롤라이나 주 패리스 아일랜드의 신병훈련소를 졸업한 후 젊은이는 캠프 르쥔에 있는 해병 제2사단으로 발령이 났다. 발령을 받고 얼마 안 돼서 그와 동료 해병 대원 한 명—뉴욕에서 지원하여 신병훈련소에서 같은 소대에 있었던 동기였다—은 넓게 자리잡고 있던 기지 인근의 한 도시로 놀러 나갔다.

사병 둘이 작은 시골 마을의 한 식당에 들어가려는데 웬 남자가 길을 막아섰다. 그는 두 사병을 찬찬히 훑어보더니 스물두 살의 마닐라 출신 필리핀계 영국인에게는 “당신은 들어가도 좋아.”라고 하고는 열아홉 살의 브롱크스 출신 흑인 미국인에게는 “당신은 안 돼.”라고 했다. 두 사병은 아무 말 없이 그곳을 떠났다.

그날 저녁 기지로 돌아온 두 사병은 앞으로 수없이 많이 듣게 될 충고를 들었다. 다른 해병 대원 한 명이 그들에게 이렇게 주의를 주었다. “이 근방에서 백인은 아무 문제가 없고, 갈색은 돌아다니는 것은 괜찮은데 흑인은 나돌아 다니면 안 돼.”

그 아시아계 유럽인 해병 대원은 열여덟 살 때 미국으로 왔다. 고등학교 3학년 때 멀리 가톨릭계 기숙학교에 들어가기 위해 눈에 익은 갈색이나 구릿빛 피부는 더 이상 볼 수 없는, 흰색과 검은색 피부만 극명하게 대조를 이루고 있는 너무나 다른 문화권의 사람들 속으로 왔다.

일생 중 가장 다치기 쉬운 시기였다. 남자도 소년도 아닌 어정쩡한 상태로 고립감과 상실감, 그리고 혼자임을 뼈저리게 느꼈다. 백인도 흑인도 아닌 근원을 알 수 없는 애매한 혼혈아. 그저 눈에 띄지 않는 미국인이 되고 싶어서 그들과 섞이고 그들에게 속할 수 있기를 절실하게 원했던 시기였다.

그리고 50년 후 해변으로 온 노인은 이제야 이해하게 되었다. 다시 되돌릴 수 없는 그것의 가치를 인식하기 전에 그가 부정했던 자기 안의 많은 것들을. 자신에게 또 자신을 사랑했던 사람들에게 주었던 아픔의 대부분은 진정한 자아를 부정했던 것에서 나왔다는 사실을.

부정의 힘이 그렇게 크다는 사실을 노인은 이제야 깨닫는다. 생존을 위한 투쟁에서 부정은 위안을 주는 아군이지만 자아를 찾는 데는 격렬한 적이다. 부정은 우리가 가장 혼자라고 느낄 때 찾아온다. 그리고 집으로 가는 먼 길을 가로막는 이 악마는 혼자서만 없앨 수 있다.

자기 탐닉이 주는 당당한 기쁨

나는 무엇보다 먼저 내 자신에게 속해 있다.

−샬롯 울프(Charlotte Wolffe)

행복하게 살기 위해 결혼이 주는 전통적인 기쁨을 포기하는 미국인의 수가 증가 추세에 들어서면서 행복한 싱글과 독신주의자들을 위한 진보적인 시대가 도래했다. 애틀랜타에 사는 회계사 케이트 월러스(Kate Wallace)처럼 독신 생활에 만족하는 사람들은 이런 질문을 던진다. "결혼하는 것과 인생을 멋지게 사는 게 무슨 상관이 있죠?"

물론 혼자서 할 수 없는 행사나 상황이 있다. 스스로 제공할 수 없는 것을 다른 사람에게서 구해야만 하는 경우다. 우선 긴 사다리의 양쪽 끝을 들고 가야 할 경우가 생각난다. 무도회에서 춤을 출 때도 그렇고 또 몸을 뒤로 젖히고 지나가는 장대 통과히기도 있다. 침실에서든 나이트 클럽이든 탱고를 출 때도 둘이 있어야 한다.

파트너란 단어의 정의대로(서로 함께하거나 관련이 있는 사람들) 서로 받는 만큼 주도록 되어 있다. 아니 주어야 한다. 성공적인 부부 생활을 위해서 필수적인 요소다. 문제는 주는 사람은 계속 주게 되고

받는 사람은 계속 받는 것으로 끝나는 경우가 종종 있다는 것이다.

"그가 나를 때렸어요. 한 번이요."

캐시 프롭스트(Kathy Probst)가 내 질문에 짧게 대답했다. 짧게 끊어지는 두 마디 사이에 불길한 조짐이 걸려 있다. 내 질문은 결혼한지 10개월 만에 왜 헤어졌냐는 것이었다. 당시 그녀는 스물네 살이었고 남편은 한 살 많았으며 둘 다 아직 대학생이었다. 이제 54세가 된비행기 승무원인 그녀는 재혼을 하지 않았다. 하지만 살아오는 동안기억할 수 없을 만큼 '룸메이트'가 많았던 적도 있었다.

"처음의 실수로 다시는 생각 없이 '덥석 뛰어드는' 짓은 하지 말아야 한다는 사실을 배웠어요." 프롭스트는 말을 계속했다. "남자가심각해지면 저는 반대쪽으로 달아나죠. 저는 늘 제 인생이 충만하다고 느껴 왔어요. 다시 시작하겠다는 부담은 전혀 느끼지 않았죠. 하지만 서른 살 즈음 제가 얼마나 진정 혼자인지 깨닫게 됐죠. 그리고 나서는 제 자신과 홀로 있는 것에 대해 이런 '태도'를 가지게 됐어요."

"늘 그랬듯이 바쁘게 이 도시 저 도시로 움직이며 밤낮을 가리지않고 일하는 동안 고등학교 때 친구 몇 명 외에는 정말로 '아는' 사람이 없다는 사실을 알게 되었어요. 그 친구들과도 그렇게 가깝다고 할순 없었죠. 시카고에서 가장 적응하기 힘들었어요. 그 도시는 상당히가족 중심적이거든요."

프롭스트는 말을 멈추고 웃었다. "시카고에서 교회에 갔던 적이있었는데 여자들이 자기 남편의 팔을 붙들고 저를 뚫어지게 쳐다보는거예요. 나중에 목사님이 그 사람들은 독신인 친구가 별로 없어서 그랬을 거예요, 하며 사과하듯이 말해 주더군요."

그녀는 30년 전의 짧았던 결혼 생활에 관한 기억을 떠올렸다.

"저는 결혼 생활이 맞질 않았어요." 그녀는 담담한 어조로 말한다. "몇 개월이 채 안 돼서 아니 몇 주 만에 그렇다는 것을 알게 되었죠. 남편은 자식과 행복하고 사랑스러운 아내, 그리고 무슨 일이든 함께하길 원했어요. 저는 바로 '내가 원하는 건 그게 아닌데.' 라는 생각이 들었어요. 모든 사람이 결혼을 해야 한다는 법은 없잖아요. 자식을 가지는 것도 마찬가지구요. 저는 지금 이렇게 사는 게 행복해요."라고 그녀는 힘주어 말했다.

어떤 점이 좋은가? 프룹스트는 자유와 독립 그리고 이기적으로 사는 것이라고 대답했다.

"물론 혼자 살면 이기적이 되죠. 제가 이기적이라는 말을 쓰는 데는 나름대로의 이유가 있어요." 그녀는 주요 항공사의 항공승무원으로 25년간 일하기 전에는 규모가 큰 화학제품 회사에서 일했던 경험이 있고 캘리포니아 대학에서 경영학 석사학위까지 받았다. "한 가지 단순한 이유로 누구와도 나누지 않고 사는 거죠. 그럴 필요가 없으니까요."

"이기적이 되려고 계획하는 게 아니라 자연히 그렇게 되는 거예요. 혼자니까요. 의무도 없는데 자기만 좋으면 되잖아요. 하고 싶은 일은 무엇이든 단지 하고 싶다는 이유로 하는 법도 배우게 되구요."

"이기적인 성향이 생활 방식이 되어 버렸다고 말할 수도 있겠네요. 다른 삶의 방식은 이제 견딜 수가 없어요."라고 그녀는 덧붙였다.

"일반적인 생각과는 반대로 혼자 사는 사람들은 대개 할 일이 많답니다. 수많은 다양한 관심사를 개발할 시간이 있거든요. 함께 사는 사람이 있으면 할 수 없는 일이지만 혼자서는 할 수 있는 일들이 그렇게 많다는 사실을 알면 정말 기분이 좋아요."

"비행기를 타고 한 번도 가 본 적이 없는 도시로 가서 하릴없이 여기저기 걸어 다닐 수도 있고요. 한 번에 예닐곱 시간씩 뜨개질을 하다가 7, 8개월 동안 손도 대지 않고 던져둬도 누가 뭐랄 사람 없죠. 컴퓨터를 배우든 독서나 골동품 상가에서 쇼핑을 하든 여행을 가든 내가 선택한 일에 완전히 몰두할 수도 있지요. 독신자들은 누구나 때때로 외로움을 느껴요. 하지만 그래서 그 외로움을 채울 수 있는 관심사를 개발하는 법도 배우게 되는 거구요."

"관심사에 몰두할 시간이 없어서 관심사가 별로 없는 사람들은 언젠가 자기만의 시간이 생겼을 때 문제가 되죠. 예를 들어 남편과 아이들만 바라보고 살아온 여자들에게 어느 날 갑자기 그 생활이 없어진다고 생각해 보세요. 말 그대로 무너지는 거예요."

자기 어머니는 그렇지 않았다고 프롭스트는 회상한다. "어머니는 음악가였고 예술잡지 편집자에 부업으로 희곡도 썼어요. 그래서 알코올 중독에다 때때로 심하게 가학적이었던 아버지를 감당할 수 있었죠. 아버지와는 별도로 쌓아 올린 생활이 두 분을 함께 살 수 있게 해 주었던 거죠. 아버지는 돌아가시기 전 마지막 2년 동안 술을 끊었고 그 2년이 두 분 평생에 가장 행복했던 시기였어요. 저는 그 마지막 2년을 어머니가 어려운 중에도 결혼 생활을 지켜 왔던 것에 대한 보상이라고 생각하고 싶어요. 그리고 아버지와 별도로 쌓아 왔던 삶이 두 분을 헤어지지 않게 지켜 주었고 또 그 덕에 어머니가 살아남을 수 있었던 거구요."

　"혼자 살다 보면 특별히 누가 있어야 잘 살 수 있는 것은 아니라는 사실을 알게 돼요." 프롭스트는 이렇게 요약한다. "많은 사람들과 함께 잘 살 수 있게 되거든요. 그래야 하구요."

　재혼할 생각은 있나요? 이 질문에 프롭스트는 잠시 생각에 잠겼다. 그리고 어깨를 한번 으쓱하고는 이렇게 대답한다. "잘 모르겠어요. 오랫동안 생각해 보질 않았거든요. 그렇게 된다면 괜찮을 것 같기도 해요. 아니어도 상관없구요. 친구들이 '요새 좋은 사람 만나?'라고 묻는 게 너무 싫은데 계속 물어요. 저는 대개 '응, 무지 많아.'라고 대답하고 나머지는 자기네들 좋을 대로 생각하게 내버려 둬요."

　"제가 확실히 알고 있는 사실은 결혼하지 않고 한 해 한 해 보내다 보면 사람을 찾기가 더 어려워질 거라는 거죠. 결혼 후에 얻을 것들을 위해서 내가 기꺼이 포기해야 할 것들이 얼마나 될지 잘 모르겠거든요. 어떤 사람들은 그것을 '자기 방식에 안주하는 것'이라고 하더군요. 저는 그것을 이기심이라고 불러요. 그리고 그것은 중독성이 상당히 강하지요."

　만약 결혼을 했더라면 달라질 일들이 있을까? "물론이죠."라고 프롭스트는 대답한다.

　"40대, 50대, 60대에 결혼하는 사람들은 관계를 훨씬 개방적으로 가져가요. 상대방의 독특한 방식을 수용하고 둘 다 이미 익숙해진, 이제는 없어서는 안 될 자기만의 시간과 공간들을 서로에게 제공하는 법을 배워야 하니까요. 낭만적이고 섹시한 파트너보다는 자기를 아껴 주는 편안한 동반자를 찾아야 한다는 걸 인정하는 게 중요해요. 또 상대를 바꾸려고 들지 않는 것도요." 프롭스트는 이 말을 덧붙이는 걸 잊지 않았다.

"그것은 나이에 상관없이 좋은 충고지요. 하지만 나이 든 사람에게는 결정적인 충고라고 생각해요. 상대방이 나와 다르다는 사실을 받아들여야 해요. 아무도 변하지 않을 거니까요. 상대 여자가 고양이와 말을 한다, 그래도 OK 해야 된다니까요! 상대 남자가 오랫동안 아무 말도 하지 않는다, 그러면 쉬지 않고 떠드는 것보다 낫다고 생각하세요. 남자가 코를 곤다, 그게 어때서요? 당신도 그럴 수 있는데. 그 나이에 방을 따로 쓰지 못할 이유가 전혀 없죠."

"수많은 세월을 홀로 지내면서 두 사람 모두가 소중하게 생각하는 시간과 공간에 대한 사치를 서로에게 제공하세요. 당신이 추구하는 것이 고전적인 의미의 결혼이 아니라 서로 의지하는 가까운 친구라는 사실을 알아야 한다는 말이에요. 결혼은 감당할 수 없을지 모르지만 깊은 우정은 두 사람 모두에게 꼭 맞는 것일 수도 있으니까요."

두 번의 결혼 끝에 또다시 혼자 살고 있는 61세의 알렉시스 패드필드(Alexis Padfield)는 자기에게 가장 큰 기쁨은 이제 더 이상 정해진 일과가 없어도 된다는 것이며, 두 번째로는 자기 자신 이외에는 그 누구도 책임질 필요가 없다는 것이라고 말한다.

그녀는 "이제 어떤 제한도 없이 전적으로 내 자신이 될 수 있게 되었어요."라며 기뻐한다.

"내가 그리고 나만이 매일 몇 시에 일어날지, 언제 잠자리에 들지, 무슨 음식을 만들고 언제 먹으며 얼마나 오래 집을 비울지, 그리고 언제 돌아올지를 결정하죠. 집을 꾸미고 마당에 조경 공사를 하고 돈을 어떻게 쓸지, 언제 어디로 누구와 휴가를 갈지도 내가 정해요. 새로 생긴 가장 친한 친구는 바로 내 자신이랍니다." 그녀는 이점을 분명히 했다.

"저는 이 사랑스러운 친구에게 발톱 손질과 마사지, 피부 미용이라는 사치까지 누리게 해 줘요. 원하는 대로 욕조에 몸을 담그고 있게 하고 침대 위에서 독서를 하거나 TV를 밤새 보도록 내버려 둬요. 그런 모든 것들을 눈곱만큼의 죄의식도 없이 한답니다. 배우자와 함께 사는 데서 오는 의무와 책임, 장점과 단점, 좋은 일 나쁜 일을 다 겪고 난 다음에야 홀로 사는 것의 심오한 기쁨을 진정으로 알게 되지요." 패드필드는 이야기를 계속했다.

"짝을 찾으려는 무의식적인 욕망이 의미 있는 우정의 가치를 깊이 새기는 것으로 바뀌게 됩니다. 저는 늘 모험 정신과 삶에 대한 열정을 지니고 있었어요. 변화를 성장의 기회로 받아들이려고 노력했지요. 그 결과 혼자였던 시간들이 저의 자의식과 삶에 대한 이해를 늘리는 것으로 보답해 주더군요. 그리고 앞으로도 지속적인 자아실현과 창의력을 더욱 펼쳐 나갈 기회가 있을 거라고 믿어요."

"방해물이 걷히면서 현재에 살고 있다는 인식과 기쁨을 통해 시야가 확 트일 때 나의 창의적 영혼은 표현하고자 하는 욕구를 느끼게 돼요. 이제 더 이상 해야 할 일의 목록을 만들거나 미래를 위해 살 필요가 없어지면서 그저 하루하루가 저절로 펼쳐지게 내버려 둡니다. 시간이 동시에 늘어나기도 하고 줄어들기도 하는 것 같아요."

"즐거운 시간이 더 많아졌어요. 아니면 제가 일상 활동 가운데서 즐거움을 더 많이 추구하는 걸까요? 하지만 시간이 얼마 없다는 것에 더욱 민감해진 지금 저를 즐겁게 하는 것은 하나도 놓치고 싶지 않아요. 이 세상에 하나밖에 없는 내 자신이 주는 기쁨을 한껏 누리기 위해서죠."

"나는 기르던 개와 사랑에 빠져 있었다. 이것은 거의 우연히 알게 된 일이다. 마치 어느 날 아침잠에서 깨어 '어머나! 내 나이가 벌써 서른여덟인데 아직 혼자라니. 이제 보니 내게 가장 강렬하고 만족스러운 관계는 개와의 관계잖아.' 라고 깨닫는 것과 같았다. 하지만 우리는 누구나 다른 방법으로 사랑을 배운다. 그리고 내게는 그런 방식으로 찾아왔던 거다."

이 말은 캐롤라인 냅(Caroline Knapp)이 그녀의 매혹적인 저서 『둘이서 함께: 개와 사람 사이의 복잡한 관계(Pack of Two: The Intricate Bond Between People and Dogs)』에서 했던 말이다. 이 책에서 그녀는 일하는 가축에서 가족의 동반자로 또 정서적 양육자로 변하는 개의 역사적 역할을 추적한다.

냅은 자기가 보스턴의 동물 보호소를 찾아가서 8주 된 루실이라는 잡종 세퍼드를 집으로 데려오게 된 경위를 들려준다. 그녀의 부모님은 모두 돌아가셨고 18개월 전에 술을 끊음으로써 20년 동안 지속된 술과의 관계를 청산했다고 밝힌다.

불확실성의 안개 속에서 냅은 부모님과 술이 없는 자기는 과연 누구인지 고민하게 되었다. 부모님과 술, 그 어느 것도 가까이에 없는 상태로 이 세상을 어떻게 살아가야 할지, 허점투성이인 자신에 대한 두려움에 직면한 지금 새로운 위안을 찾을 수 있을지. 그런데 개가 그 모든 어려운 질문에 대한 근본적인 해답으로 떠올랐다.

냅은 "개를 통해서 위안과 기쁨, 그리고 세상과 연결되는 다리를 발견했다."고 썼다.

여러분 중 절반은 지금 당장 '맞아! 맞아!' 라고 무릎을 칠 것이다. 하지만 다른 절반은 관자놀이 주위에 집게손가락을 가져가서 빙빙 돌리는 어디서 많이 본 몸짓을 취할 것이다. 개를 좋아하는 사람이 있는가 하면 고양이를 좋아하는 사람도 있고 또 둘 다 약간 정상이 아니라고 생각하는 사람들도 있다.

냅이 애착이 아무리 강해도, 아무리 보상이 큰 관계라도, 또 아무리 오래된 관계라 할지라도 감정의 깊이를 드러내는 것을 조심하라고 경고하는 이유도 바로 그것이다.

그런 감정을 드러내면 동물에게 인간의 속성을 부여하는 철부지 짓이라는 비난을 면치 못할 것이라고 냅은 경고한다. 동물적 사랑으로 인간적 사랑을 대체하는 변태적인 행위이며 배우자와 가족에 대한 욕망을 동물에 대한 애정으로 승화시키는 가련한 행위라는 비난을 면할 수 없다. 무엇보다 나쁜 점은 애완동물을 키우지 않는 사람들로부터 가장 경멸적인 말을 듣게 될 위험을 감수해야 한다는 것이다. 제발 좀 그만해, 개 따위를 가지고 왜 그래.

그렇다. 이게 바로 정곡을 찌르는 표현이다.

개들이기 때문에, 열심히 노력해도 우리는 개가 될 수 없기 때문에 그들의 미덕을 소중히 여긴다. 그래서 우리는 개들의 변함없는 충성과 인내심, 고결함과 용기, 이타성과 헌신을 이상화한다. 그것들은

개에게는 매우 전형적인 속성이지만 우리 자신 안에서는 너무나 찾아
보기 어려운 것들이기 때문이다.

완전한 사랑을 원하는가? 천당에나 가서 찾아야 할 것이다. 당신
이 지구상에서 찾을 수 있는 완전한 사랑에 가장 가까운 것이 개다.

1999년에 실시했던 미국 동물병원협회 조사에서 응답자의 50퍼센
트가 자기가 키우는 동물을 구하기 위해 목숨도 걸 '가능성이 매우
높다.'고 말했던 이유가 바로 그것이다. 33퍼센트는 '그럴 가능성이
어느 정도 있다.'고 대답한 반면 13퍼센트는 '그럴 가능성이 별로 없
다.'고 했고 4퍼센트가 '그럴 가능성이 없다.'고 대답했다.

그들 중 21퍼센트가 지갑이나 핸드백 속에 자기가 기르는 동물의
사진을 가지고 다니는 이유도 그것이고, 1996년 조사에서 애완동물을
키우는 사람들의 57퍼센트가 고립된 섬에서 길을 잃는다면 유일한 동
반자로 애완동물을 원한다고 대답했던 이유도 그것이다.

냅은 우리에 대한 또 다른 일반적인 견해를 인정한다. 우리는 조
건 없는 사랑과 애정을 동물에게서 찾는다고 한다. 산산이 부서지고,
고립되고, 소외시키는 세상에서 '진정한' 사랑은 만나기 어렵기 때문
이다. 어쩌면 그게 사실인지도 모른다. 그래서 어쨌다는 건가?

"어쨌든 사랑은 사랑이죠." 로스앤젤레스에 거주하는 46세의 작
가 폴라(Paula)는 이렇게 설명한다. "저는 사랑을 인간에게서 얻건 동
물에게서 얻건 상관하지 않아요. 똑같은 감정이니까요." 하지만 다양
한 인간적 사랑이 동물의 사랑 앞에서 무색해진다는 사실이 신경에
거슬리는 사람들이 있다.

하지만 냅은 그 말이 현대 문화에 대한 서글픈 코멘트는 아니라고

지적한다. 그것은 단순히 "개들과 그 주인들 사이에 지속되는 놀랍고도 신비스러우며 종종 대단히 복잡한 춤"의 본질이며 "그 춤은 애정에 관한 것이다."

"그 춤은 상호 의존적이고 확실하며, 매우 사적인 애착이고 본질적으로 말이 없기 때문에 실제적인 인간 관계에서는 알 수 없는 '관계'에 관한 것이다.

바닷가에 사는 나에게 가장 큰 기쁨은 개와 함께 무한한 시간을 보내는 것이다. 그것은 도시에서 가족을 부양하고 일하며 사느라 힘들어서 느끼지 못했던 특권이며 즐거움이다. 지난 5년 동안 실질적으로 매일, 매 순간을 개와 함께 지내면서 어떤 두 인간들 사이에서도 성취하지 못했을 관계를 형성했다. 물론 이것은 내 의견일 뿐이다. 하지만 인간은 두 사람이 잠시 떨어져 있고 싶다는 절실한 생각 없이 매일, 매 순간을 함께 보낼 수 없을 거라고 생각한다. 하지만 개와는 할 수 있다. 그것도 아주 멋지게.

개에 대해 느끼는 감정이 다른 사랑에 대해 느끼는 것만큼 강렬하고 생생하고 깊이 있을 수는 없다고 말한다면 이번에는 내가 관자놀이에 집게손가락을 갖다 대고 돌릴 차례다.

자신을 성장시키기 위해 무엇을 하느냐는 질문에 엘리스 휘틀리(Elise Whitely)는 이렇게 대답한다. "저는 대개 몸을 격렬하게 움직이거나 심호흡을 하거나 스트레치를 할 때 기분이 좋아요."

"늘 격렬한 활동으로 감정을 처리해요. 집중하거나 뭔가를 생각하고 문제를 해결해야 할 때 가장 좋은 방법은 운동화를 신고 몇 마일을 달리는 거예요. 음악을 들을 때도 있지만 머릿속에서 해결책이 떠오를 때 방해가 되더라고요. 그래서 대부분은 말 없이 운동을 해요.”

61세의 휘틀리는 자신을 성장시키는 또 다른 방법은 친구라고 한다. 그녀는 21년간의 결혼 생활을 끝낸 후 지난 14년 동안 홀로 살아왔다. 그녀는 최근 자기가 베풀었던 친절에 대한 감사 편지를 한 통 받았다. 은혜를 입은 사람은 이렇게 썼다. “친구는 자신에게 주는 선물입니다. 저는 오늘 제 자신을 당신께 드립니다.”

이 말은 자신을 깊이 감동시켰다고 휘틀리는 말한다. “그건 바로 제가 친구들을 생각하는 방식이거든요. 친구는 내 자신에게 주는 멋진 선물이라는 거 말이에요.”

그녀는 남자들과, 심지어 유부남들과도 좋은 친구가 되는 능력이 있다. 그냥 친구라고 그녀는 강조한다.

“부인들이 겁을 내지 않는 것 같아요. 질투도 안 한다니까요.”라고 휘틀리는 자랑스럽게 말한다. “질투하는 기색이 보인다 해도 그건 자기들도 독신이었으면 하는 바람 때문이죠.” 그녀는 이 말을 하면서 개구쟁이처럼 웃는다.

“글쎄요 그건 제 상상인지도 몰라요. 저는 이제 더 이상 결혼한 몸이 아니라는 것이 너무 행복하거든요.”

그녀는 자신이 남자들에게 좋은 친구이며 그 아내들에게도 두려운 존재가 아니라고 생각한다. 그녀가 소문을 퍼뜨리거나 판단하려는 욕구를 억제하기 때문이다. “내 나이가 되면 친구를 변화시킬 수 없다는 것을 알게 되요. 그래서 아예 그럴 마음도 먹지 않아요.”

“저는 그게 진정한 친구가 되는 비결이라고 생각해요. 자기 이외의 그 누구도 '고치려 들지' 않는 것. 자신들의 시간과 공간에서 스스로 고칠 수 있도록 있는 그대로 내버려 두는 것. 그들이 짜증스러워하거나 만나고 싶어 하지 않으면 '그들에게 쉴 시간을 주고' 는 나가서 다른 사람과 시간을 보내죠."

또한 자기를 돌보는 원칙 중에서 최우선이 건강을 엄격하게 유지하는 일이라고 그녀는 말한다. "저는 거의 운동 전도사예요. 건강보험료가 아까워서가 아니라 다치지 않고 건강을 유지하기 위해 많은 예방 조치를 취한답니다. 그래서 결국 보험을 쓸 필요가 없어지긴 하지요. 예방 조치들 중 하나가 체중이 늘지 않도록 음식을 가려 먹는 것이라고 그녀는 지적한다.

"나이 드는 것을 막을 수는 없지만 살은 찌면 안 돼요. 홀로 지내다 보면 지난밤에 먹었던 샐러드를 다음날 아침에 먹을 수도 있어요. 저는 제 몸에 관해서는 완벽하게 통제를 하지요. 몸을 위해 뭘 해야 하고 뭘 섭취해야 하는지 말이에요. 그게 제가 고등학교 때 체중을 아직도 유지하고 있는 이유일지도 모르죠."

그녀는 또 다치지 않기 위한 자신의 모토를 일러 주었다. "혼자 살 때는 캄캄한 데서 걸어 다니지 말고 높은 사다리에 올라가거나 지붕에 올라가지 말 것!"

그녀의 지기 관리 목록에는 침을성도 올라 있다. "제가 좋아하는 사람들은 모두 참을성이 있다는 사실을 알게 되었어요. 자신에게도 잘 참고 자연에 대해서도 인내할 줄 알고 손자와 친구들, 그리고 인생 전반에 대해 잘 참아 내죠."

"그런 사람들은 사소한 일에 목숨 걸지 않아요. 모든 일이 저절로 이루어지도록 충분히 시간을 줍니다. 그러면 항상 그렇게 돼요. 실패했을 때 화내지 않고 대개의 경우 자신이나 다른 사람들에게 또 한 번의 기회를 주지요. 관용적이고 친절하며 용서할 줄도 알고요. 저는 그 사람들을 닮으려고 노력하는 것으로 저를 성장시키고 있답니다.”

이제 나이가 든 윌리엄 캐링턴(William Carrington)은 자신만의 시간이 주는 평화와 고요를 음미하고 있다. 자신과 함께하는 완벽한 ‘정적’. 그것은 현재 그가 지닌 내면의 평정에 대한 감각을 높여 주기 때문이다.

“들리는 소리라고는 내가 내는 소리밖에 없지요.” 뉴욕에서 광고업을 하다가 케이프 코드로 은퇴한 65세의 캐링턴은 이렇게 말한다. “얼마나 큰 호사인지! 젊은 시절, 소리는 우리 삶에서 떼어 낼 수 없는 부분이었어요. 가족끼리 말하고 싸우고 고함치는 소리, 직장 동료들이 꽥꽥대는 소리, 귀청이 찢어질 듯 시끄러운 자동차 오디오 소리, 엘리베이터 음악, 누군가가 항상 켜 놓았던 TV 소리. 심지어 저녁 식탁에서 나누는 이성적인 대화조차—효과는 거의 없지만—부모들이 입을 다물라고 강요할 때까지는 소음이죠.”

캐링턴은 또 혼자 살면 자신의 ‘기벽’ 이나 ‘사소한 습관’ 을 얼마든지 맘껏 누릴 수 있는 기회가 있다고 한다. “혼자선 치약 뚜껑이 언제나 제 자리에 있고 손전등이 어디 있는지도 언제든 알 수 있죠. 책꽂이에 가서 특별히 원하는 책을 언제든 찾을 수 있고 내가 즐겨 입는 파란색 셔츠가 옷장 안에 있다는 사실도 확실히 알 수 있지요. 그것도 몇 주 전에 넣어 둔 바로 그 자리에.”

최근에 플로리다를 방문하고 돌아와서 겪었던 '어려웠던 점'들이라면 안전하게 둔다고 잘 넣어 두었던 즐겨 쓰는 과도를 찾아다니거나, 읽다 만 잡지를 찾는 일, 또 복도에 있는 수납장에 보관했다고 생각했는데 그곳에 없었던 전구를 추적했던 일들이 고작이었다. "하루 중 가장 어려웠던 일이 다행히 그렇게 사소한 일일 때 삶이 얼마나 즐거운지 모릅니다."

다른 사람들과 함께 여행할 때는 발견한 것을 즉시 나누는 기쁨이나 동료 의식에서 오는 즐거움을 얻을 수 있긴 하지만 혼자 다녀도 얻는 것이 많다고 그는 말한다.

"자기 페이스에 맞춰서 다닐 수 있지요. 언제든지요. 박물관에서 4시간을 보내는 대신 5분만 있다가 나오고 싶다, 전혀 문제가 아니죠! 택시를 타지 않고 지하철을 타고 싶다고 해서 불평할 사람 아무도 없고요. 비가 주룩주룩 내리는데 자그마한 상점들이 늘어선 작은 마을을 걸어 다니고 싶다, 그럴 때도 투덜거리는 일행을 끌고 갈 일을 걱정하거나 그를 호텔 방에 혼자 두고 온 것에 죄책감을 느낄 필요가 없지요."

"게다가 '오늘 저녁은 어디로 먹으러 가면 좋을까?' 하는 것과 그 뒤에 따라올 일들도 신경 쓸 필요가 없지요. 파리에 갔는데 맥도널드 햄버거가 정말 먹고 싶다, 그냥 가서 먹으면 돼요."

신시아 마이어(Cynthia Meier)는 서른두 살 때 끝낸 두 번째 결혼을 "4년간의 환상적인 결혼 생활과 격렬하게 싸웠던 1년"이라고 설명한다. 45세로 수술실 담당 간호사인 그녀는 이혼 후 3년 동안 외과의

사인 전 남편과의 관계를 회복하려고 "불독처럼 물고 늘어졌다."고
말한다.

"필사적이었어요. 그가 없으면 난 아무 것도 아니라고 생각했으
니까요."

첫 번째 남편은 '극단적 진보파 여피족'으로 두 사람 모두 스물한
살 때 결혼했다. 그 결혼은 두 번째 결혼의 반밖에 지속되지 않았다.
그녀가 만난 두 남자는 직업이나 정치적 성향이 극과 극을 이루었음
에도 불구하고―첫 번째 남편은 좌익 사회운동가였고 두 번째는 극
우 성향을 띤 심장혈관 전문 외과의였다―그녀를 끌어당긴 점에서는
당연히 비슷했다고 마이어는 말한다.

"저는 항상 권력을 가진 남자들에게 매력을 느껴 왔어요. 힘 있고
자기 주장이 강하며 외향적이고 분위기를 좌지우지하는, 자기중심적
인 정력가들이 제 삶을 흥미롭게 해 주었고 '맞아. 저게 바로 내 모습
이기도 해.'라는 생각이 들게 했지요."

"결혼해서는 남편의 정치 성향을 제 것으로 만들었어요. 그 정치
적 성향이 사람들 자체만큼이나 달랐는데도 말이죠. 저는 결국 내 개
성을 완전히 포기하고 내 자신을 완전히 두 남자에게 맡겼던 거죠. 각
남자들의 외면적 인격을 온전히, 하나도 빠뜨리지 않고 모조리 제 것
으로 만들었으니까요."

지난 13년 동안 독신으로 정신과 치료를 받고 있는 마이어는 아직
도 해결해야 할 중요한 문제가 한 가지 남아 있다. 하지만 언젠가는
해결할 것이라고 그녀는 확신한다. 그녀는 좋은 직업에 동료들로부터
신뢰와 존경을 받고 있으며 부모님과도 돈독한 관계를 유지하고 형제

들 그리고 수없이 많은 친구들과도 가깝게 지내고 있다. 하지만 남자들과 정서적인 관계를 형성하는 능력이 전혀 없다. 그러고 싶긴 하지만 또다시 자신의 정체성을 포기하는 대가를 치르지는 않겠다고 분명히 밝혔다.

"남들과 보낸 모든 세월이 진짜 삶이 아니었다는 것을 깨달았죠. 내 자신이 누구인지 인식하고 한 인간으로서의 가치를 인정하고 존중하기까지 오랜 시간이 걸렸어요. 이제 그녀를 포기하지 않을 거예요. 그 누구를 위해서든 다시는 그런 일이 없을 거예요. 왜냐하면 그녀는 매력적이고 어떤 대가를 치르더라도 붙들어 둘 만한 가치가 있는 진짜 인간이거든요."

마이어는 자신의 집을 언제나 안전한 느낌을 주는 완전히 통제 가능한 안식처이자 은신처로 꾸몄다. 호숫가에 위치한 그녀의 집에 있는 모든 것들은—가구, 천, 색깔, 미술품, 장식품과 실내 장식 등—장식품에 대한 자신의 취향, 자신의 스타일, 자신의 예술적 감수성을 반영하고 있다고 그녀는 강조한다.

"전적으로 다른 누군가의 필요성과 선호도와 욕망 등을 위해 마련했던 것들은—내 자신은 완전히 배제된 상태에서—모두 나눠 줘버렸어요."라며 그녀는 의기양양하게 말한다. "이제 모든 것이 나를 위한 것들이죠."

마이어는 특히 자신의 침실에서 '푸근하고 양육되는' 느낌을 받는다고 한다. "이혼한 다음 새 집으로 이사했을 때 '이 일을 반드시 해내야지!'라고 다짐했죠."

그녀는 기둥이 네 개 붙은 골동품 침대를 샀다. "여덟 살 때부터 갖고 싶어 했던 바로 그런 것이었어요.” 그녀는 새 매트리스와 매트리스 받침, 최첨단 전기담요, 최고급 오리털 이불과 거위털 베개, 200수의 면으로 된 침대 시트, 이상적인 나이트 스탠드와 완벽한 독서용 램프를 샀다.

“물건들이 모두 제자리를 찾아가자 침실다운 침실이 되더군요. 단순히 잠자는 장소 그 이상이었죠. 어떻게 표현해도 신성한 장소였어요. 따뜻하고 안락하며 언제든 기분 좋게 들어갈 수 있는 평온한 곳. 혼자라는 것에 완전히 만족할 수 있는 곳이죠. 사실 그 침대 위에서 나 혼자 했던 일들처럼 나를 행복하고 만족스럽게 해 줄 수 있는 남자가 있을까 하는 의문이 들기 시작해요.”

고독의 문을 지키는 용: 외로움

이제야 나는 고독이 대가를 전혀 치르지 않는 보상임을 알게 되었다.

−엘릭스 케이츠 슐먼

"혼자 있는 것이 혼자이기를 원하는 것보다 낫다."

이 말은 최근에 이혼한 사람이 인터넷 채팅방에 올린 것이다. 그녀는 이렇게 덧붙였다. "혼자라는 것을 혐오하며 벗어나고 싶어 하기도 하지만 혼자인 것이 싫어서 머물러 있는 관계보다는 낫다. 곁에 있어 주기를 원치 않는데 누군가가 주위에 있는 것은 비참하다. 혼자인 것보다 더."

노르웨이 출신의 여배우 리브 울먼(Liv Ullman)은 「뉴욕 타임즈」 기자에게 이런 식으로 혼자라는 것을 표현했다. "저는 때때로 혼자일 때 외로움을 느끼며 잠에서 깨는 것보다 누군가와 함께 있으면서 외로움을 느끼는 게 더 힘들 거라는 생각이 들어요. 개중에는 혼자서 더 잘 살아갈 텐데도 자신의 가치를 증명하기 위해서 누군가를 붙잡고 있어야 한다고 느끼죠."

"홀로 있기를 결심할 때 그들이 느낄 외로움의 일부는 내부에서

보다는 외부에서 비롯될 거예요. 왜냐하면 사회가 그들을 동정하고 무시할 테니까요."

설득력 있는 독신자 에드워드 애비(Edward Abbey)조차도 "외로운 시간이 있죠. 고독이 고립으로 느껴지는 시간 말입니다. 그건 완전히 다른 얘기예요. 고립은 감옥에서 쓰는 용어로 독방의 개념입니다. 두개골 속이 마치 무더운 날 이동식 주택의 내부처럼 견디기 어렵고 갑갑한 상태지요."라고 시인한다.

존 듄(John Dunne)은 "모든 단계에서 문제는 외로움이다. 외로움은 사람을 인간 사회 안으로 들어가지 못하게 하고 고독으로 몰아넣으며 사람들 속으로 돌아갈 수 없도록 만든다."라고 했다.

34세의 레슬리(Leslie)는 어떤 여자가 인터넷에 올린 글에 깊이 감동을 받고 그녀를 위로하는 리플을 달았다.

"당신의 고통은 종종 내가 겪는 고통과 똑같아요. 아무도 나를 사랑하지 않죠. 어릴 때도 날 진정으로 사랑했던 사람은 아무도 없었어요. 남편은 날 조금은 사랑해 주었지만 정말로 깊이 사랑할 수 있는 능력이 없는 사람이었지요. 저는 지금 극심한 외로움으로 절규하고 있어요. 홀로 있는 시기를 보내고 있거든요. 알고 보니 결국은 엄마를 원하는데 진정으로 엄마가 있었던 적이 한 번도 없었어요. 또 이제 아무도 내게 엄마가 되어 줄 수 없고요. 엄마를 잃은 것을 슬퍼해야 하고 슬퍼하다 보면 서서히 상실감도 줄어들겠죠. 저는 능력 있는 심리 치료사 두 명과 미술, 음악, 시 그리고 일기 쓰는 것의 도움을 받으며 슬퍼하면서 동시에 치유되고 있어요. 점점 나아지고 있어요. 당신에게 해 줄 게 별로 없네요."

그리고 레슬리는 이렇게 결론을 내렸다.

"당신이 원하는 것을 줄 수 없을지는 몰라도 원한다면 내가 걸어 온 여정을 기꺼이 나눠 드릴 수는 있어요. 적어도 같은 종류의 고통을 나눌 사람이 또 한 명 있다고 말씀 드릴 수는 있어요. 어쩌면 그 사실 이 당신의 외로움을 덜어 주는 데 도움이 될지도 모르겠네요."

신시아 홈즈(Cynthia Holmes)는 지금 느끼고 있는 엄청난 외로움 에 대해 말하면서 혼자라는 사실이 "무서워서 죽겠어요."라고 한다. 홍미진진한 삶을 살아왔고 텍사스에서 코네티컷의 고향으로 돌아온 지 얼마 안 됐는데도 그녀의 외로움은 전에 없는 시험을 받고 있다.

"저는 독신모이고 최근에 출판계에서 얻기 힘든 자리를 잡았어 요."라고 37세의 홈즈는 말한다. "전 몸매가 잘 빠졌고 매력적이에요. 나를 사랑하는 가족이 있고 아껴 주는 친구들도 있어요. 하지만 여전 히 외로움을 느껴요. 텍사스가 너무 좋았어요. 지금도 거기 가고 싶어 요." 그곳에서는 할 일이 많았고 외로움에서 탈피하기 위해 함께 지 낼 사람들도 많았는데 코네티컷은 너무 조용하고 보수적이라는 게 그 녀의 설명이다. 그렇다 하더라도 그렇게 외로움을 심하게 타는 것은 이해가 안 된다.

"가족들이 나를 기쁘게 해 주려고 열심히 노력하고 있는데도 불 구하고 전 무섭고 외로워요. 우울증은 아니고요 뭔가를 찾고 있을 뿐 이에요. 이렇게 느끼는 게 나뿐이 아니라는 사실을 알아야 할 것 같아 요. 하지만 이건 이제 더 이상 나에 관한 문제가 아니에요. 이곳에 열다섯 살 된 아들이 살고 있는데 이제 내 욕구를 접어두고 그 아이 가까이 이사 가야 할 때가 되었다는 생각이 들었어요.”

그녀는 또 학대적인 관계를 청산했다고 말한다. “신체적 학대가 아니라 그보다 더 나쁜 것, 영혼을 부패시키는 정신적인 학대였죠. 그런데 문제는 내가 아직도 그를 생각하고 있다는 거예요. 아직도 ‘만약에?’ 라고 자문하죠. 훌륭한 직장과 건강한 자식들, 이런 축복받은 완벽한 환경에서 왜 이런 공허감과 외로움을 처리하지 못하는 걸까?’ 그녀는 이렇게 자문하기도 한다.

“이곳으로 돌아온 이후로 매일 그런 도전 의식을 느끼고 있어요.”

“제가 완벽하게 혼자가 되리라는 것은 꿈에도 생각하지 못했어요.” 43세의 비앙카 르존(Bianca Lejon)의 말이다. “두 번째 남편과 헤어지고 그를 대신할 사람을 구하지 않고, 자식들이 자기의 꿈을 좇아 도움 없이도 자신들의 삶을 살 것이며, 내가 일가친척 하나 없는 작은 도시에서 살게 될 것이며, 내 고향과 문화로부터 멀리 떨어져 살 것이라는 것 말이에요.”

자동차를 타고 3년 전에 살았던 집 앞을 지나오면서 이런 생각이 떠올랐다고 그녀는 말한다. 이제 다른 사람들이 그 집의 온기를 누리고 다른 삶들이 추억을 만들어 가고 있었다. 한때는 그녀와 그녀의 남편, 자식들 넷, 시어머니, 그리고 개 두 마리까지 그 집에 살았는데.

“내게 주어졌던 엄마, 아내, 딸, 며느리라는 그 모든 역할들이 어디로 갔을까요? 그 당시에는 그 역할들이 언젠가 끝이 나고 삶의 다음 단계로 넘어가리라는 사실을 전혀 깨닫지 못했어요.”

그 암울한 다음 단계란 그녀의 깊디깊은 외로움을 품고 있는 텅 빈 집이라고 말한다. "어떤 날은 텅 빈 집이 나를 집어삼킬 것 같을 때도 있어요. 한번은 고통에서 벗어나 보려고 다른 데로 정신을 분산시키기 위해서 애인을 집으로 데리고 왔던 적이 있어요. 그런데 그것도 소용없었어요. 환영들이 다시 나타나는 거예요. 그것들은 나를 조롱하고 '이 바보야, 넌 우리를 없애 버릴 수 없어! 우리는 네 안에 있는 엄마고 양육자고 평화주의자지. 우리는 잠시도 가만있지 않고 네가 공허함을 느낄 때마다 다시 나타날 거야.'라고 속삭이는 거예요. 현재에 사는 것이 너무나 고통스러워요." 프리랜서 작가이며 소설가인 그녀는 이렇게 말한다.

"하루 이상, 아니 일주일이나 한 달 이상 나를 알고 있는 사람이 있던 시절이 너무나 그리워요. 고독하다는 생각이 비집고 들어올 틈이 전혀 없었던 시절 말이에요. 지금이라도 16년 동안 그 집에서 담배를 스무 개비씩 피우며 존 웨인의 영화를 100번도 더 보던 남편을 지켜보던 시절로 돌아가고 싶어요. 세 번째 중풍을 맞고 투병하던 시절 심통을 부리면서도 꽃을 심고 처음 핀 꽃들을 내게 가져다주던 남편. 내가 집에 없으면 아이들에게 먹을 것을 챙겨 주던 남편. 남편은 기분이 동하면 내 엉덩이를 토닥거려 주었고 그러면 전 금방 흥분했었죠. 그러던 남편이 너무 보고 싶어요."

"내 삶에서 '새로운 내면의 자원을 창조하는 시기로 생각해야 하는 걸까?'라고 자문해 보죠. '내 자궁에서 새로운 삶, 새로운 꿈과 새로운 성취가 태어날까?' 이불 속으로 기어들어 울다 잠드는 동안 이런 생각들이 내 고독의 주위를 맴돈답니다."

"내 자신에게 아직 끝나지 않았다고 말해요. 새로운 대본과 새로운 줄거리, 새로운 역할에 적응해야 한다고요. 불은 켜지고 내가 무대에 오르면서 이제 막 연극이 시작돼요. 관객들은 나의 첫 대사를 기다리고 나 역시 첫 축복을 기다리고 있고요."

리타 비센트(Rita Vicente)는 자기가 '꿈에 그리던 집'은 나무 위에 지은 집이나 등대, 또는 소방관망대였다고 말한다. 사실 전직 산림청 직원이었던 그녀는 야생 지대나 야영장에서 오랫동안 일했다.

61세인 비센트는 "겨울에는 숲 속에 갇혀서 지냈어요. 그건 아주 특별한 경험이었죠. 내 자신의 땅을 소유할 순 없었지만 그건 차선이었죠. 숲 속에서 그 오랜 세월 동안 겨울에는 대부분 혼자서 보내면서 두려움 같은 건 전혀 느끼지 않았어요. 저는 주, 야간 근무조 가리지 않고 닥치는 대로 일했어요. 작은 오토바이로 한밤중에도 출퇴근을 했으니까요. 눈에 갇히면 6마일이나 되는 거리를 걸어서 출근했죠. 하지만 대부분은 빙판길을 운전해서 갔어요. 그 당시에는 자신에 대한 믿음이 있었죠. 뭐랄까 항상 특별히 보호받고 있다는 느낌. 또 내 자신을 사랑했어요. 그 적막했던 시절 저는 제 자신과의 동행을 즐겼죠."라고 말한다.

비센트는 젊은 시절을 보냈던 그 오지의 눈에 갇힌 야영장에 대해 특별한 향수를 느낀다. "야생 동물들과 함께 그 겨울들을 보냈어요. 퓨마와 코요테, 다람쥐 그리고 나였죠."

"어느 해엔가 눈 위에 찍힌 제 발자국을 사진으로 찍어서 크리스마스카드를 만들었던 적이 있었어요. 하얀 눈으로 덮인 장엄한 폰데

로사 소나무 그리고 폭설이 지나간 후의 정적은 믿기 어려울 정도로 멋있었어요. 나는 그것들을 바라보며 서 있었죠. 적막한 가운데 저밖에 없었어요."

"하느님과 가까워진 기분이었어요. 진정한 평온이었죠."

그 이후로 세 번의 결혼을 거쳤다고 그녀는 털어놓았다. 첫 번째 결혼은 8년간 지속되었고 두 번째는 5년, 세 번째는 불과 5개월밖에 가지 않았다. "소로의 말을 인용한 게 있었는데 그 말을 가슴에 품고 살았던 것 같아요. 아마 까마귀는 떼 지어 다니고 늑대는 무리를 이루지만 독수리와 사자는 홀로 다닌다는 이야기였을 거예요. 저는 그 말을 오랫동안 마음속에 간직했어요. 한 번도 혼자 있어 본 적이 없고 자신에 관해 아는 것도 없는데다 홀로 있기를 두려워하고, 혼자라는 것으로부터 도망치는 사람들을 저는 신뢰하지 않아요."

"예전에는 사람에게 집착하는 사람들을 가엾게 여겼어요. 그들은 항상 주는 것보다 요구하는 것이 더 많은 것 같았거든요. 혼자 또는 자신과 함께 있고 싶어 하지 않는다면 저도 그런 사람들과 함께 있고 싶지 않았죠."

비센트는 한동안 말이 없었다. 다시 말을 시작했을 때 그녀의 목소리에 서글픔이 배어 있었고 말소리가 너무 작아서 들리지 않을 정도였다. "그때는 그 사람들이 불쌍했어요. 저는 사람에게 집착했던 적이 한 번도 없었거든요. 하지만 지금은 그런 사람들을 이해할 수 있어요. 내 자신에 대한 친밀감, 혼자일 때 느꼈던 평정을 잃어버렸죠. 예전에는 고독을 음미했는데 지금은 별로 음미하질 못해요. 소외감이 저를 덮치고 있어요."

39세의 로이 샤프(Roy Sharpe)는 "혼자 산다고 해서 외로워지는 것은 아니에요."라고 말한다. 그 자체로만 그렇게 되진 않죠. 제가 아는 사람들 중에는 결혼했거나 의미 있는 관계 속에 있으면서도 아주 외로운 사람들이 많더라고요. 어쩔 도리가 없다는 느낌 때문에 상황이 더 나쁘다고 할 수 있죠."

"혼자라고 해서 사람을 외롭게 만들진 않아요. 비생산적이고 자기중심적이며 사랑이 없고 친구도 없는 삶이 사람을 외롭게 만드는 거죠. 인생이 완전히 우리 자신에 관한 것만이 아니라 다른 사람들에 관한 것이기도 하다는 사실을 알게 되면 외로움을 극복하고 혼자라는 것을 즐기는 데서 크게 한 걸음 나아가는 거예요. 결혼을 했든 혼자든 아니면 친구나 애인과 함께 살든 상관없이 자신에게 집중하면 할수록 더욱 외로워질 겁니다."

1994년 새해 첫날 워싱턴 주의 노스 비치 반도로 이사했을 때 나는 집필 중이던 책을 한 권 가지고 갔다. 재택 근무에서 오는 정신적, 감정적, 심리적 도전에 관한 책이었다. 해변에서 생전 처음 홀로 있음을 경험하면서 특히 한 장에 대해 고심했다. 그 장에서 내가 기억하는 만큼 오래 씨름해 온 악마를 다루었기 때문이다. 만약 여기서 무언가가 나를 죽음으로 몰고 간다면 그것은 외로움일 것이라고 나는 생각했다.

책 앞부분의 고독과 친해지는 것에 관한 장에서 나는 이렇게 썼다. "혼자 일하는 데 장애가 되는 모든 것 중에서 그 무엇보다 두각을 나타내는 것은 심리적인 스모 선수, 다시 말해 외로움이다."

몇 페이지 뒤에서 나는 감상적인 관찰을 덧붙였다. "외로움이라는 괴물을 어떤 식으로 마주하게 되건 그것은 불이 환하게 켜진 당신의 집을 활보하고 다닐 것이다. 때때로 귀신 쫓는 푸닥거리를 해야 할지도 모른다. 하지만 고독이라는 이 잿빛의 유령을 두려워하지 말라. 당신의 가장 친한 친구가 될 수도 있으니까."

그리고 나는 호언장담으로 끝을 맺었다. "고립과 싸우는 것은 성숙한 삶에 직면하는 것이다. 자립을 위해서는 홀로 있음이 결정적인 요소이며 시험장은 당신의 마음과 가슴이다. 자립한다는 것은 혼자임을 의미한다. 외롭다는 뜻이 아니다. 당신이 그렇게 만들지만 않는다면."

6년 후 내가 제안했던 조언의 대부분이 다른 사람들과 직접 만나든 인터넷을 통하든 사람들과 확고한 관계를 유지하는 것을 포함한다는 사실을 깨닫게 되었다. 주기적으로 은신처를 빠져나와 인간 사회의 주류를 향해 노를 저어 나간다. 가는 길에 커피숍이나 동네 주점 같은, 친구들을 만날 수 있고 모두들 당신의 이름을 아는 휴게소에 들러 얼쩡거린다. 레이 올덴버그(Ray Oldenburg)는 자신의 저서 『가 볼 만한 멋진 장소(Great Good Places)』에서 그런 장소들을 "개인과 넓은 사회 사이를 중재하는 접대 기관들"이라고 불렀다.

문제는 가 볼 만한 멋진 장소들이 우리 사신으로부터 벗어나는 데 필요한 임시 은둔처를 제공한다고는 하지만 실제로는 외로움을 잠시 유예해 줄 뿐이라는 것이다. 어쩌면 그것조차 아닐지도 모른다. 왜냐하면 외로운 사람들은 시끌벅적한 모임의 중심에까지 소외감을 가지고 들어가기 때문이다. 고립된 자아에서 벗어나려는 시도를 위해선 어디든.

환한 불빛과 시끄러운 음악, 거친 주정꾼들 사이에 빠져 있어도 외로운 사람들은 가엾게도 그들의 정서적 황량함은 다른 사람들과 전혀 상관없으며, 전적으로 자아의 조건이며 피할 수 없다는 사실을 인식하고 있다.

그러므로 도피는 외로움에 대한 해답이 아니라 항복이다. 우리의 고독을 가차 없이 앗아가는 것에 대한 완전한 굴복이다.

수전 바움가트너가 아이다호 황무지에서 홀로 지냈던 것 역시 항복이었다. 당시 30대였던 시애틀 출신의 작가는 전망 있는 직장과 대도시의 생활 방식을 버리고 아이다호 북부의 오지에 있는 8.6에이커의 땅에 집을 지었다. 그녀는 그 황량한 오지에서 완전히 혼자 자신의 저서 『나의 월든』을 썼다.

"한때 내 영혼을 사로잡았던 외로움이 이제 소중한 친구처럼 보이고 고독이라는 더 부드러운 옷을 입었다. 그것은 서서히 점진적으로 일어났다. 외로움과 싸우는 대신 나는 그것을 내 안으로 받아들여서 사유와 상상 그리고 계획들로 채워 넣었다. 그리고 고독을 생산적인 체계로 만들어서 든든한 고독의 존재에 의지하는 법을 배웠다. 나는 이제 더 이상 외로울 것 같지 않다."

켈리 오루크(Kelly O' Rourke)는 적막한 섬의 한 오두막에서 외로움에 대한 두려움에 항복하고 말았다. 쉬지 않고 활동하던 로스앤젤레스의 영화 제작자였던 그녀는 로맨틱한 관계를 원하진 않았지만 사람에 대한 절실한 욕구는 어찌해 볼 도리가 없었다. 오루크는 로스앤젤레스의 아파트를 처분하고 가지고 있던 물건을 모두 창고에 맡긴 다음 고양이 두 마리를 데리고 위스콘신 주 북부의 험준한 숲 속에 있는 카와퀘사가 호수의 조그만 섬으로 갔다.

"내 자신에게 의지해야 할 필요가 있었다. 누군가에 대한 욕구를 누르고 그 대신 오직 내 자신에게 의존하고 편안함을 느껴야 했다." 그녀는 후에 「코스모폴리탄(Cosmopolitan)」에 실렸던 기사에서 외로움과 한판 승부를 벌였던 일을 이렇게 묘사했다. "그제야 나는 다시 내가 알던 여자가 되었다. 친절하고 잘 베풀며 불안해 하지 않는 그런 여자 말이다."

오루크는 성공했다. "이곳, 복원력이 있는 이 자그마한 섬에서 나는 폭풍을 견디고 극복하며 다시 만나기 위해 머나먼 길을 돌아왔던 여자와 함께 있었다. 그 여자는 바로 내 자신이었다."라고 그녀는 당당하게 기록했다.

빅토리아 캐스터넬리(Victoria Castanelli)는 그렇게 운이 좋은 편이 아니었다. 스물일곱 살 때 자기 손으로 자신을 거의 죽일 뻔했다.

"어느 날 더 이상 살고 싶지 않다고 결심했어요." 20년이 지난 지금 그녀는 그 이야기를 들려주었다. "생전 처음 혼자가 되었죠. 너무 무서웠어요. 희망도 없었고 미래를 직면하기도 두려웠어요. 실망과 공허감만 줄 거라고 확신하고 있었죠. 그래서 어느 날 오후 영원히 세상을 떠나기로 작정했던 거예요."

지금은 마흔일곱인 캐스터넬리는 중요한 서류들을 모두 모으고 자기가 쓰던 물건들을 나눠 주고 싶은 사람들의 이름을 구체적으로 적어 두었다. 그리고 부모님께 사죄의 편지를 쓰고 서류들을 구두박스에 넣어 자신의 자동차 조수석에 올려놓았다. 그런 다음 차고에서 구멍이란 구멍은 손에 닿는 대로 모두 틀어막고 73년형 닷선 240Z에 올라 시동을 켜고 죽기를 기다렸다.

20대 초반에 이미 두 번의 결혼과 두 번의 이혼을 경험했던 캐스터넬리는 두 명의 남자 친구와 헤어진 직후였다. 둘 다 다른 남자에 관해 알게 되었고 그 자리에서 그녀를 차 버렸던 것이다.

젊었을 때는 예쁘고 창의적인데다 재주가 많고 고집스럽고 영리했었다고 설명하면서 그녀는 성숙했던 어린 시절과 청소년기를 통틀어 실패와 거부라는 것을 모르고 살았다고 한다. "나중에 가서야 그런 것들이 뭔지 알게 되었죠."

부유한 가정에서 딸이라면 절절 매는 사랑이 많은 부모님 밑에서 버르장머리 없이 자란 그녀는 젊은 시절을 어제 일처럼 생생하게 기억하고 있다. 학교에서는 노력하지 않고도 전과목 A를 받았고 기타도 배웠으며 노래도 잘해서 합창단과 연극 클럽에 속해 있었다. 언어도 힘들이지 않고 배웠고 특히 불어에 탁월한 실력을 발휘했다고 말하는 그녀의 얼굴에 슬픈 빛이 감돌았다.

고등학교 3학년 때 프랑스로 유학 갈 준비가 모두 끝난 상황에서 그녀는 남자친구와 헤어지고 싶지 않아 최후의 순간에 가지 않기로 결정했다. 그것이 첫 번째 엄청난 후회라고 그녀는 말한다.

"그때부터 문제가 시작됐죠. 저는 혼자 있지 못하고, 고독은 저의 가장 큰 적이며 내 주위를 맴도는 참을 수 없는 악마라는 사실을 알게 되었어요."

캐스터넬리는 대학에 진학했지만 첫 결혼을 위해 1학년 때 학교를 그만두었다.

"지금은 혼자 있기 두려워서 그랬다는 것을 알지만 그때는 그걸 깨닫지 못했어요. 그 이외에는 다른 이유가 없어요. 수없이 많은 활동을 하고 고독한 상황이 벌어지지 않게 하려고 항상 사람들에게 둘러싸여 지냈어요. 혼자 있으면 피할 수 없었던 우울증을 피하기 위해 말도 안 되는 관계를 지속하곤 했죠. 아버지는 제가 '사랑을 사랑한다.'고 말씀하시곤 했는데 아버지 말씀이 옳았어요. 저는 영원히 무도회에 가기를 기다리는 신데렐라였어요. 사람을 사랑했던 적이 한 번도 없었죠. 사랑하는 것에서 연상되는 깊은 행복감을 사랑했던 거예요."

자신이 기억하는 한 그녀가 만났던 남자들은 가정의였던 아버지부터 시작해서 그녀의 가치와 행복을 입증해 주는 근본적이고 필수적인 역할을 했다고 말한다.

"아버지는 저를 볼 때마다 얼굴이 환해지셨죠. 제가 방에 있으면 다른 누구도 신경 쓰지 않았어요. 어머니가 안 된다고 해도 아버지는 늘 뭐든 된다고 하셨죠. 항상 참을성 있고 다정하고 저에 관한 것은 무엇이든 지지해 주셨어요. 어머니도 그랬지만 제 우주의 중심은 아버지였어요."

"나중에 두 번의 이혼을 겪으면서도 그 전과 후에 적어도 남자가 한 명씩은 있었어요. 대부분 두 명이었어요. 한 명이 떠날 때를 대비해서였죠. 관심과 찬사는 제가 행복을 느끼는 데 필수적인 요소가 되었고 끊임없는 관심과 찬사가 없으면 살 수가 없었어요."

차고에서 있었던 그 운명적인 오후에 정신을 차리고 보니 시동이 켜져 있었고 자기가 무엇을 하고 있는지 의아했다고 한다. "시동을 끄고 비틀거리며 집으로 들어갔죠. 그리고 위층으로 올라가서 침대에 누웠어요. 너무 피곤했거든요. 얼마나 어리석었던지."

출근도 하지 않고 전화도 받지 않자 걱정이 된 부모님과 남자 친구 한 명이 집으로 와서 침대에 누워 있던 자기를 발견했던 게 이틀 후였던 것 같다고 그녀는 말한다. 생명은 건졌지만 일산화탄소로 인해 뇌세포가 손상되었다.

"제가 누구인지 어디에 있는지 왜 거기 있는지 몰랐어요. 남자 친구도 알아보지 못했고 나이가 몇인지, 무슨 일을 했는지 몇 년 몇 월 며칠인지, 그밖에도 대부분을 기억하지 못했죠. 부모님은 저를 집으로 데려가셨어요. 음식의 맛도 몰랐고 배변이 되질 않아 매일 아버지 병원으로 가서 관장을 해야 했어요."

"뇌에서 보내는 메시지는 엉망이 됐어요. 이전에는 글씨체가 정말 예뻤는데 글씨를 쓰면 이제 막 쓰기를 배운 어린애가 긁적거려 놓은 것처럼 흉하고 거의 알아볼 수 없을 정도였어요. 대부분은 잠을 잤는데 깨어 있을 때는 어머니에게 똑같은 질문을 반복해서 했어요. 제가 왜 여기 있죠? 제가 일하는 곳은 어디에요? 제 남자 친구는 누구죠? 저는 몇 살 인가요?'

"아버지는 제 침대 옆에서 그 대답을 노트에다 반복해서 쓰게 만들었어요. 하지만 잠에서 깨어날 때마다 악을 쓰며 어머니를 찾았고 똑같은 질문을 반복했죠."

검사와 재검사, 평가와 재평가를 반복했지만 개선되지 않을 거라는 예측이 나왔다. 그리고 권고 사항, 요양원으로 보내라는 것이었다. 스물일곱의 나이에. "하지만 아버지는 저의 강한 의지력을 알고 있었어요. 아버지는 제게 뇌는 경이로운 것이어서 열심히 노력하면 건강한 부분을 훈련시켜 손상된 부위가 예전에 했던 일들을 하게 만들 수 있다고 했죠. 하지만 지금까지 노력했던 것 이상으로 열심히 노력할 의지가 있어야 한다고요. 저는 그러겠다고 했어요."

기억을 되살리는 고통스러운 여정은 오랜 세월의 노력이 필요했다. "끊임없이 쓰기 훈련을 했어요. 또 같은 페이지를 읽고 또 읽었고요. 10분 후면 한마디도 기억나지 않았지만 계속 읽었어요. 수줍음 타는 내성적인 성격으로 변해 버리긴 했어도—예전의 나와는 완전히 반대였죠—차츰 찾아오는 사람들을 만나기 시작했지요. 하지만 그들이 왔었다는 사실조차 기억하지 못했어요. 생전 처음으로 다른 사람의 기분에도 민감해졌어요. 그리고 남의 말을 열심히 듣는 사람이 되었고요. 들은 말 중에서 중요한 내용은 잊지 않으려고 받아 적었고 한마디 한마디에서 의미를 찾아내기 위해 열심히 듣는 사람이 되었던 거예요."

"상점에 갈 때는 그해가 몇 년도인지 묻지 않으려고 수표에 필요한 내용을 모두 적어 가지고 갔어요. 꼭 다시 떠올려야 할 일은 곳곳에 메모를 남겨 두었어요. '세탁기에 빨래 들어 있음'이니면 '오븐에 마카로니 치즈(파스타의 일종—역주) 들어 있음'이라고 내 자신에게 귀띔해 줘야 했거든요. 그렇지 않으면 몇 주일 동안 썩는 것도 몰랐을 테니까요."

"또 남들에게 사야 할 물건의 목록을 검토하고 반복되는 품목은 없애 달라는 부탁도 했어요. 그러지 않으면 카트에 1리터들이 우유를 서너 개씩 집어넣고는 계산대 앞에 와서야 그 사실을 알게 되면 당황스럽고 화가 나는 거죠.”

캐스터넬리는 시내에 있는 YMCA에 가입해서 정기적인 운동과 달리기를 시작했다. 기억력이 좋아지고 새로운 친구를 사귀는 데 도움이 되었다고 그녀는 말한다.

“거기 오는 사람들은 대부분 성공한 사람들이에요. 기업체 임원들, 의사, 치과 의사, 작가, 변호사들이죠. 그들은 장애가 있는데도 불구하고 저를 받아 주었어요. 그들은 ‘그건 비키가 잘못한 거예요. 내가 세 번이나 말해 줬는데.’ 라거나 ‘비키한테 가서 말해 줘요. 어차피 기억 못할 걸.’ 이라며 내 기억력에 대해 놀려댔죠. 그런데 그게 많은 도움이 됐어요.”

“직장에서 내가 잘못한 일이 있을 때 이런 농담으로 상황을 무마하기도 하죠. 내가 그랬을 리가 없어요. 모두들 내 기억력이 끝내 준다는 거 잘 알고 있잖아요!’

“대부분의 어려운 상황은 유머로 돌파하죠. 그 점에 정말 감사하고 있어요. 왜냐하면 사람들이 제가 정상이라고 생각하는 게 늘 문제거든요. 제가 정상인처럼 보이니까요. 하지만 때때로 기계가 작동을 하지 않아 기억이 안 되는 경우가 있어요. 저는 제가 심각한 뇌 손상을 입었다는 사실을 인정해요. 그리고 남들도 그런 나를 인정하는 것을 통해 현재의 나 자신과 나의 새로운 삶이 모두 잘될 거라는 사실을 알게 되었어요.”

굿윌(미국의 장애 재활 서비스 기관 — 역주)에서 오랜 직업 재활 훈련을 받는 동안 신문 가판대에 칠을 했던 일에서부터 불과 며칠 또는 몇 주간 일하고 해고당했던 수많은 하찮은 일들을 거쳐 그녀는 대규모 연방 기관에서 책임 있는 위치인 사무직까지 올라갔다. 최근에 다시 승진 제안을 받았다고 그녀는 말한다.

"저와 함께 일하는 사람들은 저의 한계를 수용하고 제가 힘을 기를 수 있도록 도와줘요. 저는 매일 뇌를 대신하는 기능을 하는 근무일지를 일기 쓰듯이 씁니다. 돈도 혼자 먹고 살기에 충분할 정도로 벌어요. 앞날을 위해 저축도 하는 걸요. 즐겁게 살고 있어요."

그리고 나서 캐스터넬리는 놀라운 이야기를 덧붙였다. "제가 생을 마감하려고 하지 않았더라면 더 많은 돈을 벌 수도 있었겠지만 지금 내가 가진 것들을 20년 전 그 미친 짓을 저지르기 전의 내 자신이나, 가지고 있던 것들과 바꾸지 않을 거예요. 사람들은 지금의 저를 더 좋아한다고 말해요. 저도 그들을 훨씬 더 좋아하고 고마워하지요. 특히 너무나 많은 고통을 드렸던 가엾은 부모님께요. 그분들께 보답하는 유일한 길은 그분들이 바라는 사람이 되는 거죠."

"지금은 사소한 것들로 인해서 삶이 아름답게 느껴져요. 특별히 강렬하거나 예전처럼 남자 중심적인 것과는 전혀 상관이 없는 것들에서요. 전에는 손에 가득 좋은 것들을 쥐고 있으면서도 내가 갖지 못한 것에 대해서 늘 불평했는데 지금은 가족과 함께 지내는 깃, 친구를 찾아가는 것과 아침에 일어나 내가 직장이 있다는 사실을 깨닫는 것, 어제 했던 일을 기억하고 음식의 맛을 알고 혼자서 화장실을 갈 수 있다는 것이 행복해요. 행복은 남을 돕는 것이거든요."

"책을 읽고 읽은 내용을 기억하는 것은 어려운 일이긴 하지만 예전에는 아예 불가능한 일이었죠. 배울 수 있다는 것, 특히 하루하루 새로운 도전들에 직면하는 것은 힘든 상황이 아니라 성장의 기회라고 생각해요."

"행복은 내 자신과 내 삶을 그것이 지닌 모든 제약과 가능성까지 수용하는 거예요. 살아 있는 것 자체가 행복이죠. '이게 지금 내가 하는 말 맞어?' 라고 때때로 자문하기도 하지만 내 자신이 '물론이지!' 라고 씩씩하게 대답하는 소리가 들린답니다."

우리에게는 각자 자신의 진정한 자아로 가는 여정이 있다. 그리고 그것은 혼자서 해야 한다. 이제는 그 사실을 안다. 나는 외로운 해변에서 다른 사람들을 찾아서 외로움으로부터 도망쳤던 그 모든 세월을 기다리고 있다.

만약 내가 세상으로 다시 돌아가는 것을 택한다면 내가 자신에게 줄 수 있는 것보다 그들이 내게 줄 수 있는 것이 더 중요하기 때문일 것이다.

가장 중요한 것은 내 자신의 정수를 찾았다는 것이다. 그 무엇보다 나는 내 자신에게 속해 있다. 나 혼자서, 내 자신과 함께 있는 게 전혀 문제없다는 사실을 알게 됨으로써 어디에 있든 남들과 함께 있는 것도 문제없을 거라는 것을 나는 안다.

사람들과 장소, 자기 가치와 안전감을 위해 필수라고 생각했던 것들에 영원히 묶여 있기보다는 내가 혼자 가기로 정한 곳은 어디든 갈 수 있다는 것을 평생 보장해 주는 것에서 나는 정서적 행복을 느낀다.

하지만 때로는 나의 고의적인 홀로 있음이 걱정되기도 한다. 고독

속에서 새롭게 발견한 평온을 지나치게 용감하게 주장하는 것은 아닐까? 내 자신에게 돌아감으로써 다른 모든 이들을 포기한 것은 아닐까?

더 많은 고통과 실망을 막기 위한 방패로써 세상과의 격리를 선언했던 것은 아닐까? 삶에 항복하고 삶 그 자체로부터, 사회가 그것의 본질이라고 선포한 인간적 공헌과 참여로부터 조용하고 두려운 퇴장을 시작했던 것은 아닐까?

그럴지도 모른다.

하지만 나는 이 미개척지를 완전히 탐험하기로 결심했다. 내면으로의 여정이 얼마나 깊고 얼마나 멀리 나를 데려갈지 알아보고 싶다. 이 세상에서 내 자리를 찾는 것에 대한 유일한 희망은 내 자신을 찾는 것이라는 사실을 알기 때문에.

함께 혼자서: 두 세계에서 최선의 것을 얻기

나는 결혼할 것이다.

하지만 아내는 없을 것이다.

나는 독신 생활과 결혼하려 한다.

-제임스 그레이엄(James Graham)

"저는 그와 함께 그의 인생을 살려고 노력하지 않아요. 그와 함께 내 인생을 살려고 노력하죠." 홀리 메릴(Holly Merrill)은 리처드 녹스 (Richard Knocks)와의 11년 결혼 생활을 이렇게 표현한다.

그들이 서로에게 주는 가장 큰 선물은 자기답게 사는 것을 허용하는 것이다. 함께 살면서.

57세의 녹스는 겉으로는 있을 법하지 않지만 내적으로는 만족스러운 그들의 관계를 이런 식으로 요약한다. "우리 중에 완벽한 인간은 아무도 없어요. 우리 각자는 강한 면이 있는 반면 부족한 면도 있지요. 우리는 누구나 자신의 특정 영역은 발전시키면서 다른 영역은 퇴화되게 내버려 둡니다. 하지만 다른 사람들로부터 자신에게 소홀했던 부분을 얻을 수 있지요. 그들로부터 그대로 고갈되어서는 안 될 우리 안의 자질을 자극하는 데 도움을 줄 수 있어요. 우리가 서로를 위해 하는 일이 바로 그것입니다."

현재 55세인 메릴은 1986년 22년간의 결혼 생활을 끝내고 이혼했다. 잘생기고 사교적인 외과 연구 의사인데다 마라톤 선수였던 첫 남편이 남들에게는 '기가 막히게 좋은' 사람이었다고 그녀는 말한다. "그는 있는 대로 다 퍼 주고 빈털터리가 되어 집으로 와서 자기를 충전해 주길 바라는 사람이었죠. 그와 함께 사는 동안 너무 외로웠어요. 지금 남편과 있으면 외롭지 않아요. 첫 남편과는 대조적으로 그는 저를 키워 주고 안정적이며 변함이 없고 항상 절 위해 그 자리에 있어요. 리처드와 함께 있으면 내 감정이 그의 감정에 비해 훨씬 중요해요." 그리고 메릴은 이렇게 덧붙였다. "그것이 관계를 판단하는 최선의 방법인 것 같아요. 그와 함께 있을 때 당신 자신이 좋아지는가?"

남편은 함께 살면서 사실상 남들은 모두 배제시킬 정도로 내성적이라고 그녀는 말한다. 그렇지만 그 점이 그녀가 남편에게 끌렸던 이유 가운데 하나라고 밝힌다. "그는 가족이나 사업, 사회적 의무 등의 형태를 띤 많은 짐들을 가져오지 않았죠. 그는 혼자 있기를 정말 좋아하는 사람으로 성인이 된 후에도 내내 도시에서 은자처럼 살았어요. 결혼도 한 번 하지 않았고 자식도 없어요. 일가친척이라고는 플로리다에 살고 있는 나이든 부모님과 캘리포니아에 사는 여동생 한 명이 전부죠. 제가 그의 주요 관심사였어요. 그리고 그 점은 상당히 호소력이 있었죠. 게다가 그는 생각이 깊고 세심하며 배려가 많고 상대의 말을 경청하고 온전히 저에게 전념하는 사람이죠. 함께 살기가 정말 쉬운 사람이에요. 사회성은 좋지 않지만요." 그녀는 한발 물러났다. "하지만 저와 단둘이 있을 때에는 더할 나위 없이 좋아요. 그게 사실 가장 중요하잖아요."

"그는 질투하지도 소유하려 들지도 않아요. 감정적이나 성적인 요구도 하지 않고 제가 무슨 일에든 안 된다고 해도 죄책감이 들지 않게 하죠. 어쩌면 우리는 서로 균형을 이루는 것인지도 몰라요. 리처드는 사려 깊고 보수적이며 의존적이고 예측 가능하고 정교하며 세심한 데다 일을 천천히 하고 '새로운 것'을 쉽게 받아들이지 않아요. 신중하게 생각하지 않고 덥석 덤벼드는 짓은 안 하는 사람이죠. 저는 그와는 거의 정반대예요. 훨씬 더 즉흥적이고 성급한 행동의 결과에 대해 거의 생각하지 않고 무작정 해 버린다니까요!"

그들은 그녀가 이혼할 무렵에 만났다고 메릴은 말했다. 그리고 5년 후 결혼하기까지 돈독한 우정을 서서히 발전시켜 왔다. "저는 짐을 한 보따리 들고 갔죠. 그가 견뎌야 할 전 남편과 두 딸, 그리고 굉장히 넓은 마당이 딸린 집. 그 집은 현재 남편과 공동 소유로 되어 있는데 그에게는 달콤 쌉쓰름한 축복이지요. 그가 집을 소유한 건 그게 처음이거든요."

"그는 성인이 된 후 내내 싸구려 아파트에서 살았어요. 소로의 생활 방식을 추구하면서 가구와 생활 용품도 최소한으로 지니고 있었죠. 그는 물건을 관리하는 절차를 좋아하지 않았어요. 사회의 전통적 가치에 맞춰 살았던 적이 한 번도 없었으니까요. 그런데 지금은 시를 쓰거나 독서를 접어두고 집안에 손봐야 할 일이 항상 있지요."

"때로는 그에게 그럴 만한 가치가 있을까 하는 의문도 들지만 남편에게 저처럼 혼자 다녀 보라고 권하기도 해요. 다른 사람들과 뭐든

해 보라고 말은 하는데 그에게는 사교 활동에 대해 견딜 수 있는 부분이 제한되어 있는 반면 가족에 대한 충성심은 대단하지요. 그래서 지나치게 많은 압력을 주지 않으려고 해요."

"우리의 공통점은 같은 집에 산다는 것, 저녁마다 개를 데리고 산책한 다음 함께 저녁식사를 하고 함께 자는 거예요."라고 메릴은 말한다. 그들은 한 달에 한 번 댄스 모임에 가고 가끔 시내로 영화를 보러 가기도 한다. 함께 여행을 하기도 하는데 1년에 한 번 정도다. 마지막으로 갔던 여행이 유타로 캠핑 갔던 것이다.

"우리의 사회 생활은 전적으로 제가 만들어 내는 거예요. 리처드는 활동을 주도하는 법이 거의 없어요. 저와 함께하는 것조차도요. 혼자 사는 방식이 몸에 배어 그럴지도 모르죠. 저는 제가 그를 자신에게서 끌어내어 세상 속으로 밀어 넣는 엔진 같은 기분이 들어요. 가끔은 후회가 되죠. 제가 두 가지 삶을 살고 있는 듯한 느낌이 들어요." 메릴은 이야기를 계속했다.

"하나는 혼자 등산을 하거나 스키를 타고 배낭여행도 가고 강의를 듣거나 슬라이드 쇼(친구들이나 가족과 모여서 여행 다녀온 곳의 슬라이드를 함께 보고 경험을 나누는 파티 — 역주)를 하고, 음식을 한 가지씩 해 가지고 모여서 점심을 먹고, 집집마다 돌아가며 노래 모임 등을 가지며 누리는 삶이지요. 저는 종종 혼자서 다른 주로 여행을 가서 다른 여행 단체와 자전거도 타고 등산도 해요. 저는 야외 활동을 굉장히 좋아하거든요. 밖에서 하는 일은 무엇이든 전부 좋아하거든요. 남편은 제가 여행 다니는 것에 대해 불평하지 않아요. 그 대신 저도 그가 자기 본연의 모습으로 있을 수 있도록 사적인 공간을 허용해 주죠." 그들의 결혼 생활에는 의도적으로 떨어져 있는 시간이 많이 포함되어 있다고 그녀는 말한다.

"그 사람은 너무 오랫동안 혼자 살았기 때문에 저와 함께 살려고 우리 집으로 들어 온 것만 해도 큰 발전이었어요. 그래서 우리는 집안의 규칙을 만들었죠. 남편이 좀 더 편안하게 느낄 수 있게 해 주려고요. 그가 자기만의 공간과 정체성, 개성 등을 보존할 수 있게 하는 방법이었죠. 예를 들어 우리는 각자 상대의 프라이버시를 가장 중요하게 여겨요. 상대방이 늘어놓은 것에는 절대 손대지 않아요. 그 사람 것은 그 사람 것, 내 것은 내 것이죠."

"남편과 돈 관리도 따로 하죠. 그의 돈은 그가 관리하고 내 돈은 내가 관리해요. 자기 빨래는 자기가 하고 내 것은 내가 하고요. 식료품도 각자 따로 사요. 저녁 준비도 돌아가면서 하는데 각자 자기가 사 온 재료로 만들어요."

메릴은 남편의 하루 일과를 이렇게 설명한다. "산책을 하긴 하지만 대부분은 자기 작업실에서 보내요. 쉬지 않고 독서를 하거나 시를 쓰죠. 텔레비전이나 라디오, 커피도 전혀 가까이하지 않아요. 그는 동료나 친구들 없이도 존재할 수 있었고 인정이나 격려, 외적인 성공에 대한 검증 없이도 살아왔어요." 그녀는 존경 어린 말투로 나지막이 덧붙였다.

"그 사람은 자기 내면의 힘으로 살아왔어요. 한 번도 출간한 적은 없지만 자신을 위해서 행복하게 계속 시를 써요. 외부의 도움이나 자원이 전혀 없어도 그는 일어나서 세상을 마주하고 인생을 살아가는 것에 행복해 해요. 굉장하지 않아요?"

하지만 그녀는 슬픔이 깃든 목소리로 말을 계속했다. "은자와 함께 사는 것이 쉽지는 않아요. 내면적으로 자신의 세계를 만들고 우리 사회나 문화와 그렇게 다른 가치를 지닌 사람과 함께 사는 것은 일종의 도전이지요. 사람들은 배우자를 자신에 대한 사회적 검증으로 보는 경향이 있는 한편 우리 각자는 대단히 개인적이기도 하죠. 사실 저는 남편과 처음 만났을 때 훨씬 더 고립되어 있었어요. 그리고 우리 사이에 다른 역학 관계가 생겨났어요. 남편보다 제가 훨씬 더 많이 변했어요."

"남편의 내성적인 성격이 저를 반대쪽으로 밀어붙인 것 같아요. 그래서 저는 더욱 외향적이 되었죠. 그는 이 점에 대해 불만이 없어요. 저는 또 그게 고맙지요. 그의 보살핌 덕분에 함께 사는 동안 저는 굉장히 강해졌어요. 더 많은 도전을 이겨내고 가르치는 일과 다양한 지역 공동체 및 예술 활동에 더 많이 참여하게 되었어요. 제 문제를 해결하는 데 도움을 얻기 위해 카운슬러도 만나고 있어요. 부부 상담은 아니었지만 우리 결혼에 도움이 되는 것 같아요."

메릴은 웃으며 말했다. "우리의 모토는 '살아가라, 그리고 살아가게 놔두라!'라고 말할 수 있어요. 하지만 함께 사는 삶은 두 명의 아주 다른 사람이 서로에게 줄 수 있는 것들이 줄 수 없는 것보다 훨씬 더 중요하다는 사실을 확인시켜 줍니다. 그 정도면 충분하구요." 그녀는 이렇게 요약했다.

리처드는 은자에게도 그 정도는 충분한 게 아니라 필수적이라고 말한다.

"자기 이외에 다른 사람과 밀접한 관계가 전혀 없다면 당신에게 결함이 있는 겁니다. 저는 반평생을 살고 난 다음에야 삶이란 혼자서 할 수 있는 것 이상이라는 사실을 깨달았지요.”

　　“그것은 가장 순수하게 사는 방식이지요.”

　　이 말은 1년에 6개월은 혼자서 살고 있는 윌리엄 캐링턴의 깨달음이다. 뉴욕의 광고 홍보회사 임원으로 있다가 퇴사한 그는 “본질적으로 우리는 누구나 혼자예요.”라고 말한다.

　　“혼자라는 것을 피할 수는 없어요.” 65세의 캐링턴은 이렇게 덧붙인다.

　　“우정도 변하고 친구도 떠납니다. 자식들은 자라면 결혼해서 집을 떠나죠. 사람들은 가까운 친구들을 떠나 새로운 친구를 사귀고 이 지역에서 저 지역으로 옮겨 다닙니다. 연인들도 열정이 식으면 서로 발길을 돌리고, 둘이서 살아 있는 한 간직하고 지키겠다던 맹세는 주기적으로 깨집니다. 함께 사는 삶이 ‘영원히 지속될’ 거라고 확신했던 사람들조차도 마찬가지죠.”

　　“서로 누구보다 사랑하고 열정적이고 충만한 최선의 관계조차도 사고나 질병으로 눈 깜짝할 사이에 사라져 버립니다. 따라서 이래저래 따져 봐도 결국 우리는 모두 혼자인 거죠. 그것은 제가 배운 교훈입니다. 하지만 그러기까지는 한 번의 결혼 실패와 이혼 후 두세 번 있었던 관계의 실패, 뿐만 아니라 이 깨달음에 이르기까지 유능한 심리치료사와 1년 반 동안의 부단한 노력이 있었습니다.”

　　캐링턴은 결혼해서 세 아이를 두었고 미국 서북 지역에 있는 대형 은행의 부사장까지 올라갔다. 그 경력을 바탕으로 시카고로 진출했으며 그 다음엔 뉴욕까지 갔다. 뉴욕에서 그는 상당히 성공적인 홍보 마케팅 커뮤니케이션 회사를 차려서 '대단히 재미있고 도전적인' 제품 홍보 작업을 맡았다. 그 중에는 IBM, 아메리칸 익스프레스, 브리스톨 메이어 등 다국적 기업들도 있었다. 그러다 2년 전 케이프 코드로 들어가기 위해 맨해튼의 아파트를 처분했다.

1975년에 이혼한 후 그와 그의 전처, 두 사람 모두 재혼하지 않았다. 그들은 좋은 친구로 남아 있으며 자식들과 손자, 손녀들과 함께 명절이나 기념일 등을 보낸다고 한다. 현재 캐링턴은 17세 연하인 사람과 동거하고 있다. 파트너는 본인이 운영하는 화랑에 필요한 그림을 구매하기 위해 여행을 다니는 바람에 오랫동안 집을 비우는 경우가 잦다. 그래서 여행을 유난히 좋아하는 캐링턴도 그 욕구를 자유롭게 충족시키고 있다. 특히 겨울철에는 사우스 플로리다에서 지내는 것을 좋아한다. 그 결과 두 사람은 떨어져 있는 시간이 함께 있는 시간만큼 많지만 둘 다 만족스러워 한다.

캐링턴의 말이다. "저는 동북부와 뉴잉글랜드 지방에서 너무 많은 겨울을 보냈어요. 눈보라가 지나가고 나면 눈을 퍼내고 자동차에 쌓인 눈과 얼음을 긁어 내야 했지요. 우체국에만 가려고 해도 스웨터에 코트, 목도리, 모자, 장갑, 부츠로 완전무장을 하고 가야 했습니다. 이제는 2, 3월뿐 아니라 1월에도 아침에 일어나서 티셔츠와 반바지 차림으로 아침 산책을 나갈 수 있는 게 얼마나 좋은지 모릅니다!"

그 결과 캐링턴은 파트너와 1년의 절반 정도 케이프 코드의 집에서 함께 지낸다. 그는 "혼자 있는 시간을 충분히 가질 수 있지요. 전 그게 너무 좋아요."라고 한다.

뭐가 그렇게 좋으냐는 질문에 그의 대답은 이랬다. "오랫동안 저는 남들을 통해서 내 자신의 가치를 확인하고 자신을 찾으려고 노력했지요. 그게 얼마나 오르기 힘든 길이었는지! 게다가 서로의 차이점을 인정하고 사소한 일들은 흘려보내기보다는 남들을 내가 원하는 쪽으로 바꾸려고 애썼죠. 지금은 누구도 바꿀 수 없다는 사실을 알게 되었어요. 그리고 우리 대부분은 바뀌고 싶어 하지도 않고요. 결국 저는 우리가 통제할 수 있는 것은 그런 차이점들에 대한 우리의 태도, 다시 말해 그로 인한 도전에 대처하는 것일 뿐이라는 사실을 알아냈죠. 특히 가까운 관계나 친구 사이에서 말입니다. 자아와 '홀로 있음'이라는 개념에 초점을 맞출 필요가 있어요. 저는 이것이야말로 남들과 행복하게 지낼 수 있는 열쇠라고 생각해요."

"혼자 있는 게 굉장히 좋은 일이긴 한가 봐요. 혼자 있기를 정말 좋아하는 남편이 있거든요." 헬렌 애덤스(Helen Adams)는 이렇게 말하면서 먼저 한 가지 부탁이 있다고 했다. "당신의 책에다 모든 사람이 혼자 있기를 두려워하는 것은 아니라고 써 주세요. 많은 사람들이 그냥 처음부터 혼자 있기를 선택하는 거예요. 함께 사는 것이나 책임감을 원치 않는 거죠. 쉽지 않은 일이니까요. 나는 남편이 우리의 삶에 들어와서 마치 우리가 침입자 같은 느낌을 받게 만들기 전에 자신의 삶에 대한 애정을 깨달았더라면 하고 바랄 뿐이죠. 남편은 오랫동안 홀로 살았어요."라고 애덤스는 말한다.

"그리고 어린 두 딸이 딸린 서른일곱 살 된 과부를 떠맡기로 작정한 거예요. 그런데 혼자 있는 것을 선호하는 것은 결코 포기하지 않았어요. 그로 인해 삶을 공유할 누군가를 찾고 있던 우리 세 명의 삶은 상당히 비참해졌죠."

그녀의 남편은 학대하던 아버지와 헤어진 후 열한 살 때부터 줄곧 어머니와 단 둘이 살았다고 애덤스는 털어놓았다. "형제들이 네 명 더 있었지만 모두 나이 차이가 많이 났고 그 무렵 이미 집을 떠난 상태였어요. 어머니는 직장에 다녔고 그는 대부분의 시간을 홀로 지내야 했지요. 우리는 작은 도시에 살았는데 고등학교 때 그를 알게 되었어요. 그는 늘 매우 친절했지만 약간 고독한 분위기를 풍겼어요. 제가 남편과 사별한 후 그가 접근을 하더군요. 항상 멀리서 절 사랑했었다면서요. 저는 '대박'이라고 생각했죠. 그는 사실 상당히 매력적이거든요. 하지만 부부 생활이나 가족의 일원이 되는 법을 모르고 있어요. 노력은 하고 있지만요." 애덤스는 한발 물러났다.

"하지만 가족이 어떻게 행동해야 하는지를 보고 자라질 못했기 때문에 그런 능력이 부족해요. 저는 정말 다른 사람들과 함께 지내다가 갑자기 혼자가 된 사람이 계속 혼자였던 사람보다는 훨씬 낫다고 생각해요. 사람들과 함께 살다가 갑자기 혼자가 되면 마침내 자신을 탐구할 시간이 생기겠죠. 한 번도 가져 보지 못할 수도 있는 그런 기회 말이에요. 정신 상태가 제대로 되어 있다면 자신이 원하는 것을 하고 자신이 원하는 사람이 되는 자유는 정말 가슴 벅찰 것 같아요."

"반대로 자신의 공간이나 시간을 다른 사람과 한 번도 공유해 본 적이 없는 사람들은 심한 기능장애가 있을 수 있어요. 외로울 뿐 아니라 자기중심적이 되는 거죠. 슬프게도 그들은 자신의 문제조차 의식하지 못해요. 다른 방식에 대해 전혀 모르고 살아왔으니까요."

"이런 경향은 독신주의자 남자들이나 결혼 경험이 전혀 없는 여자들에게서 볼 수 있어요. 그들은 자신의 삶에 다른 사람들을 개입시켜야 할 때면 불안감을 동반한 짜증까지 부리는 수준에 도달해요. 제 남편은 자기가 그런 행동을 한다는 사실을 끝까지 부인할 거예요. 제가 잘못 생각하는 거고 우리의 결혼과 가족은 정상이라고 말하겠죠. 제 생각에 남편은 자기가 필요할 때 우리가 곁에 있는, 그 편리함을 좋아하는 것 같아요. 하지만 그가 자기 혼자만의 모드로 전환해야 할 때마다 우리는 물러나 줘야 한다는 사실을 깨달아야 해요. 그가 우리를 불안하게 만들면 우리는 드디어 '때가 왔군' 이라고 생각하고 말죠. 정말 짜증나요." 그녀는 힘없이 말을 덧붙였다.

"불평을 하는 게 아니에요. 이런 식의 삶에 머물러 있기로 결정한 건 저니까요. 이 경험을 통해 얻은 것 하나는 내 자신이 혼자 있는 법이에요. 그는 내게 내 자신에게 의존하는 법을 가르쳐 주었어요. 만약 그렇게 해야만 할 처지에 대비해서 만반의 준비를 갖추고 있는 거죠. 하지만 가슴앓이를 하고 있을 저와 같은 처지에 놓인 남편과 아내, 자식들이 많을 거예요."

"남자들과의 관계는 지극히 유지비가 많이 들지요." 이라고 50세의 진 컬리건(Jean Culligan)은 말한다. "관계를 유지하려면 끊임없이 노력을 해야 하거든요. 저는 지금 당장은 그 에너지를 다른 것에 쏟고 싶어요. 혼자서도 건강하고 행복하니까요."

동기 부여 컨설턴트로 지난 5년 동안 독신으로 지낸 매력적인 컬리건은 자신의 결혼이 두 번 다 '별로' 였다고 털어놓았다. 2년도 채

못 간 첫 결혼은 그녀가 스물네 살 때 끝났다.

"너무 짧아서 심각하게 느껴지질 않아요. 잘못된 선택이었죠." 그녀는 그 결혼에 대해서 간략하게 끝내 버린다.

스물아홉 살에 재혼을 했는데 두 번째 남편은 "심각한 애착증세를 보이는 문제가 있었죠."라고 그녀는 말한다. "뭐가 문제인지 알아내는 데 너무 많은 세월을 보냈어요. 그를 바꿀 수 있을 거라고 생각했거든요."

그녀는 현재 여섯 살 난 손자와 함께 살고 있다. 그녀의 유일한 혈육인 딸의 자식이다. "딸은 심각한 약물 남용 환자예요. 손자 녀석의 보호자 문제로 딸과 법정 싸움을 벌여야 할지 말아야 할지 결정을 내려야 해요."

그것이 지금 당장 자신의 삶에 다른 누구도 들여놓지 않는 이유이자 자신의 에너지를 쏟고 싶어 하는 일이다.

"행복은 '나'에 관한 것이죠. 내 안에 있는 거예요. 외부적인 것은 어느 것도 나를 행복하게 해 주지 못하죠. 제 나이의 여자들 대부분은 우리 자신이 괜찮은 곳을 찾아 오랫동안 열심히 살고 있어요. 남자들은 그렇지 않아요. 그들은 항상 자신을 돌봐 줄 누군가를 찾고 있어요. 특히 젊은 여자를 찾죠."

"그리고 저는 누구를 돌보는 것도 싫고 누가 나를 돌봐 주는 것도 싫은 수준까지 왔어요. 다시 남자와 함께 살아야 한다면 엄격히 주고받는 관계일 거예요. 물론 결혼으로 연결시키지도 않을 거구요." 자신을 위해 정해 놓은 감정적 한계에 관해 이야기하는 사이에 컬리건의 문제가 분명히 드러났다.

"지금 만나는 사람은 10대인 아들이 있어요. 그런데 저는 새로운 사람과 함께 살고 싶지 않다는 수준까지 와 있고요. 이렇게 말하고 싶어요. '당신은 당신 가족을 맡고 나는 내 가족을 맡겠다. 당신은 당신 가족에게 돌아가고 나는 내 가족에게 돌아가겠다.' 라구요. 여기까지 오는데 정말 열심히 노력했어요. 지금 와서 통제력을 잃고 싶진 않거든요."

"저는 지금까지 엄청난 문제들과 싸워 왔어요. 특히 딸에 관한 문제로요. 그런 노력은 대가를 요구하죠. 이제 싸울 힘이 다 빠져 버렸어요. 육체적, 감정적, 정신적으로 누군가에게 헌신해야 한다면 내가 독립된 영혼의 소유자이고 분리가 필요하다는 사실을 알고 수용하는 사람이어야만 해요."

"이제 더 이상 억눌릴 수 없어요. 그리고 억눌림을 원하는 파트너도 원치 않고요. 새로운 관계를 맺게 된다면 함께와 독립, 자유와 의존을 혼합시킬 거예요." 혼자가 된 후로 그녀에게 가장 좋았던 휴가는 다른 여자들과 보내는 것이었다고 컬리건은 말한다. "로맨틱한 관계에 대한 기대가 없어서 그랬던 것 같아요. 각자가 자기가 하고 싶은 것을 할 수 있었고요."

또한 상호 의존성과 투쟁하는 동안 자신의 사업적 욕구뿐 아니라 개인적인 욕구를 위해 싸울 능력을 발전시키는 데 도움이 되었다. 남들에게 "이봐, 그만 물러서지!"라고 말할 수 있는 정도가 되었다. 그녀는 필요하다면 좌중을 뒤집어지게 하고 들었다 놓았다 한다면서 그 말뜻을 분명히 하기 위해 캐서린 헵번의 말을 인용했다. "모든 규칙에 복종하다 보면 재미있는 일을 모두 놓쳐 버린다."

가톨릭 가정에서 자란 컬리건은 일을 중요시하게끔 키워졌다. "놀기에 앞서 항상 일이 우선이었죠. 일한 다음 노는 거예요. 저는 반석이어야 했지요. 모든 사람들의 반석이 되려고 노력했죠. 그런데 이제 지쳤어요. 합리적인 것에 지쳤고 다른 사람들을 돌보고 '아무 재미없이' 사는 것에 질렸어요. 남자들에게 필요한 오락 기구는 사면서 내 자신을 위해서는 아무 것도 사지 않는 것에도 질렸어요. 이젠 놀고 싶어요. 혼자 있으면 놀 수 있잖아요."

"혼자 있으면 나 자신이 될 수 있어요. 그게 제가 원하는 거고요. 다른 사람에게 속해 있는 것, 이제 싫어요."

동거한 지 18주년이 다가올 즈음 데니스 스콧(Denise Scott)과 배우자 마이클(Michael)은 전통적인 결혼을 하지 않기로 결정했다. "이상이 생기지 않았는데 굳이 고칠 필요가 있겠어요?" 데니스가 빙그레 웃으며 물었다.

그리고 나서 52세의 대출 담당 임원인 그녀는 진지하게 덧붙였다. "우리 관계가 잘되고 있다고 생각하는 한 가지 이유는 각자의 친구들이나 가족들과 가까운 관계를 유지하도록 허용하고 있다는 거죠. 상대가 있든 없든 말입니다. 우리 둘 중 누구도 노골적이든 우회적이든 서로의 예전 관계를 버리라고 하는 건 꿈도 꾸지 않아요." 데니스는 53세인 마이클과 성공적이고 장기적인 동반자 관계를 시작하기 전에 11년 동안 결혼 생활을 했었다.

"우리는 각자 다른 사람들에 대한 상대방의 느낌을 존중하고 존경해요. 같은 감정을 느끼든 아니든 상관없이 그들의 중요성을 인정해 줍니다. 그건 서로 따로 휴가를 가는 것도 의미하지요."

"아니면 친구들과 따로 저녁을 먹기도 하구요. 그런 일들이 우리 둘에게는 전혀 문제가 없어요. 사실 그 점이 우리 관계를 키워 나가는 최선의 측면이라고 생각해요." 자신의 비전통적인 동반자 관계를 아주 편안하게 느끼는 이유가 한 가지 더 있다고 그녀는 밝힌다.

"24년의 결혼 생활 후에 아버지가 떠나 버리자 어머니가 집에 남아 있던 자식 둘을 키우느라 고생하시는 것을 지켜봤어요. 어머니는 전업 주부였고 한 번도 일을 했던 적이 없었거든요. 대학 교육까지 받긴 했지만 업무 능력 부족으로 고용주들에게 그다지 매력적인 취업 후보가 아니었죠. 저는 결코 엄마와 같은 처지에 놓이지는 않을 거라고 맹세했어요. 가정을 꾸린다 하더라도 늘 내 자신은 내가 책임지고 밖에서 일을 할 거라는 것을 알고 있었죠."

"결과적으로 전 자식이 없어요. 하지만 저는 늘 제 방식대로 살았고 앞으로도 계속 그럴 거예요. 어느 정도 강박관념이라는 것도 알고 있어요. 하지만 그 점이 마이클과 제가 거의 무리 없이 관계를 유지할 수 있는 이유 가운데 하나라고 생각해요. 금전적인 문제나 그밖의 다른 문제에 대해서도요."

알렉시스 패드필드는 공동체 생활을 믿고 있다.

"혼자 사는 것은 자기애와 창의력, 개인적 확장 등을 위한 양식입니다." 그녀는 공동체 생활에 대한 자신의 성향을 이렇게 설명한다. "한편 관계를 맺는 것은 정서적 성장에 기여하기 때문에 저는 이 두 가지 생활 방식의 장점을 혼합시켜요."

　　61세의 패드필드와 공동체 생활에 대한 그녀의 생각에 관해 대화
를 나누었던 날은 그녀가 이탈리아에서 한 달 동안 지내고 돌아온 직
후였다. 그녀는 자신을 "미국 서북부에서 태어나고 자랐으며 천칭자
리이고 현재 독신이며 홀로 지내는 걸 너무 좋아하는 사람"이라고 표
현했다. 그녀는 열아홉 살에 결혼해서 서른세 살에 이혼했고 쉰한 살
에 재혼해서 쉰일곱 살 때 남편이 세상을 떠났다.

　　홀로 지내면서 "엄청나게 많은 경험을 했다."는 패드필드는 네팔
과 인도, 파키스탄 등지에서 홀로 트레킹을 했고 프랑스와 이탈리아,
스위스 등지에서 등반도 했으며 이탈리아어를 배우고 시에나에서도
3개월간 살았다. 사이클과 걷기, 카약 타기, 독서, 음악회, 영화나 연
극 구경 가기를 좋아하지만 가장 우선순위에 꼽히는 것은 친구들을
재미있게 해 주는 것이라고 그녀는 주장한다.

　　30대 초반에 이혼하고 처음으로 여행을 혼자 떠났다고 한다.

　　"남편을 앵무새처럼 따라 한다거나 그에게 무시당하지 않고 제가
개인적으로 좋아하는 것을 발견함으로써 내 세계를 넓혀 나갔죠. 다
행히 사람들이 실제로 내 의견을 따라 주었고 저는 제 생각을 즐겨 표
현했어요. 고전 음악과 연극, 오페라에 대한 열정도 발견할 수 있었고
요. 자랄 때나 결혼 생활을 할 때는 전혀 접해 보지 못했던 것들이죠."

　　"혼자 있으면 완전한 삶을 살기 위한 내 잠재력이 솟구쳐 오르면
서 곧 뭔가 새로운 것이 펼쳐지는 것을 알게 되었어요. 그리고 우정은
내 존재를 위한 재산이었죠. 제가 재미있는 사람이 되어 갈수록 친구
들도 그렇게 되더군요."

　　하루는 한 친구가 자기와 집을 함께 쓰는 게 어떠냐고 물어 왔다

고 한다. 그녀는 동의했고 오리건 주 포틀랜드에 소재한 기념비적 건물, 빌라 마르코니에 세를 들어 살게 되었다. 넓게 펼쳐진 공원 끝자락에 자리잡은 우아한 저택이었다. 패드필드는 당시만 해도 비싼 편이었던 월세 1,200달러를 나눠서 내기 위해 사람을 한 명 더 구했다. 그리고 그 세 여자는 그 집에서 함께 살게 되었고 싸구려 보석이 박힌 머리 장식까지 쓰고 다니며 자칭 콘테사(Contessa: 백작부인—역주)라고 불렀다.

"일요일 오후면 이탈리아풍의 현수막까지 걸어 놓고 벽난로 앞에서 친구들을 위해 와인과 대화가 있는 만찬 파티를 열었죠. 빌라는 우리의 새로운 자아를 위한 안전한 안식처가 되었어요. 다른 사교 모임에 초대받을 때마다 저희 콘테사 셋은 1950년에 유행했던 늘어지는 망사 드레스를 입고 상징이 되어 버린 머리 장식을 쓰고 갔죠."

"이탈리아풍으로 다양하게 차려 입고 오는 새로운 친구들은 그 이국적인 저택의 단골 손님들이 되었어요. 그 중에는 떠돌이 바이올린 연주자, 와인 전문가도 있었다. 와인 전문가가 비비 카페 와인을 상자째 싣고 오는 바람에 그게 우리 집표 와인이 되어 버렸어요. 우리의 즐거운 삶은 전염성이 있었죠. 그런데 안타깝게도 그 집에 살지 않던 집 주인이 빌라를 팔아 버리는 바람에 콘테사스는 머리 장식을 보따리에 싸고 헤어져야 했지요.

하지만 그 무렵 이미 빌라의 명성이 널리 알려져 있었고 다른 집의 주인이 그녀와 알고 지내고 싶어 했다. "그 신사분은 방 일곱 개 달린 멋진 집을 오랫동안 세를 주고 있었어요. 그런데 그 집은 하숙집과 별로 다를 게 없었어요. 그는 자기 집에도 재미있는 분위기를 불어

넣어 주면 어떻겠냐고 하더군요. 제가 제일 먼저 요구했던 것은 입주자들을 새로 들여서 처음부터 다시 시작하자는 것이었죠. 저는 요리하는 것을 굉장히 좋아하고 요트를 가지고 있는 남자 친구 한 명과 직업요리사 여자 한 명을 추천했어요. 그런 다음 세 번째 입주자로 에너지와 활력이 저에 못지않은 여자를 한 명 구한다는 광고를 냈죠."

집 주인이 가장 좋아하는 것은 질 좋은 와인이었다고 패드필드는 설명했다. "매월 1일이면 그는 와인 네 병을 들고 집으로 왔죠. 와인을 따로 종이 봉지로 싼 다음 그 달의 '하우스 와인' 후보를 시음용으로 따라 줬어요. 우리는 각자 자기가 선호하는 것에 투표를 했고 이긴 와인이 이후 4주 동안 우리 집의 하우스 와인이 되는 거였죠. 우리는 음악가들을 게스트로 초빙해서 초대한 친구들을 접대하기도 했어요. 저녁마다 가르침을 주고 토론을 유도하는 지적인 주제에 대한 '전문가' 들의 강의를 듣는 프로그램도 마련했지요. '공동체' 구성원들이 준비하고 주도하는 대규모 저녁 식탁은 '기본' 이었고요."

샌환 섬에서 요트를 타고 미국 서북부를 탐험하는 것은 그들의 야외 지향적 생활 방식의 일부가 되었다. "공동체 생활은 자극적일 뿐 아니라 동료애로 가득 차 있어요. 동반자를 너무나 쉽게 찾을 수 있거든요."라고 패드필드는 지적한다. "등반이나 캠핑, 탐사, 걷기와 해변이나 산에서 하룻밤 지내는 것 등 충동적이든 미리 계획된 활동이든 모두 할 수 있는 기회가 풍부해요."

그러던 그녀가 결혼을 해서 도시 근교로 이사했다. 함께 산 지 6년밖에 안 됐을 때 남편이 전립선암에 걸렸다. '다른 사람의 존재를 즐기는 것이 기쁜 삶에 결정적인 요소라는 것을 아는 남편은 제가 사랑을 하고 재혼하기를 바란다는 마음을 전하더군요. 저는 그럴 생각 없다고 했죠. 우리 결혼에 문제가 있어서가 아니라 자기애적 삶에 대한 저의 성향 때문이라고요."

"남편이 죽은 후 저는 18개월 동안 두 가지만을 예리하게 의식하는 자동 조정 장치로 움직이는 아무 감정도 없는 로봇이었어요. 하나는 안전 감각이 전복되면서 내게 끼친 영향이었고, 다른 하나는 내 자신이 에너지를 쏟는 분야를 확장하고 자신에게 완전히 권한을 부여해야 한다는 욕구가 되살아난 거였죠. 단순히 존재했다가 죽어간다는 음울한 생각을 떨쳐 버릴 수가 없었어요. 살 수 있을 때 살아야 한다는 긴박감이 새롭게 솟아오르는 것을 느꼈어요."

패드필드는 3개월 후에 다니던 직장을 그만두겠다고 통보했다. 그리고 도시에 있던 큰 집을 팔고 170마일 떨어진 곳에 있는 아주 작은 해변 마을로 이사했다. "아는 사람이 전혀 없는 곳, 미지의 세계로 떠났던 거죠. 처음에는 외롭고 고립된 느낌이 들었어요. 수상 가옥인 새 집에서 여섯 달을 보내고 난 어느 화창한 여름날 아침에 등산을 갔어요. 등산로를 따라 활짝 피어 있던 야생화를 보자 내 안에서 기쁨이 다시 밀려오는 느낌이 드는 거예요. 새로 느낀 그 행복감은 현재, 이 순간에 살아야 한다는 의식이 자라면서 더욱 확대되었어요. 치유를 위한 여정은 시간이 걸린다는 것을 알게 해 준 사건이었죠. 뒤를 돌아보면서 계속 앞으로 나가야 하는 거죠."

"그리고 결국은 과거 돌아보기를 중단하고 똑바로 앞을 바라봐야 해요. 제가 다시 한번 시도했던 게 바로 그거예요. 낯선 곳에서 보낸 고독한 시간은 내 삶에 신선함을 되찾아 주었어요. 홀로 지내는 것은 새로운 자아 발견으로 꽃을 피우죠. 정원 손질과 일기 쓰기와 명상에서, 또 새롭게 음미하는 일상 안에서, 매일을 즐기는 능력에서, 무지개와 보름달과 새들의 노래와 아이처럼 기뻐하는 것에서 저의 창의력이 다시 한번 명백히 드러나더군요.”

그리고 그녀는 다시 새로운 공동체를 엮기 시작했다.

“다시 한번 자발적으로 경험을 공유하고 싶었어요. 겨울에는 실내 모임, 여름에는 가든파티를 위해 음악가들을 초빙하고 영화의 밤도 열어요. 비디오를 빌려서 팝콘과 음료수를 마시며 함께 보기도 하고요. 마치 영화관에 온 듯한 기분을 내면서요. 이탈리아식 디너파티도 다시 열고 와인 시음회와 모닥불 음악제도 개최해요. 우리는 모일 수 있는 건수만 있으면 다 좋아하지요.”

심지어 공동체 전용 자동차도 구비했다. “다섯 명이 모아서 시보레 1983년형 0.5톤 픽업 트럭을 2,000달러 주고 구입했어요. 각자 자기 열쇠를 가지고 정해진 날짜에 사용하지요. 우리는 그 트럭에 ‘예쁜 조지아 브라운’ 이라고 이름을 붙여 줬어요. 자동차의 색깔을 따서 붙인 별명이죠. 트럭을 정해진 장소에 보관해 두고 하루에 25달러를 내면 친구들에게 빌려 주기도 해요. 그리고 그렇게 생긴 돈은 생활비를 모아 두는 통장으로 들어가지요.”

지금의 도(道): 흘러가는 매 순간에 대한 열정

우리는 신나게 놀아야 할 때 건초를 만들고
한바탕 소동을 피워야 할 때 토마토를 키우고 있다.
–애니 딜라드(Annie Dillard)

"미국인들은 이상해요." 기쁨을 포함해서 모든 것을 가능한 한 많이 가지려 드는 미국인들의 욕심에 관해 대화를 나누던 중에 테렌스 오도넬(Terence O' Donnell)이 했던 말이다. "우리는 행복한 상태를 추구해요. 하지만 프랑스인들은 그게 웃기는 일이라고 생각해요. 그들은 '레 쁘띠 보뇌르(les petits bonheurs)' 다시 말해 작은 행복, 행복한 순간들만이 있다는 사실을 받아들이거든요. 예기치 못했던 장관, 잠에서 깨어 맞는 기분 좋은 아침, 따사로운 햇살, 서늘한 바람 같은 것들 만입니다."

이 순간이 당신이 지배하는 유일한 시간이라고 충고하는 선승 틱 낫한(Thich Nhat Hanh)의 말을 기억하라. 따라서 당신의 삶에서 가장 중요한 것은 지금 이 순간에 당신이 하고 있는 일이다. 또 당신이 혼자라면 애정을 가지고 온전히 자기 자신을 섬겨야 한다.

틱낫한 스님은 그것을 '깨어 있음'이라고 불렀다. 우리가 하는 모든 일에 대한 날카롭고 지속적인 인식, 그 행위가 웅대하든 일상적이든 사소한 일이든 상관없이 우리가 그 일을 하고 있는 매 순간 그래야 한다.

"설거지를 할 때는 그릇을 닦는 일이 그대의 삶에서 가장 중요한 것임이 분명하다. 차를 마실 때는 차를 마시는 행위가 그대의 삶에서 가장 중요한 일이듯이."

각각의 행위와 모든 움직임이 생사를 걸고 행해야 할 중요한 의식이어야 한다고 스님은 가르친다.

"천천히 경건한 마음으로 차를 마시라. 마치 전세계가 그 행위를 축으로 돌아가기라도 하듯이. 미래를 향해 달려 나가지 말고 천천히 흔들림 없이 현재의 순간을 살라. 지금 이 순간만이 삶이다."

"아내를 잃은 다음 직장마저 잃었을 때, 세 자녀가 성장해서 나름대로 자리를 잡았을 때, 어느 날 아침잠에서 깨어 내 자신에 직면했다." 은퇴한 신문 편집자인 62세의 브라이언 프레이지어(Brian Frazier)는 홀로 사는 삶에 대해 이렇게 썼다.

"그 냉엄한 현실에 직면함으로써 내 존재가 너무나 직장과 일정, 직업적 목표와 가족의 요구에 둘러싸여 내면의 생활은 오래전에 사라져 버렸다는 사실을 깨닫게 되었다. 그래서 어떤 대안이나 방해도 내 앞을 가로막지 못하게 하고 미뤄 두었던 한 가지에만 집중했다. 바로 오늘이었다."

"시간이 흐르고 있다는 것을 떠올려 주는 것이라고는 내 심장 박동 소리와 계절의 변화, 낮과 밤의 주기밖에는 없었던 나는 서서히 모든 기대치를 놓아 버리고 지금 내게 일어나고 있는 모든 것들과 발걸음을 같이했다."

"매일 아침 5시에 일어나서 해 뜨는 것을 보았다. 그 전에는 한 번도 본 적이 없었다. 비가 오든 해가 나든 눈이 오든 모두 지금 필요한 것들로서 반겼다. 하루하루가 내가 계획했던 대로가 아니라 그 자체가 무한한 가능성으로 펼쳐지는 것에 만족했다."

"내 자신의 감각에 깨어 있고 예전의 꿈과 전략에서 벗어나 오랫동안 묻혀 있던 '거듭난' 느낌을 받아들였다. 그 느낌들이 겉으로 드러날 날을 기다리며 지금까지 나와 함께 있어 준 것에 감사했다. 지금 나는 내가 있든 없든 오늘 키우는 것이 내일까지 여기 있을 것이라는 확신을 가지고 장미를 심는다. 삶의 또 다른 기회일까? 아니 오히려 새로움으로 거듭나는 것이라고 생각한다. 이렇게 되기까지는 오랜 시간이 걸렸다. 거의 평생이 걸렸지만 여기서 나는 마침내 순간과 조화된다. 이것이 전부일까? 그럴 수도 있고 그렇지 않을 수도 있다. 하지만 이것은 지금이다."

"그리고 이게 전부다."

데이비드 스타인들 래스트(David Steindl-Rast)는 시간은 우리가 붙들어 둘 수 있는 것이 아니라는 사실을 깨우쳐 준다. "시간은 매 순간 우리가 받는 선물이지요."

따라서 우리가 하고 있는 것, 생각하는 것, 느끼는 것이 무엇이든 그 순간 결정적으로 중요한 것이 된다고 베네딕트 수도원의 수사인 스타인들 래스트는 말한다.

그는 우리가 서 있는 곳이 어디든 성지가 된다고 한다. 부엌의 스토브 옆에 있으면 그 스토브가 제단이며 침대에 누워 있으면 침대가 우리의 제단이다.

"수도원의 전반적인 환경은 확실하게 깨어 있음에 맞춰져 있습니다. 수도원의 모든 종소리와 징소리, 북소리가 우리를 깨우쳐 줍니다. 지금이 유일한 순간이다. 지금이 유일한 순간이라구요."

지금 지금 지금 지금 지금. 이것이 깨어 있음이고 읊어야 할 주문이다.

제인 햄린(Jane Hamlin)은 자신을 69세의 전 아동권익 옹호자이며 지금은 서글픈 전문 용어로 "설 자리 없는 가사노동자"라고 표현한다. 하지만 철학자에 시인이기도 하다고 덧붙인다.

햄린은 어릴 때부터 "왜? 어떻게? 무슨 일이 벌어지는 걸까?"를 알고 싶어 했기 때문에 자신을 철학자라고 말한다. 그리고 자신을 시인이라고 하는 이유는 "말로 할 수 없는 감정을 표현할 말들을 찾고자 하는" 욕구를 항상 느껴 왔기 때문이라고.

그녀는 남동생 조니가 자기를 안심시키려고 했던 말을 기억한다. "누나는 평범한 미국 여자가 아니야." 하지만 더 가슴 아픈 기억도 있다. 초등학교 6학년 때 운동장에서 다른 여자애들이 "외톨이! 외톨이!"라고 외치며 그녀를 따돌렸다.

그녀는 "내가 못생겨서일까?"라고 자문했던 일을 기억한다. "저는 주근깨에 안경을 끼고, 간호사들이 신는 신발을 신고 다녔어요. 이제야 알게 된 사실이지만 학교 친구들을 밀어 냈던 것은 저의 슬픔이 었어요.”

아버지의 부재와 우울증 증세가 있던 엄마 그리고 가학적인 삼촌 때문에 그녀는 심한 상처를 받았다. 상처는 오랫동안 그녀가 인식해 온 것보다 훨씬 더 깊었다. “이런 상실감을 느끼는 다른 사람들과 마찬가지로 제게는 어린 시절이 전혀 없었어요. 어려서는 애어른이었고 나이가 들어서는 함께 있기 불편한 어른이 되었죠. 선의(善意)가 대부분이었지만 세상 사람들은 정상적으로 받아들이지 않았어요.”

“집에서는 거의 체계가 없었기 때문에 나는 예측이 가능한 학교에서 피난처를 찾았어요. 질문을 하고 배우는 일이 가치 있어 보였고 언제나 해답이 있는 것 같았죠. 하지만 사교적인 상황에는 적응을 못했어요. 정신이 없고 말문도 열지 못하는 때가 종종 있었으니까요.”

“대학에 들어가서 저는 사회학 전공에 부전공으로 철학을 선택했지요. 하지만 들을 수 있는 한 영문학과 작문 수업은 모두 들었어요. 당시에는 그것이 나의 창의적 자아가 진정으로 갈망하던 것이었다는 사실을 인식하지 못했죠.”

“스케이트와 춤, 이 두 가지가 저의 가장 깊은 내면의 리듬과 조화를 이룬다는 것을 알았어요. 그리고 제가 좋아하는 유일한 팀 스포츠인 축구—이기기 위한 것이 아니라 달리기 위해서—외에는 단순히 놀기만 하는 것을 배운 적은 한 번도 없었어요.”

“하지만 기다리는 법은 정말 잘 배웠어요. 기다림은 저의 생활양식이 되었죠. ‘언젠가는’이라고 내 자신에게 말했습니다. 안전하게 지내면서 약간의 위험만 감수하고 비난받을 수도 있는 언행을 삼가고 모나게 굴지 않는다면 사람들이 날 그냥 지나쳐 가겠지. 그러면 눈에 띄지 않고 위협적이지도 않은 '착한 사람이 될 거야' 라구요."

"물론 기다림은 적—나의 숨은 자아—과의 협조 못지않게 어려웠어요. 종종 가슴이 부르르 떨렸지만 평온의 가면을 쓰고 있었죠."

"저는 지칠 대로 지친 상태에서 늦게 결혼을 했어요. 전부 말도 안 되는 이유였어요. 그 사람의 손과 그의 미소를 사랑했고 날 어루만져 주길 원했죠. 하지만 정작 저는 어떻게 어루만져 줘야 할지 몰랐어요. 그리고 그 대가를 치렀죠. 사랑스러운 자식들 셋을 제외하고는 아무런 보상이 없었으니까요. 아무리 자격이 없다 해도 아이들은 저의 간절한 소망의 일부였어요. 아직도 아이들을 사랑하는 것은 어렵지 않아요. 그리고 아이들에 대해 경건함을 느끼죠. 제 생각에 저는 아내보다는 엄마 노릇을 더 잘할 수 있는 거 같아요."

"5년 동안 다섯 번 이사를 했는데 다섯 번째 집 전망이 기가 막혔어요. 하지만 제가 사랑하는 모든 사람들과 3,000마일이나 떨어진 낯선 도시였지요. 제가 시를 한 편 썼답니다."

이 집 안에서 나를 발견하지 못하면
언덕을 내다보세요.
꼭 필요한 것들로만 둘러싸여
내 가슴은 고지에서 바람과 함께 달리고 있다오.
내 눈을 분홍빛 여명과 은빛 저녁으로 채우고
이런 환경에 얽매이지 않았다고 믿고 싶어
내 영혼은 골짜기를 스치는 바람 위에 머물고 있다오.

“이것은 분명히 날아가야 할 때가 되었다는 사실을 스스로 인정하는 것이었어요. 하지만 날개에 녹이 슬어 오히려 도망갈 구멍을 찾았습니다. 기억이 지워질 정도로 와인을 많이 마셨어요. 와이오밍의 한 산봉우리에 사는 실체 없는 여인, 그게 바로 저였어요. 제 자신이 만든 구름 속으로 희미하게 사라져 버린 나는 사랑하는 자식들로부터도 숨어 버렸어요. 현실에 직면할 때까지요. 알코올중독 치료를 하면서 저는 예전에 석사학위를 받았던 사회사업 분야로 과감하게 돌아갔어요. 다른 사람을 상담하는 일이었죠. 하지만 새롭게 변한, 자기 주장이 강해진 저를 남편은 인정하려 들지 않았고 보고 싶어 하지도 않았어요. 남편과의 투쟁은 또 상처를 남겼죠. 전 너무 오래 기다렸어요. 남편이 떠나자 계속 꾸었던 악몽에서처럼 다시 철컹하는 소리가 들렸어요. ‘고립’의 쇠창살이 닫히는 소리 말이에요.”

“자식들이 자라서 기쁜 마음으로 제 곁을 떠나고 이어서 연방정부의 후원을 받았던 시험 프로그램이 기금 고갈로 중단되자 저는 직장까지 잃게 되었지요. 예순넷이라는 나이가 아무 쓸모없어 보이더라고요. 마지막까지 기대고 있던 ‘쓸모있다’는 느낌마저 잃어버린 거죠.”

“소용돌이치는 강물에서 고요한 하류로 가는 길을 찾아 뭍으로 헤엄쳐 갈 수 있을까? 누구를 사랑하고 누구를 어루만져야 할까? 결국 존재할 수는 있을까? 아직도 내 앞에는 잔칫상이 차려져 있는데 단테의 「지옥」편에 나오는 대식가들처럼 손이 사슬에 묶여 잔칫상에 손을 대지 못하는 것은 아닐까?”

“내 자신의 상상이 만들어 낸 새장에 갇혀 있는 게 아니라면 내가 묶여 있지 않다는 것을 알 방법은 없을까? 언제나 허락을 구했던 내가 내 자신을 자유롭게 놓아주고 마침내 내 자신에게 허락할 수 있을까? 내가 원하는 것을 원하는 때에 먹고, 언제든 내가 정한 시간에 잠들고, 쉬지 않고 읽고, 놀며, 필요하다면 되돌아가서 잃어버린 어린 시절을 회복할 수 있을까?'

"저는 아직도 아이들에게 투자하고 싶은 열정이 있어요. 아이들이 어려서부터 자신을 신뢰하도록 격려해 주는 것을 하고 싶어요. 말하자면 제때에 자신의 개성에 관해 들어 둬야 할 것들, 다른 사람에 대한 존경심을 가르치기 위해 해야 할 것들, 더 나아가 자기 자신을 가치 있게 여기는 것과 한 걸음 한 걸음씩 최선의 인간이 되어가는 것까지."

"내 자신을 위해서도 그럴 수 있을까요?"

"손자 녀석과 함께 어린 시절의 두려움을 새롭게 알아가고 있어요. 동요도 재발견하고 모노폴리 게임도 이해하지 못하는 척하면서 아이가 제게 '설명' 하도록 만들지요. 옛날이야기도 전에 한 번도 들어 본 적이 없던 척하면서 함께 읽어요. 만화영화 「피노키오」를 보면서도 처음 보는 듯이 '와아!' '우와!' 를 연발하기도 하죠. 저는 완전히 손자 녀석의 포로가 되었어요. 녀석은 제게 선물을 가져다줍니다. 솔방울, 자기 눈에 띄는 반들거리는 돌멩이. 하루는 죽어서 피가 뚝뚝 떨어지는 오리새끼까지 가져 왔다니까요! 그 아이는 진정한 선물이에요. 우리는 서로를 어루만져 주지요."

"아이와 함께 있지 않을 때도 감각적인 것에 눈을 뜨게 되어 기쁘답니다. 때로는 제가 먹으려고 새우를 사지요. 건강을 생각하면 먹지 말아야 한다는 '죄책감' 이 드는 사치죠. 심지어 팔뚝만한 아몬드 초콜릿까지 사먹을 때도 있어요. 가을 낙엽을 헤치며 걷다가 주워서 내 자신에게 선물하기도 하지요. 예전에 어머니께 꽃다발을 갖다 드렸듯이 그냥 모양이나 색깔이 특이하다는 이유로요. 달리 찾아갈 사람이 없으면 자신감을 가지고 침착하게 못질을 하고 전구를 갈아 끼우는 일을 기꺼이 합니다."

"머리가 아니라 가슴이 가는 대로 따라가요. 생각이 아니라 감정을요. 지극히 단순한 즐거움에 마음이 끌려요. 변화무쌍한 하늘을 떼지어 나는 기러기, 장미꽃잎에 맺힌 빗방울, 우리 아이들의 목소리 등. 저는 눈이 오면 사족을 못 써요. 이리 뛰고 저리 뛰는 개하고 같이 놀지요."

"지나가는 사람들 개개인의 얼굴을 찬찬히 들여다보고 그들이 그때 그곳에 있었다는 이유만으로 그들을 받아들입니다. 그들이 나를 받아들여 주기를 바라지는 않아요. 나이든 사람의 고집이라고 할지 모르지만 솔직히 말하면 아직도 내면의 삶이 있어 보이는 사람을 찾고 있어요."

"이런 새로운 방향으로 들어선 지가 얼마나 되었냐구요? 전 이제 더 이상 햇수를 세지 않아요. 지금까지 내 나이로 보이지 않는다는 말을 들어 왔어요. 그건 내가 나이에 신경 쓰지 않고 살아 왔기 때문이죠. 아일랜드인들이 그렇거든요."

"하지만 제 영혼은 2,000살이나 먹었을 수도 있고 2,000살밖에 안 될 수도 있어요. 올해 저는 2,000살이에요. 이 기간에 관해 제가 알고 있는 것을 모두 축하하고 있어요. 아인슈타인에게서 배운 시간과 공간의 개념이에요. 저는 그 공간을 저의 새로운 이정표로 받아들였어

요. 하지만 사이버 공간은 아니에요. 그건 제게 불가사의한 공간이거
든요."

　"예전에 기다리라고 외치던 소리가 잠잠해진 것을 기쁘게 받아들
여요. 매일 아침 하늘에 나타난 징조를 자세히 살펴요. 촛불을 켜고
스토브에 통계피를 끓이고 소중하게 간직해 온 클래식 레코드와 비틀
스를 들어요. 제가 원하는 만큼 소리를 높이죠. 가는귀가 먹어서가 아
니라 음악이 저를 사로잡아서 포르피리오스의 구(球)(Porphyrios: 233
~309년. 시리아 출생의 신플라톤주의 철학자, 수학자. 그리스의 모
든 신들을 상징주의적 관점에서 철학적 종교적으로 해석했다. 그는
그리스인들이 모든 구의 형태를 우주, 해와 달의 상징으로 여겼으며
때로는 행운과 희망, 영원을 상징하는 것으로 보았다고 주장했다—
역주)에까지 이를 수 있기를 바라는 거죠. 저는 신비주의를 편안하게
받아들여요. 바라건대 신이 거대한 컴퓨터가 아니라면 분명히 위대한
음악가였을 거예요!'

　"저는 제가 보고 사랑하는 것을 시로 씁니다. 나를 감동시키는 자
식들을 위해서요. 계획하는 일은 포기했어요. 오늘은…… 한 그루 나
무가 되기로 했어요."

　"내가 마치 이 세상에서 조이스 킬머(Joyce Kilmer: 유명한 생태시
「나무들(Trees)」을 쓴 미국 시인—역주)를 제외하고 나무의 신비를
발견한 최초의 사람인 듯 행동하는 거죠. 오늘은 저 외로운 소나무와
내 자신을 동일시하는 거예요. 나에게 주어진 하늘을 머리에 이고 해
를 좇아 빛이 있는 쪽으로 향합니다. 황폐해 보이지만 내게 생명을 주
었던 땅에서 자양분을 빨아올리지요."

"영속성을 원하고 증언할 사람이 있으면 저의 소박한 그림자를 내줄 거예요. 아무도 없다면 홀로 서 있겠죠. 내 뿌리는 깊고 땅에 단단히 박혀 있습니다. 바람이 불면 휘어질지 몰라도 쓰러지진 않을 겁니다."

"물론 언젠가는 사라지겠죠. 내가 죽으면 내가 사랑하는 사람들이 내가 한때 서 있던 곳, 이제는 그들의 지형이 된 곳에 경의를 표해 주었으면 좋겠어요. 그리고 내가 마침내 추구해 왔던 모든 것—수용과 평화—을 찾아낸 것에 위안을 받기 바랍니다. 어쩌면 큰아들이 제가 사 주었던 티셔츠를 기억할지도 모르죠. 그 티셔츠에는 이런 말이 새겨져 있었어요. 나를 참아 주세요. 하느님이 아직 나를 완성하지 않았거든요."

"저는 지금 그 티셔츠를 입고 다닙니다."

주어진 순간만을 보고 듣고 만지고 느끼는 것. 우리는 한 번에 한 순간밖에 소유할 수 없기 때문에, 그래서 이 순간만이 중요한 것이다.

어느 날 한 늙은 여인이 부처님에게 명상을 어떻게 해야 하는지 물었다고 한다. 이에 대해『삶과 죽음을 바라보는 티베트의 지혜(The Tibetan Book of Living and Dying)』의 저자인 명상의 스승 소걀 린포체(Sogyal Rinpoche: 티베트의 영적 스승　역주)는 이렇게 이야기한다. "부처는 여인에게 우물에서 물을 길어 올릴 때 자기 손의 모든 움직임을 놓치지 말고 의식하라고 일러 주었다. 부처님은 그렇게 하면 그 여자가 곧 명상이라고 하는 넓게 트인 고요함과 깨어 있는 상태로 들어가리라는 것을 알고 있었다."

1991년에 개봉된 영화 「굿바이 뉴욕 굿모닝 내 사랑(City Slickers)」에서 잭 팰런스가 빌리 크리스탈에게 의미심장하고 단순한 조언을 한다. 크리스탈이 그에게 인생의 비밀을 묻자 팰런스는 집게손가락을 쳐들고 한마디로 "하나"라고 대답한다.

하나를 선택하라. 그리고 최선의 능력을 다해서 그 일을 하라. 그런 다음 그 일을 놓아주라. 그리고 다른 것을 선택하라. 그 일을 끊임없이 반복하라.

내 친구 알베르토 테레고(Alberto Terego)가 언젠가 내게 이렇게 말했다. "나는 책을 읽으면서 음악을 듣지 않는다네. 이것 아니면 저것. 무엇이든 그 순간에 가장 하고 싶은 일을 하지. 무엇을 선택했든 그것만 하는 거야. 책을 읽을 거면 책을 읽고 음악을 들을 거면 음악을 듣는 거지. 언제나 그 순간이 가져다주는 것에 완전히 참여한다네. 그것이 무엇이든."

생존심리학자 알 시버트(Al Siebert)는 음악을 들을 땐 효율적인 시간 관리에 대해서는 잊어버리라고 촉구한다. "생산성을 높이는 것, 하루를 계획하는 것, 구두를 닦는 것, 편지를 쓰거나 책상 정리를 하는 것 등은 잊어버리고 듣기만 하라. 편안히 뒤로 기대앉아서 음악에 자신을 내맡겨라. 뮤직이라는 단어 자체가 명상(영어로 muse — 역주)에서 기원한 것이다. 그렇게 하라. 명상하라."

나는 노력한다.

해변을 걸을 때 의식적으로 한 발 한 발 내딛는 발걸음을 음미한다. 모래의 부드러운 감촉, 따사로운 햇살, 맑고 화창한 하늘, 파도 소리가 들려주는 리듬. 그리고 지금 지금 지금 지금.

우리는 우리가 진정으로 소유하고 있는 유일한 것, 주어진 이 순간으로부터 최대한의 혜택을 짜내기보다는 어깨 너머로 뒤돌아보거나 머나먼 앞날을 응시하느라 삶의 대부분을 허비한다. 이 순간이 영원히 지나가기 전에 그것이 지닌 고유한 약속을 성취하지 않는다면 얼마나 비극인가.

무언가 더 나은 것, 무언가 다른 것, 지금 이 순간 우리가 가지고 있는 것 이외의 것을 가지려고 허비했던 많은 순간들, 그 순간들 속에 또 얼마나 많은 후회가 있었던가.

헬렌 낭(Helen Ng)은 자기가 하는 모든 일이 마지막인 것처럼 함으로써 깨어 있음을 실천한다.

46세의 약사인 헬렌은 "누군가와 이야기할 때 지금이 이 사람을 바라보면서 얘기를 듣고 말을 걸 수 있는 마지막 순간이라고 제 자신에게 말합니다."라고 한다.

"혹은 이런 특별한 즐거움을 경험하거나 이런 장소를 방문하는 것이 지금이 마지막이라고요. 내가 해야 할 일이 무엇이든 이것이 마지막 기회다. 아니면 내가 해야 할 말이 무엇이든 이 시간이 지나가고 이 사람이 떠나가고 이 기회가 사라지면 다시는 오지 않을 것이다라고 내 자신에게 일깨워 줍니다."

그게 더 이상 후회를 쌓아가지 않는 자기만의 방식이라고 그녀는 말한다. "이 기회가 마지막일지도 몰라. 너무 늦기 전에 해야지라고 혼자 생각을 하는 거죠."

예를 들어 어떤 일들인가? "무엇이든요. 고맙다고 말하는 것 아니면 '정말 잘했어요.'라거나 '당신 말이 옳아요. 내가 잘못 생각했어요.' 또는 '미안해요.', '사랑해요.' 등등이 있죠."

헬렌은 "모든 행동과 행사와 만남과 사건들이 마지막이 될 수 있어요. 뒤로 미룰 수 있을 만큼 사소한 일은 아무것도 없어요."라고 말한다.

그녀가 안타까운 듯 미소를 지으며 물었다. "얼마나 많은 사람들이 남들을 자기처럼 만들 수 있다고 생각하는 것으로 소중한 순간들을 흘려보낼까요? 너무나 많은 그런 순간들은 다시 찾아오지 않아요. 그리고 그런 것들이 후회를 만들지요."

헬렌의 말을 들으면서 나는 그녀에게도 그런 잃어버린 순간들이 있고 그것들이 지금의 그녀를 만들어 주었다는 사실을 감지할 수 있었다.

"매 순간을 성스럽게 간직하라."고 토마스 만(Thomas mann)은 훈계한다. "매 순간을 명징하고 의미 있게 하라. 매 순간 그대의 인식의 무게를 느껴라. 매 순간을 진실되고 정당하게 성취하라."

『누가 죽는가?(Who Dies?)』와 『남은 1년(One Year to Live)』의 저자 스티븐 레빈(Stephen Levine)은 깨어 있음을 덧없음이라는 다른 이름으로 부른다. 레빈의 '의식적인 삶과 의식적인 죽음'에 대한 교리는 인생의 덧없음에 대해 지속적으로 인정하라고 주장한다. "사랑하는 현재 속에 머무르기 위해 소중한 매 순간에 집중하는 삶을 살기 위해서다."

인생의 덧없음에 대해 지속적으로 인정하는 것이 삶 그 자체로 가는 열쇠다.

우리는 잘 살고 잘 죽기 위해서 모든 변화를 받아들여야 한다. 아니 심지어 환영해야 한다고 소걀 린포체는 단언한다. 그는 또 '계속되는 탄생과 죽음의 춤, 변화의 춤'에 대한 의도적인 인식이 우리를 소중한 순간에 남아 있게 해 준다고 말한다.

우리가 살아 있는 동안 무엇이든 영원하다고 믿을 때, 사물을 우리가 원하는 방식으로 유지하려고 할 때, 어떻게 살아가고 어떻게 죽어야 하는지를 배울 수 있는 가능성과 단절된다고 린포체는 주장한다. 영원성에 집착할 때 변화를 단순히 받아들이기보다 그것을 이겨 내려고 애쓸 때 마음이 닫히고 집착하게 된다.

소걀 린포체는 "그것이 우리가 지닌 모든 문제의 근원이다. 덧없음이 우리를 번민에 빠뜨리고 모든 것은 변하는 것임에도 불구하고 필사적으로 사물에 집착하게 한다. 우리는 버리는 것을 두려워한다. 사실은 삶 자체를 두려워하는 것이다. 살아가는 법을 배우는 것은 버리는 것을 배우는 일이기 때문이다. 이는 비극이며 붙들어 두려고 몸부림치는 우리가 지닌 아이러니다. 붙들어 두는 것은 불가능할 뿐 아니라 우리가 피하려고 하는 바로 그 고통을 가져오기 때문이다."

개인적으로 나는 이런 주제를 처음 만난 자리에서 화젯거리로 삼으라고 추천하지는 않을 것이다. 사실 미래에 대한 논의가 믿을 수 없을 정도로 줄어드는 지금 그런 주제가 아주 열정적으로 받아들여질 만한 사회적 상황이 전혀 생각이 나질 않는다.

"자, 그럼 죽는 것에 대해 어떻게 생각하십니까?"라는 질문은 단둘이 있을 때 가장 하기 좋은 질문이다.

하지만 그것은 궁극적으로 우리 자신과 먼저 시작해야 하는 대화다. 그 대화는 빠를수록 좋다고 나는 진심으로 믿는다. "아침에 죽어라. 그러면 밤에 죽지 않아도 되니까."라고 표현한 램 다스(Ram Dass)도 그랬다. 나는 그의 말이 일찍 준비를 시작하는 것이 늦게 하는 것보다 낫다는 의미라고 생각한다.

뉴욕 지하철역에서 황급히 달려 나온 남자에 대한 농담을 기억할 것이다. 그는 가장 먼저 만난 사람을 붙들고 숨을 헐떡이며 물었다. "카네기홀로 가려면 어떻게 가야 되죠?" 그 행인 왈, "연습을 해요. 연습을."

재미없는 농담이지만 좋은 충고다. 특히 죽는 것에 대해서는.

"우리들 대부분은 삶과 싸우듯이 죽음과도 싸운다."고 레빈은 주장한다. "이런 존재의 국면을 예증하는 끊임없는 변화의 흐름에 대한 통제력과 확고한 발판을 얻기 위해 투쟁한다."

하지만 이 우주에 불변의 법칙은 단 하나밖에 없다고 린포체는 지적한다. 모든 것은 변한다는 사실이다. 모든 것은 일시적이다. 이 덧없음의 교리를 마음에 담아 두면 상실에 대한 두려움이 누그러들고 궁극적으로 안전과 통제를 추구하는 잘못된 열정—우리는 살아가는 동안 모래밭과 같은 그 열정 위에 끊임없이 모든 것을 쌓아 올리려고 한다—으로부터 우리를 자유롭게 해 줄 것이라고 그는 말한다. 이렇게 필사적으로 영속성과 통제력을 붙잡으려고 하기 때문에 온전한 상태로 죽는 사람이 거의 없다고 레빈은 단언한다. 우리들 대부분은 자신의 몸을 실제로 소유하고 있다고 생각하며 편파적이고 혼란스러운 삶을 살고 있다고 그는 말한다.

"몸이란 결국은 비워 주어야 하는, 일시적으로 빌려 쓰는 집일 뿐이라는 사실을 인식하는 사람은 거의 없다. 우리는 자신의 몸을 잠시 빌려 타고 가는 승객일 뿐이라고 여기는 사람들은 가볍게 몸을 버리기가 쉽다."

우리 문화는 삶을 일직선으로 본다고 레빈은 말한다. 선이 길면 길수록 삶은 더욱 충만하며 마지막 순간에 가장 충격이 덜할 것이라고. 하지만 인디언 원주민 문화에서는 완성된 삶은 기간이 아니라 흘러가는 순간들로 얼마나 가득히 채워 넣었느냐에 따라 측정된다. 또 변화를 단순하고 자연스러운 사물의 법칙으로 수용하는 것에 의해서.

우리 자신을 매 순간이 가져다주는 것에—슬픔이나 기쁨, 손실이나 이득, 또 다른 시작이든 또 다른 종말이든 상관없이—완전히 열어 놓게 되면 무엇보다 가장 결정적인 순간에 대해서도 열려 있게 된다. "근데 그게 바로 죽음인 걸. 재미있지 않은가!'

독신과 섹스: 육체 관계가 없는 삶

섹스가 그렇게 개인적인 것이라면 왜 누군가와 함께해야 하는가?

—작자 미상

나는 그 일을 생각할 때마다 켄 키지(Ken Kesey) 원작의 영화 「뻐꾸기 둥지 위로 날아간 새(One Flew Over the Cuckoo's Nest)」에 나오는 래취드 간호사(영화 속에서 막강한 권력을 휘두르는 정신병원의 간호사—역주)가 된 듯한 느낌이 든다. 하지만 정작 버디 녀석은 수술한 이후로 훨씬 더 편하게 지내는 것 같다. 남자들이 책상다리를 하려면 아파서 절절 매는 그런 수술 말이다. 오스트리아산 셰퍼드인 버디는 여전히 체중이 90파운드나 나가고 고삐 풀린 망아지처럼 이리 뛰고 저리 뛰지만 최고의 개가 되려는 원초적인 욕구는 남성호르몬 수치와 함께 줄어들어 버렸다. 지금은 여성적인 면이 확실히 강해져서 많이 나긋나긋해졌다. 녀석은 여자들은 본능적으로 알고 있지만 남자들은 거의 인정하지 않는 보편적인 진실까지 발견한 것 같다.

섹스가 없으면 인생이 단순해진다는 사실.

좋은 뉴스가 아닐 수 없다. 나쁜 점이라면, 글쎄 섹스를 전혀 못한다는 것.

하지만 당신은 다시 혼자가 되었다. 적어도 멋진 남자, 여자가 나타나기 전까지는. 그때까지는 파트너와 함께하는 섹스가 당신에게 무엇을 제공했는지 파악하고 혼자서도 그런 불꽃놀이를 할 수 있을지 알아봐야 한다. 아니면 적당한 복제품을 찾아보든지. 불꽃 제조법을 잊어버린 것은 아닌지도 알아볼 일이다.

프로이드가 심리 건강에 있어 필수적인 기본 사항으로 규정하기 이미 오래전부터 섹스는, 만족스러운 것이든 그렇지 않든 인간의 행복을 위해 빼놓을 수 없는 요소로 여겨져 왔다. 그것은 또 많은 심리 치료사들이 섹스를 피하는 사람들을 약간 비정상으로 여기는 이유이기도 하다.

예순한 살의 알렉시스 패드필드는 남녀 관계에서 가장 아쉬운 게 섹스는 아니라고 주장한다. "친구가 없는 것, 그리고 남자들에게 영원히 남아 있는 소년다움을 보지 못하는 게 아쉽죠. 아침에 일어나기 싫을 때 조깅이나 헬스, 웨이트 트레이닝을 함께하자고 채근하는 친구 말이에요. 파트너가 있으면 더 잘할 수 있고 더 재미있잖아요. 말만 하면 바로 달려 나와 같이 영화를 보러 가고, 물이 좋은 것 같다고 하면 카약을 매고 나오기도 하는 친구. 언제든 뭔가를 함께할 시간을 내주는 그런 친구가 그리워요. 또 서로 놀려대며 농담을 주고받는 것, 남성적 에너지와 소년다운 유머가 그립죠."

하지만 섹스를 한 지 너무 오래됐다고 그녀는 털어놓는다. "성적 흥분이나 열정이 다시 깨어나는 것을 느낄 수 있을지 잘 모르겠어요.

다시 한번 떨리는 선을 넘어 미칠 듯한 욕망으로 빠져들 수 있을지. 하지만 욕구는 사십대에 느꼈던 것과는 비교도 안 돼요. 자위로도 별 문제없이 해결하니까요."

영화 「카피캣(Copycat)」에서 홀리 헌터는 진동기가 현대 여성들의 '생존 도구'가 되었다고 주장했다.

마거릿 루소(Margaret Russo)는 "저는 아직도 남자들과 함께 있는 게 좋아요."라고 단언한다. 그리고는 정확히 어떤 식인지 분명히 밝힌다. "영화를 볼 때 내 옆에 앉아 있고 저녁식사 때 맞은편에 앉아 있어 주는 남자, 아니면 등산을 함께 갈 수 있는 남자가 좋아요. 어떤 남자가 무도회에 함께 가 주겠냐고 물어 주면 너무 좋겠죠. 하지만 잠자리를 같이할 남자는 전혀 그립지 않아요."

예순여섯 살인 그녀는 가끔 '남자가 필요할 때'를 위해 좋은 남자 친구들 '팀'을 가지고 있다며 그것을 행운이라 여긴다고 덧붙였다. 하지만 오직 친구로서만 만난다고 다시 한 번 강조한다. "남자와 즐거운 저녁시간을 보내거나 멋진 점심식사를 하면 더욱 활력이 솟고 다시 젊어지는 기분이 들면서 자극을 받게 되요. 제가 추구하는 것은 그게 전부죠. 누구에게 성적인 관심을 느껴 본 지가 너무 오래돼서 다시 남자를 쓰러뜨리고 싶은 생각은 전혀 없어요. 혼자 살면서 발견한 기쁨을 잃고 싶은 수준까지는 아닌 거죠. 참, 기계가 낡아서 10대였을 때처럼 생생하지 않다는 말은 하나마나겠죠?"

"내 몸을 원하는 아주 특별한 남자가 있다면 자기가 가진 모든 능력을 쏟아 부어야 할걸요. 난 또다시 남자와 엮인다는 것은 잠자리에서 거친 손과 코고는 소리, 방귀, 입냄새를 감수해야 한다는 사실을 알 만큼 현명하거든요. 그 남자뿐 아니라 그 자식과 손자들까지 떠맡아야 되고요. 또 그 남자가 왜 잔디를 깎지 않았는지 계속 안달을 해야 하고 내가 하면 5분이면 끝날 일을 그가 해 주기를 끝도 없이 기다리는 짓을 또 견뎌야 하구요. 더 나쁜 점은 그 사람의 취향과 만족도, 그가 정한 수준에 맞춰 주다 보면 화가 치밀어서 내 쪽에서 일부러 늑장을 부리는 일들도 생길 거라는 거죠. 결혼 생활은 넌더리가 나요.”

그녀는 말을 계속했다. “또 대부분의 남자들이 나보다 훨씬 젊은 여자들을 선호한다는 사실도 잘 알아요. 가여운 멍청이들! 나도 똑같은 이유로 나보다 나이 많은 사람을 만날 생각은 눈곱만큼도 없어요. 또 나보다 젊은 남자가 나한테 매력을 느낀다면 나의 육체적 매력보다는 지갑에 더 관심이 있는 건 아닐까 하는 의구심이 들고요.”

“하지만 내 연배의 여자들 중에는 자기를 뻑 가게 하고 생활비도 대 주는 남자와 살고 싶어 하는 친구들도 있어요. 그 중엔 아직도 그런 자기 기만적인 목적을 위해 ‘애인 구함’ 광고란에 광고를 내고 연락을 기다리고 있는 친구가 있답니다.”

그래서 자기는 섹스 가이드북 같은 책은 책꽂이 높은 곳으로 치웠다고 그녀는 말한다. 『남자를 즐겁게 해 주는 법(How to Please Men)』 같은 책은 쓰레기통에 내다버리고 감각적이지만 섹스와는 전혀 무관한 것이면 무엇이든 탐닉하면서 사는 것에 전혀 죄책감을 느끼지 않는다.

열아홉 살에 결혼해서 6주 후에 임신을 한 그녀는 스물일곱이 되기 전에 아들 둘, 딸 둘을 둔 엄마가 되었다. 서른일곱 살 때 자궁적출 수술을 했고 2년 후에 이혼했다. 지금은 자기가 '가족'이라고 부르는 스물한 명이 그녀를 돌봐 주고 있다고 한다. 그 중에는 열한 명의 손자손녀와 이혼한 두 아들의 전처들까지 포함되어 있다.

"침실에서 느끼는 육체적 욕구는 믿음직한 진동기로 풀 수 있지요."라고 그녀는 거침없이 대답한다. 욕조에 붙은 노즐에서 뿜어내는 제대로 된 뜨거운 물줄기도 한몫한다.

"하지만 이제 더 이상 그런 것들에 관해서는 별로 생각하지 않아요. 정원에서 일하는 것이나 법에 저촉되지 않는 한 적게 걸치고 가능한 한 많은 햇빛을 피부로 느끼면서 얻는 순수하게 감각적인 즐거움으로 성적 희열을 대체했거든요."

"라벤더와 산톨리나 향을 들이마시고 팔과 팔꿈치 안쪽을 간질이는 나뭇가지와 이파리들의 감촉에 가슴이 뛰죠. 그런 것들을 통해서 어떤 남자도 발견하지 못한 저의 성감대를 찾아낸답니다."

"목이 마르면 물을 500cc나 들이키고 공기가 눅눅할 땐 머리카락의 웨이브를 느껴요. 머리카락 속에 잔가지나 진흙덩이가 앉아 있어도 상관하지 않아요. 맨발로 흙에서 일할 때 발가락 사이로 진흙이 비집고 나가면서 근육이 이완되고 살갗이 빨갛게 달아올라 나른해지는 기분이 너무 좋아요."

"정원은 제게 빈 캔버스고 요가 매트, 선탠장이며 체련장인 동시에 마라톤 코스예요. 제 영혼을 재충전해 주는 곳이고 진흙 욕장인 동시에 애인이기도 하죠. 흙의 품에 안겨 인생을 계획해요. 무엇을 추구하고 무엇을 버려야 할지. 그곳에서 제 기억력을 시험하고 체력을 연마하고 지구력을 강화하고 결심을 굳건히 한답니다."

"정원에서 얼굴 위로 쏟아지는 햇살이 느껴지면 고개를 들어 하늘을 보며 풍요로운 제 삶에 감사하기도 하구요."

"애착은 그것을 축으로 한 개인의 삶이 돌아가는 하나의 중심이 된다. 하지만 반드시 유일한 중심일 필요는 없다."라고 고독 애호가인 영국인 앤소니 스토어(Anthony Storr)는 말한다. 『심리치료의 기술(The Art of Psychotherapy)』과 『융의 본질(The Essential Jung)』로 널리 알려진 작가인 그는 『고독: 자아로의 회귀(Solitude: A Return to the Self)』에서 "뇌의 기능이 최대로 발휘되고 개인의 잠재력을 최대한 충족시키려면 혼자 살면서 개인적 능력을 발전시키는 것이 섹스만큼 중요하다."고 지적한다.

존 배리모어(John Barrymore)는 섹스를 "가장 적은 시간에 가장 많은 문제를 야기하는 것"이라고 했다. 사랑을 "아름다운 여자를 만나 그녀가 대구 대가리처럼 생겼다는 사실을 발견하기 전까지 느끼는 기쁨"이라고 묘사한 사람 역시 배리모어라는 것도 놀라운 일이 아니다.

개리슨 케일러(Garrison Keillor)는 또 다른 관점을 제시한다. "섹스는 좋다. 하지만 갓 쪄낸 달콤한 옥수수만 못하다."

앨런 킹(Alan King)은 음식을 섹스보다 위에 두었다. 특히 계란을 곁들인 살라미를. 한번은 뉴욕 타임즈의 미미 쉐라턴에게 "이제 그게 섹스보다 좋아요. 단 살라미를 두껍게 썰었을 때 한해서요."라고 말했다.

하지만 처음 은둔 생활을 시작한 사람들에게 섹스는 한 바구니의 양파 튀김처럼 여전히 군침은 돌지만 위장과 심리적 평정을 생각해서 기꺼이 피하는 것일 뿐이다.

하지만 섹스가 절대적 충동이며 최고의 욕구, 저항할 수 없는 힘이라는 잘못된 생각은 없애는 게 좋다. 욕망을 자극하는 능력은 섹스라는 영원히 계속될 포커 게임에서 절대적인 힘을 지닌 에이스 카드로 남아 있다. 이는 인생에는 세 가지 확실한 것이 있음을 우리에게 재확인시켜 준다. 죽음, 세금 그리고 성형수술이다.

반대로 시대를 초월한 섹스의 노예 상태에서 자기를 해방시킬 능력이 있는 사람들은 자신의 힘을 기른다. 그것은 전제군주를 자칭하는 섹스로부터의 자유다.

어쩌면 일찍이 설득력 있는 다른 힘에 의존하는 것이 좋을 수도 있다. 살먼 루시디의 애인인 슈퍼 모델 파드마 라크시미가 한 신문 기자에게 "사람들이 '와, 정말 아름답군요.' 라고 하면 저는 '예, 머리도 꽉 찼답니다.' 라고 즐겨 대답하죠."라고 했다.

애정 심리에 대한 고전적 입문서 『아직도 가야 할 길(The Road Less Traveled)』에서 스캇 펙(M. Scott Peck)은 낭만적 사랑에 대한 통념을 성적 굴레의 형태로 비유했다. 사랑하는 상태는 의식적이든 무의식적이든 성적 동기 유발이 된 상태를 의미한다고 그는 말한다.

"또는 다른 말, 좀 속된 표현을 빌리면 사랑에 빠지는 것은 유전자가 우리의 민감한 정신을 속여 결혼이라는 함정에 빠지게 만드는 술수다."

서머셋 몸(W. Somerset Maugham)도 같은 말을 했다. "사랑은 종을 지속시키기 위해 우리에게 주어진 비열한 속임수일 뿐이다."

이 세상의 인구를 유지하기 위한 자연의 성적 책략이 없었다면 "현재 행복하든 불행하든 결혼 생활을 하고 있는 많은 사람들이 결혼 서약에 진심으로 공포감을 느끼고 어디론가 숨어 버릴 것이다."고 펙 박사는 주장한다. 다시 말해 우리의 마음을 혼미하게 하고 이성적 사고를 혼란시키는—성적인—사랑이 없다면 독신으로 남으려는 결정이 간단한 문제가 될 것이라는 것이다.

만약 섹스와 독신 생활이 똑같이 중요하다면 헤르츠/애비스(미국의 유명한 자동차 렌트 회사—역주)의 대여 방식을 고려해 보는 것이 좋을 수도 있다. 소유하지 않고 대여하는 것, 완전히 차지하기보다는 사용권을 가지는 것, 속담에 나오듯이 임도 보고 뽕도 따고 일거양득인 셈이다. 전통적인 결혼은 정해진 것이고 의존적이며 절개를 지켜야 하지만 후자는 유연성과 다양성 독립성을 제공한다.

이 시점에서 당신에게 무엇이 더 중요한가?

두 번의 이혼 경험이 있는 앤지 코코란(Angie Corcoran)은 지금 당장은 재혼이나 또 다른 관계는 없을 거라고 주장한다. 그녀는 지난 14개월 동안 혼자 살았다. 캘리포니아에 사는 50세의 부동산 중개사인 앤지는 그 동안 전혀 데이트도 하지 않았다고 한다.

"지금 말할 수 있는 것은 언젠가는 그럴 수도 있다는 것뿐이에요. 지금 하고 싶은 일은 내 자신을 돌보는 것, 그게 전부예요. 다른 사람은 생각하고 싶지 않아요. 다른 사람을 위해 빨래하고 다리미질하고 청소하고 싶지도 않고요. 음식도 기분 내키면 만들고 잠도 원하는 대로 일찍 자기도 하고 늦게 자기도 할 거예요. 이번 주에 남편의 성욕을 만족시켜 줬을까, 하는 걱정도 하고 싶지 않구요."

코코란은 이렇게 덧붙였다. "이기적으로 들린다는 것도 알아요. 그럴지도 모르죠. 하지만 지금까지 한 번도 이기적으로 살았던 적이 없었어요. 근데 말이죠, 그게 너무 좋아요!"

우리가 지금 성적인 또는 '카텍시스(cathexis: 심적 에너지를 어떤 대상에 집중하는 것 ─ 역주)' 적 사랑에 관해 이야기하고 있다는 것을 기억하기 바란다. 진정한 사랑이라는 한 차원 높은 단계가 아닌 육체적 격정 때문에 다른 사람에게 의도적으로 정신적 에너지를 투자하는 것이다.

펙은 서로 사랑하는 연인들은 사랑에 빠져 있다기보다는 서로의 관계를 섹스가 아닌 다른 방식으로 키워나가고 있는 것이며, 진정한 사랑의 특성은 자신과 상대방의 차이를 의도적으로 유지하고 보존하는 것이라고 설명한다.

따라서 육체적 열정의 노예가 된 상태에서 사랑에 빠진 사람들이 의도적으로 카텍시스의 대상으로부터 자신을 멀리하는 경우는 거의 없다. 한편 수많은 개인적인 이유로 혼자 살기를 선택한 많은 사랑하는 사람들은 섹스와는 전혀 무관하며 웹스터 사전에서 정의하고 있는 '자아' 즉 '한 개인의 총체적 인격' 에 관심을 가진다.

페넬로프 루시아노프(Penelope Russianoff)는 자신의 저서 『왜 여자는 남자 없이는 아무 것도 아니라고 생각하는가?(Why Do I Think I'm Nothing Without a Man?)』는 혼자 있거나 혼자 살 수 있으며 그것을 좋아하는 자립적인 여성들, 집안에 남자가 필요 없는 여자들을 위해 쓴 책이 아니라는 사실을 분명히 했다. 자신의 '자아' 를 찾고 계발

해야 할 여자들이 자신을 인간으로서 이해하게 하려고 썼다고 했다.

이를 달성하는 가장 좋은 방법 중 하나는 "혼자 사는 삶을 사랑하는 법을 배우는 것."이라고 루시아노프는 말한다. 같은 제목의 한 장에서 그녀는 멋진 석양을 혼자 바라보면서 항상 우울해 하는 여자에 대해 이야기한다. 그 여자는 석양의 아름다움을 입증해 주고 그 가치를 높여 줄 애인이 없으면 그것은 전혀 의미 없는 상황이라고 느꼈다.

하지만 어느 날 저녁 그 여자는 지는 해의 색깔에 매료되었고 무슨 이유인지 몰라도 그 아름다운 장면을 함께 경험할 사람이 있고 없고가 아닌 자신이 경험하고 느끼는 것에만 집중하게 되었다고 루시아노프는 설명한다. "그녀는 자신이 그 광경에 전율을 느끼도록 내맡기고 그 경험에 빠져들었다. 그것은 깨달음이었다."

그 여자가 무의식적으로 사심 없이 했던 그 행동은 황홀한 석양을 바라보는 낭만적 경험과 항상 연관시켰던 성적 욕구를 관능—자신의 감각에 대한 만족—으로 대체한 것이었다.

감각적인 욕구를 충족시키기 위해 다른 사람이 필요하다는 믿음에 빠질 때 우리는 자신을 심각하게 제한한다고 『긍정적 고독(Positive Solitude)』의 저자 레이 안드레(Rae Andre)도 비슷한 경고를 한다.

레이는 성적 욕구보다는 관능을 목표로 삼으라고 제안한다. 성적이지 않지만 강렬한 즐거움을 주는 분위기, 우리의 모든 감각과 조화를 이루는 분위기가 많이 있기 때문이다. "혼자 사는 많은 사람들이 한 차원 높은 심미적 감각을 발견한다."고 레이는 말한다. "그들은 다른 사람들이 어질러 놓은 집안을 정리한다는 전제에서 벗어나 자신의 생활 공간을 자신의 연장선에 두는 데 초점을 맞출 수 있다. 자신만의 취향을 발견하고 자신의 미적 감각을 만족시키는 미술품이나 다른 물건들을 수집하는 것을 중요하게 생각한다."

레이는 집안을 감각적인 장소로 만들라고 권장한다. "환하고 향기가 감도는, 촉감이 뛰어나고 정서적으로 자극을 주는 가구나 장식품 같은 물건들로 채우라. 매일 경험할 수 있도록 신체적 정서적으로 멋진 환경을 창조하라."고 권한다. "이런 감미로운 환경에서 관능적인 사람들이 자신과 사랑을 나누는 것은 결코 놀라운 일이 아니다."라고 레이는 덧붙인다.

하지만 몇 년 전 피위 허먼(Pee-Wee Herman: 「피위의 대모험」에 출연했던 미국의 코미디 스타 — 역주)과 전 보건국장 조이스 엘더스(Joyce Elders)는 둘 다 자신을 즐긴다는 개념이 아직도 많은 미국인들에게 불쾌감을 준다는 사실에 당혹감을 느꼈다. 허먼이 '성인 전용 영화관'에서 자위 행위를 하다 현장에서 체포된 일을 기억할 것이다. 그리고 탁월한 능력을 지닌 엘더스는 미국 내 학교에서 성적 욕구를 충족시키는 안전한 방법으로 자위 행위에 대해 논의해야 한다는 제안을 했다가 클린턴 대통령에 의해 해고되었다.

그후 「네이션」 지의 한 사설에서 그는 이렇게 주장했다. "인생의 가장 좋은 것들 중에 자유롭게 허용되는 것이 많지 않다. 자위 행위로 극치감을 맛보는 것도 그 중 하나다. 그것은 젊은이들에게는 희열이며 불면증 환자에게는 보조 치료제이고 고된 세상에서 편안함을 주고 무엇보다 임신 걱정 없는 순수한 즐거움이다."

그리고 그것은 더 이상 아이들의 전유물이 아니다.

영화 「타이타닉」으로 오스카상 후보에 올랐던 아흔 살의 글로리아 스튜어트(Gloria Stuart)는 자신의 자서전 『나는 다만 희망을 버리지 않을 뿐이다(I Just Kept Hoping)』에서 이제 더 이상 남자는 필요 없다고 단호히 밝힌다. "나는 즐기는 일이라면 무엇이든 죄의식을 느끼지도 않았고 지금도 느끼지 않는다."

"자위를 비판하지 말라. 그것은 내가 사랑하는 사람과 하는 섹스다."라고 우디 앨런은 훈계한다.

아일랜드의 소설가이며 시인인 제임스 조이스(James Joyce)는 자위의 '놀라운 유용성' 을 찬양했다.

미국의 작가 트루먼 커포티(Truman Capote: 미국의 소설가─역주)는 자위는 옷차림에 신경 쓰지 않아도 된다고 좋아했다.

할리우드의 감독 밀로스 포먼(Milos Forman)은 행위가 끝난 후 말을 할 필요가 없는 것을 고맙게 생각한다.

『정상의 여성들(Women on Top)』을 비롯해서 여섯 권의 저서를 펴낸 작가 낸시 프라이데이(Nancy Friday)는 "반평생을 보내고 적어도 부분적으로 성욕에 대해 다루고 있는 책을 여섯 권이나 쓰고 나서야 우리 삶에서 자위가 하는 역할에 감사하게 되었다."며 놀라워한다. "자위는 이 세상에서 가장 자연스러운 일이다. 하지만 우리는 도둑처럼 죄의식을 느낀다. 자기애와 정통한 기술로 고양되어야 할 때 오히려 우리의 자아감은 위축된다."

그렇다면 사적이고 일시적인 완화 행위로 인해 저주받아 고통에 시달리는 이 세상의 포트노이〔Portnoy: 필립 로스(Philip Roth)의 소설 『포트노이의 불만(Portnoy' s Complaint)』의 주인공. 변태적 성적 욕구와 윤리의식 사이에서 고뇌하는 인물─역주〕들은 동정을 받아야 한다. 그러면 대안은 무엇일까?

하이디 플라이스(Heidi Fleiss)의 선택이 우리를 기다리고 있다. 이런 위험한 시대에 불법적이고 치명적이기까지 한 선택이긴 하지만 말이다. 할리우드 스타 찰리 신의 이름이 할리우드의 마담뚜의 명단에 올랐을 때 많은 사람들이 왜 그랬을까 의아해 했다. 돈으로 사지 않아도 기꺼이 그와 상대할 여자들이 얼마든지 있었을 텐데.

가능한 해답: 일각에서는 성 관련 스캔들을 에이즈보다 더 두려워한다.

그 다음엔 물론 옛날식 독신 생활이 있다. 가톨릭의 재속 수사(수도원이 아닌 속세에서 수도 생활을 하는 수도사 — 역주)인 윌리엄 맥나마라(William McNamara)는 독신 생활을 열렬하게 칭송하는 사람들 중 하나다. 그는 섹스는 정말 멋진 것이라고 인정한다. "그것을 대신할 것은 아무것도 없다. 여자는 남자에게서 자극을 받고 남자는 여자에게서 자극을 받는다. 그게 아니면 할 수 없는 일이다."

그렇다면 왜 독신생활인가?

맥나마라는 괄목할 만한 자신의 저서 『침묵을 말하기(Speaking of Silence)』에서 이렇게 말한다. "수도원의 전통 안에서는 고도의 섹스를 하는 법과 따뜻하고 친밀한 열정적인 관계를 맺는 법, 상대가 있는 사랑이 주는 쾌락과 성기로 느끼는 특권을 기꺼이 고의적으로 포기하는 법을 배우는 독신주의자 애인의 개념을 발전시키는 것이 중요하다고 생각한다. 그것은 종교적 독신자들의 애정 표현이다."

독신주의는 바티칸이 인정한 직인이 있어야 한다. 그리고 그들의 강요된 금욕이 수없이 많은 남자들이 사제가 되는 길을 막았으며 더 많은 사람들이 들어오는 것을 단념하게 했음에도 불구하고 오랜 시간에 걸쳐 수사들은 그것을 높이 평가해 왔다. "하지만 그런 자유롭고 고의적인 포기가 주는 기막힌 열매와 부산물이 있다."고 맥나마라 신부는 격려한다. "독신주의는 다른 방법으로는 얻을 수 없는 특별한 자유를 제공한다."

그리고 그것은 모든 사람에게 해당되는 것이 아니다. 특히 젊은 나이에는. 성 아우구스티누스는 다음과 같이 기도하지 않았던가. "주님 제가 금욕할 수 있게 하소서 하지만 아직은 아니옵니다."

어쩌면 고독도 마찬가지일 것이다.

매력적인 SWF가 육체적으로 친밀한 관계를 맺을 사람을 찾습니다.
산책이나 춤, 바닷가 따위는 필요 없습니다.
나이는 44세. 날씬한 몸매에 자유분방한 여자입니다.
25~50세의 매력적이고 사진을 교환할 의사가 있는 남자면 됩니다.
흡연자와 여자, 기혼자, 애인 있는 사람들은 사절입니다.

위의 글은 1996년 여름, 미국 서북부의 한 도시에서 격주로 발행되는 신문에 실렸던 광고다. 새론 헨리(Sharon Henley)는 '정상적인' 관계 유형을 찾고 있었기 때문에 이 광고를 개인 광고란에 실었다고 설명했다.

그녀는 그 광고에 따라오는 음성사서함 서비스에 자신의 개인적 취향을 녹음해서 좀 더 많은 요구 조건을 달았다. 자기가 찾고 있는 관계가 어떤 것인지 확실히 해두기 위해서였다. "내가 좋아하는 외모와 태도의 유형을 포함시켰죠. 예를 들면 '면도를 깨끗이 하고, 활동적인 진보주의자에 환경 친화적 정치 성향을 가진 사람' 등이었죠. 그리고 저에 대해서도 비슷한 정보를 주었어요. '키는 165센티미터 갈색머리에 건강하고 달리기를 좋아함.' 이라고요. 안락하고 가정적인 관계에는 전혀 관심이 없지만 일부일처를 원한다는 사실은 분명히 밝혔죠."

헨리는 광고를 싣기 전에 자신이 추구하는 것이 정확히 무엇인지 오랫동안 열심히 생각했다. "섹스를 원했어요. 그게 전부예요." 그녀는 단호하게 잘라 말했다. "또 제가 존경하는 남자와 함께 있고 싶었어요. 육체적 또는 낭만적 매력을 느낄 수 있는 남자 말이에요."

"제 마음을 들여다보니 2주에 한두 번 정도 저를 위해 시간을 내줄 수 있는 애인을 원하고 있었어요. 상대방도 자기 일과 자기 삶에 열중하는 바쁜 사람이면서 육체적인 매력이 있는 사람."

"그 일은 사진을 교환해야 하는데 그러려면 사서함을 빌려야 하고 가명도 필요했죠." 헨리는 자기가 개인 광고를 선택한 이유를 이렇게 설명했다. "남자에게 다가가서 '당신 굉장히 섹시하군요. 한 달에 두 번 정도 만나서 서로를 만족시키는 연애 한번 해 보지 않을래요? 라고 말한다면 얼마나 어색하겠어요."

"개인 광고를 통하면 가능한 후보자들을 인터뷰하고 공통된 취미와 정서, 관심사나 환경에 대한 시각 등을 가진 남자를 고를 수 있잖아요. 돈에 지나치게 관심을 보이는 남자는 원치 않아요. 전반적으로 나와 꼭 맞는 사람이 아니면 그 자리에서 거절할 수도 있구요. 상대 남자에 대해서 노력할 시간도 마음도 없어요."

그녀는 반응이 '괜찮을' 것이라고 생각했다. 하지만 "180명이나 되는 남자와 3명의 여자가 반응을 보일 것이라고는 꿈에도 생각하지 못했다니까요!'라고 한다. 감탄하면서 그녀의 말을 듣던 나는 그 사람들이 광고를 읽으면서 "그래, 신은 죽지 않았어!'라며 환호하는 모습이 떠올라 웃음을 참을 수가 없었다.

헨리는 그 사람들을 친절하게 대하려고 노력했다고 한다. "그 사람들 모두에게 각각 연락을 해 본 다음에 마지막 결정을 내리겠다고 말을 했어요. 그리고 명단을 세 사람으로 압축시키고 직접 만나 봤죠. 결국 건강 식품 가게에서 일하는 서른한 살의 대학원생으로 낙찰을 봤어요."

헨리는 그를 "아주 재미있고 지적이며 환경에 관심이 있는 사람"이라고 표현했다. 게다가 그에게는 자동차가 없다는 게 또 다른 장점이라고 지적했다. 몇 달 전에 이사한 그녀의 시골집에 그가 "불쑥 나타나는 일"이 어렵다는 말이기도 했다.

"어쨌든 그와 사귄 지 한 달쯤 되었어요. 그는 도심지와 제가 사는 곳의 중간 지점에 있는 마을까지 자전거를 타고 와요. 그러면 제가 차를 가져가서 그를 우리 집까지 태우고 오죠. 그렇게 하기로 합의를 봤어요. 그와 함께 있는 게 즐거워요. 그가 일주일에 한두 번 정도 전화를 하는데 그 정도면 적당해요. 아직 이른 감이 있지만 아직까지는 정말 좋아요. 제가 이런 일을 했다는 게 기뻐요. 그를 선택했다는 것도요."

나는 왜 이사 간 동네에서 적당한 남자를 찾지 않았냐고 물었다.

"여기서는 아직도 새로 이사 온 독신 여자 노릇하기가 어려워요.

사람들이 몰려 사는 곳에서 위치상으로는 멀리 떨어져 있지만 사람들을 사귀는 면에서 보면 상당히 가깝다는 사실을 알게 되었어요. 나름대로 얻는 것과 잃는 것이 있죠. 사람들이 나와 친해지고 싶어 하고 제가 도움이 필요할 때 바로 도움을 받을 수 있어요. 하지만 그건 또 사람들이 '그냥 잠깐 들르는 것'도 괜찮다고 생각한다는 말이기도 하죠. 저는 그게 너무 싫어요! 우리 집에 딸린 땅이 6에이커쯤 되는데 스포츠 브라 차림으로 걸어 다닐 수가 없어요. 누군가의 남편이 항상 내가 어떻게 지내고 있는지 살피러 오거든요."

"지금까지 제게 관심을 보인 남자가 세 명 있었어요. 웬만한 사람들이라면 괜찮을지도 모르죠. 그들이 관심을 보이는 것에 고마워해야 하는데 별로 흥미가 없어서 죄책감이 들기도 해요. 하지만 신경이 쓰이는 정도가 아니라 짜증스러워요." 헨리는 말을 계속했다.

"관계를 원치 않는다는 것을 분명히 하려고 애쓰죠. 내가 혼자 사는 것은 내가 좋아서 선택했기 때문이라고 하면 자기들은 우정을 원할 뿐이라고 해요. 내가 아무것도 모르는 어린앤 줄 아나 봐요."

"내가 처음 이사 왔을 때 우리 집에 욕조와 온수기를 설치해 준 남자가 있었는데 6주나 걸리는 거예요! 일하는 시간의 절반은 성적인 표현들을 넌지시 내비치느라 다 써 버리고 말이죠. 결국은 관심 없다고 딱 잘라 말할 수밖에 없었죠. 내가 정말 그렇게 생각하고 있다는 것을 알게 되면 집적대는 사람들이 날 혼자 내버려 둘 거라고 확신해요." 그녀는 분노를 강하게 표출했다.

"남자들은 왜 여자들이 자기네 없으면 살 수 없다고 생각할까요?"

독신자들을 위한 모토:
두려움을 버려라! 그리고 더 이상 후회하지 말라

마지막 순간에 후회를 피해간 사람은

지금까지 아무도 없었다.

−토머스 H. 쿡(Thomas H. Cook)

어젯밤 나는 또 축구 하는 꿈을 꾸었다. 다시 스무 살로 돌아가서 1954년 그 빛나던 가을, 샌프란시스코 대학 1학년생이 되어 있었다. 젊은 다리와 젊은 폐, 내 젊음의 지칠 줄 모르는 에너지로 나는 듯 뛰어오르고 미끄러지며 부드러운 초록색 잔디 위를 달리고 있었다. 내가 마지막으로 축구를 했던 때였다.

나는 상실감이 너무 깊어서 다시는 그런 경험을 하고 싶지 않다는 느낌으로 꿈에서 깨어났다. 하지만 또 그런 꿈을 꾸리라는 것을 나는 안다. 내가 기억하는 모든 것들 중 대부분은 백랍 빛 만에 다리가 늘어서 있던 도시의 짙푸른 하늘 아래서 마지막으로 근심 걱정 없이 축구를 하던 그 시절에 머물러 있다. 그 기억들이 너무나 간절한 바람으로 되살아나서 말 그대로 숨이 턱 막힐 정도다.

하지만 그렇게 평화롭고 행복한 이미지들이 가슴 저미는 향수를 자아내는 것은 그런 갈망이 내 인생의 가장 깊은 후회 가운데 하나와 관계가 있기 때문이다. 그것은 졸업할 때까지 받을 수 있었던 대학의 장학금에도 불구하고 내 꿈의 구장으로 돌아가지 않기로 했던 결정이었다.

대학 1학년 때 내가 선발로 뛰었던 팀에는 미국 대표 선수가 세 명이 있었다. 필리핀에서 축구를 하며 자랐던 나는 당시만 해도 젖먹이 수준의 축구를 하던 미국에서 탁월한 재능을 보였다. 1954년 입학생으로 나와 같은 체육 장학금을 받았던 학생 중에 빌 러셀이라는 학생이 있었는데 나와는 달리 전국대학체육협회배 농구 대회에서 우리 학교를 두 번이나 우승으로 이끌었다. 그는 계속해서 보스턴 셀틱스 팀에서 13시즌을 선수로 뛰면서 팀을 NBA 11승으로 이끌었으며 그 중 여덟 번은 연승을 거두었다.

내가 포기했던 것은 축구만이 아니었다. 아직도 내가 축구를 얼마나 잘할 수 있었을지 또 샌프란시스코에서 어떤 길을 가게 되었을지 알 수는 없지만 내 앞에 놓여 있던 그 양지의 계절을 경솔하게 버리고 그렇게 무심하게 젊음을 끝내 버린 일이 내게는 가장 통렬한 후회로 남아 있다.

나는 가끔 게오르게 세페리스(George Seferis: 그리스의 시인 수필가 외교관, 1963년 노벨 문학상 수상자 ― 역주)의 시 「하지(Summer Solstice)」의 한 구절을 떠올린다.

텅 빈 페이지에서 당신의 목소리가 들린다.

당신이 좋아하는 사람의 것이 아닌

당신 자신의 목소리:

음악은 당신이 허비해 버린 이승의 삶.

소망한다면 다시 얻을 수도 있다.

처음 출발했던 곳으로 당신을 보내 줄

이런 무심한 것들에 단단히 묶여 있다면.

"후회요?" 그녀가 물었다.

22년간의 결혼 생활 후에 독신 생활을 맞은 54세의 가족 상담사 제인 햄린(Jane Hamlin)에게는 이런 질문이 예상 밖의 것은 아닌 것 같았다. "그럼요, 있죠. 남편을 사랑하는 일을 좀 더 잘하지 못했던 거요. 사랑하기가 정말 어려운 남자였죠."

"그 사람이 아직 나를 찾아오고 아이들과 가족 행사를 함께할 수 있어서 다행이에요. 그 사람은 나와 이혼했지만 난 이혼하지 않았어요. 난 아직도 그를 사랑해야 할 사람으로 생각해요. 그가 행복하든 행복하지 않든, 죽든 살든 내 보살핌이 필요하다고 생각하거든요. 그리고 난 정말 그 사람에게 신경을 써요. 그가 잘 지내고 있는지도 알아야 하고. 남편의 개까지도 사랑한다니까요! 하지만 남편에게 이런 말은 안 했어요."

"내가 해야 할 말들을 하지 못했던 사람들이 정말 많아요. 살면서 만났던 사람들, 마치 도로 표지판처럼 우정이라는 선물이 있는 곳을 알려 주었던 사람들에게 고마워하지 않고 살았어요. 나는 '상대하기 어려운' 친구였지만 너무 많은 사람들이 그런 날 용서해 주었어요.

'너무 늦었어! 너무 늦었다니까!' 하고 외치는 벨 소리에 귀를 막게 되요."

"「왕과 나(King and I)」에 나오는 멋진 노랫말을 어머니에게 들려 주었으면 좋았을 텐데라는 생각이 들어요. '당신은 언제나 내가 원하는 대로 하지 않았을지 몰라요. 하지만 어느 날 갑자기…… 당신은 너무나 멋진 일을 해 주었죠.'"

"사랑하는 친구 리타를 되찾고 싶어요. 무조건적인 사랑을 몸소 보여 준 친구였죠. 그녀는 내 결점에도 불구하고 나를 사랑했어요. 나는 그 친구를 '갈비씨'라고 불렀는데 그녀는 저를 '해님'이라는 애칭으로 불러 주었어요. 그런 애칭은 거의 없잖아요. 다시 그런 말들을 듣고 또 해 주고 싶어요."

"에밀리 숙모도 있네요. 95년이라는 세월을 버지니아 주 리치먼드에서 멀지 않은 작은 도시에 사셨죠. 리 장군의 보급품을 실은 마차가 그곳에서 멈췄다고 해서 사람들이 실질적으로 남북전쟁이 끝난 곳으로 여기는 애퍼매턱스 근처의 아멜리아 코트하우스에서요."

"에밀리 숙모는 제가 잃어버린 역사의 일부랍니다. 숙모님처럼 사랑이 많은 사람은 본 적이 없어요. 이미 5년 전에 돌아가셨지만 너무나 베푼 것이 많아 지금도 내 앞길을 비춰 주시고 내 인생의 영원한 길잡이가 되어 주세요. 만약 내가 내 자신을 위한 집을 설계할 수 있다면 숙모님 집과 비슷한 안식처가 될 거예요. 하얀색 오건디 커튼과 너무 높아서 올라가려면 받침대가 필요한 침대가 있는 집이요."

그곳에서는 숙모님의 발자국 소리가 들릴 거예요. 관절염 때문에 절름거리며 걸었지만 숙모님의 영혼까지는 절름거리게 하지 못했죠.

그리고 부엌에서 '슈가!' 하며 저를 부르는 다정한 목소리와 햇빛이
가득한 부엌, 그리고 고소한 닭튀김 냄새가 나를 감싸 주곤 했어요.
'사랑이 없는 방은 단지 방일 뿐'이죠. 기억에 남는 것은 장소가 아니
라 그 한가운데 있던 사람이에요. 그 사람이 중심이 되는 거죠."

　"예전에 내 안의 불균형을 처음 느꼈을 때 그 '중심'이라는 개념
을 내가 처음 생각해 낸 것이라고 생각했어요…… 도예가였던 폴리
피콕을 만나기 전까지는요."

　"거대하고 위압적인 시카고 같은 도시에서 친구 없이 살아간다는
것은 제겐 너무 생소한 일이었어요. 그곳에서 예쁜 첫 아이를 낳긴 했
지만 내겐 완전히 낯선 곳이었죠. 폴리를 만나기 전까지요. 미시간 호
와 경계를 이루는 에디슨가가 끝나는 곳에 있는 공원에서 그녀를 처
음 만났을 때 저의 내면을 반영하기라도 하듯 눈이 퍼붓는 춥고 음산
한 날이었어요."

　"돌 지난 딸아이들이 우리 사이를 잇는 다리가 되어 주었죠. 내성
적인 저는 그 다리를 건너기가 겁이 났어요. 하지만 삶에 대한 열정과
다정함이 몸에 밴 그녀가 내게 손을 내밀었어요. 그리고 우정을 주었
지요."

　"이제 더 이상 그렇게 자주 만나진 않지만 벌써 30년이 흘렀네요.
그녀가 여전히 삶에 푹 빠져 있는, 진실된 영혼이라는 얘기를 들으면
오늘날까지도 제게 위안이 되요. 근데 왜 그 친구에게 이 사실을 한
번도 인정하지 않았을까요? 그녀에겐 그럴 필요가 없다는 것을 알아
요. 하지만 이 말을 해야 할 것 같아요. 비록 우리의 삶이 짧게 스치고
지나가긴 했지만 그녀가 내 가슴 속에서 중요한 부분을 차지하고 있

다는 걸요."

"그리고 이것만은 잊지 않을 거예요. 그 친구에게 나의 '중심'으로 돌아가야 할 것 같은 생각이 든다고 했을 때 그녀는 『중심잡기(Centering)』라는 도예에 관한 책을 하나 건네주더군요. 그 친구는 직관적으로 그 책 안에 진실이 들어 있다는 것을 알고 있었던 거죠. 그녀의 가슴에서 마음의 눈을 거쳐 손을 지나 물레를 타고 흘러나오던 그 진실 말이에요."

나는 이제 후회라는 것을 안다. 그 느낌은 사라지지 않는다는 것을. 대부분의 일들은 시간과 장소에 따라 멀어지고 결국은 우리 의식의 언저리에서 밀려나 영원히 사라진다. 하지만 후회는 그렇지 않다. 한쪽으로 밀쳐놓고 평생 부정할 순 있지만 그것들은 항상 되돌아온다. 그리고 오랫동안 부정하면 할수록 더 이상 억제할 수 없는 지경이 되고 그로 인한 벌은 더욱 커진다.

후회는 특히 나이든 사람과 죽어가는 사람들이 통렬하게 느낀다. 앞으로 생길, 또는 남아 있는 실패했던 선택들과 화해할 기회를 거의 다 써버린 사람들. 찰스 디킨스(Charles Dickens)의 『크리스마스 캐럴(A Christmas Carol)』의 마지막 대사에 내가 언제나 전율하는 이유도 후회 때문이다. 죽음이 눈앞에 닥쳐야 두려워하는 것을 어리석다고 생각하지만 스크루지 영감은 실패한 선택을 다시 찾아가서 바로잡을 기회를 얻는다. 이 괴짜 영감은 디킨스가 기록했던 대로 평생의 후회를 씻어 내면서 신나게 일을 처리했다.

"스크루지는 자기가 약속했던 것보다 더 잘했다. 모든 것을 해냈고 계속 더 많은 일을 했다……. 그는 그 도시에서 아니 이 세상의 어떤 다른 도시나 읍, 면에서 알려진 그 누구보다 좋은 친구이며 선한 주인, 착한 사람이 되었다.”

아이오와에서 온 죽음을 앞둔 한 남자가 오리건 해안에서 내게 했던 말이 기억난다. “우리는 우리가 선택했던 것들의 총체입니다.” 좋은 선택은 선과 인격을 낳지만 잘못된 선택은 절망과 비통으로 굳어진다. 젊었을 때 옳은 선택을 할 지혜가 없었다면 늙어서는 잘못된 선택들과 화해할 자비심을 가져야 한다.

무엇보다도 운이 좋은 사람들은 잘못된 선택을 올바른 선택으로 되돌릴 시간이 아직 남아 있는 사람들이다.

“글쎄 내 평생 가장 큰 후회가 뭘까요?” 46세의 견습 간호사 새론(Sharon)은 이렇게 자문하더니 “새천년이 되기 전 마지막 발렌타인데이에 이 질문에 대해 깊이 생각했는데 내 방식으로 잘하고 있던 길을 계속 가기보다는 성취감을 줄 수 있을 거라 생각했던 길을 선택한 것이 가장 큰 후회인 것 같아요.”라고 대답을 했다.

“내 자신에 대해 좀 더 높은 비전을 가져야 했어요. 열심히 공부하고 독신을 지키면서 의대에 가야 했어요. 그런데 ‘사랑과 인생’이라고 생각했던 것의 균형을 찾으려고 노력했어요. 결국 저는 그다지 맞지 않는 남자와 만나 병실 담당 간호사가 되었죠. 그게 큰 실수였어요.”

“병실 담당 간호사가 나쁘다는 게 아니라 나한테 맞지 않았다는 말이에요. 결국 나의 지적 호기심과 직업에 대한 욕구를 내가 진정으로 원했던 직업의 곁다리에 불과한 일과, 한 남자와 이룬 가정과 맞바꾼 거예요. 나의 목적과 기쁨, 성취감을 자기 방식으로 규정할 수 있다고 믿는 남자와 말이죠. 결국 내가 누구인지조차 모르게 됐지요.”

“결국 남은 것은 눈에 넣어도 아프지 않을 자식들 셋이었어요. 저는 간호사 일을 그만두고 집에서 아이들을 키웠고 아이들을 너무 사랑했어요. 기쁜 마음으로 아이들을 키웠고 아이들에게 생명을 준 일을 한 번도 후회하지 않았죠. 하지만 제 인생의 황금 시절을 바쳤던 남편은 결국 자기 인생을 바칠 사랑을 만났고 저는 잊혀진 여자가 돼 버렸지요. 그 이후로 저는 제 인생을 찾으려고 노력하고 있어요.”

“지금 다시 학교를 다니고 있어요. 대부분이 무엇보다 먼저 했어야 할 일들인데 이제 와서 따라가고 있는 거지요. 그 점은 정말 좋아요. 별로 좋지 않은 점이 있다면 이 나이가 되고 보니 새로운 직업을 시작하는 데 투자할 시간과 에너지, 그리고 자유가 너무나 줄어들었다는 거예요. 종종 내가 맡은 역할들이 상충되고 어느 누구에게도 제대로 해 주지 못하는 게 아닌가 하는 느낌이 자주 들어요. 엄마로서 견습 간호사로서 그리고 학생으로서 말이에요.”

“따라서 마침내 내 자신의 인생을 되찾아 가고 있는 한편 진정으로 내가 원하는 삶을 한 번도 살아 보지 못했던 것은 아닌가 하는 느낌이 자주 들어요. 사실 현재 있는 그대로가 내 인생이며 내가 뿌리 내린 곳에서 화려하게 피어나려고 노력해야 할 것 같아요.”

“훌륭하게 자란 두 딸에게 나와 같은 후회를 남겨 주지 않으려고 애쓰고 있어요. 딸들을 위한 모델이 되고 사랑이라는 게 진짜 어떤 것인지 말해 주려고 해요. 이런 진실을 모든 딸들과 그들을 사랑하는 어른들에게 알려 주고 싶어요."

"부모들은 자신의 딸들에 관해 알려고 노력하고 그들을 소중히 여기세요. 그리고 창조된 그대로 이 세상에 하나뿐인 개인으로 존중하려고 노력하세요. 그들의 독자적인 비전을 키워 주세요. 당신의 딸들을 위해 건전한 대인 관계에서 넘지 말아야 할 선과 자기 존중 그리고 모든 사람을 소중한 개인으로 존중하는 일에 본보기가 되어 주세요."

"그리고 딸들은 인생에 대한 자신의 비전을 다른 누구의 비전보다 절대적으로 존중하세요. 다른 사람이 당신이나 당신의 선택을 두고 비웃는 것을 절대 마음에 두지 마세요. 자신의 인생에서 할 수 있는 것에 가능한 한 제한을 두지 마세요. 항상 그것을 추구하세요. 가정을 가지기 전에 공부를 마치고 한 남자의 '사랑'을 위해 자신의 목적이나 정체성을 희생하는 일은 결코 하지 마세요."

"진정한 사랑은 결코 그런 희생을 요구하지 않아요."

"필과 저는 둘 다 열 살일 때 만났죠." 비즈니스 관리직에서 은퇴한 65세의 루디(Ruthie)의 말이다. "제가 열두 살 때 이사를 갔는데 열다섯 살 때 우리는 다시 만나게 되었어요. 고등학교 시절 내내 데이트를 하다가 졸업하고 6주 후에 함께 달아났어요. 스물네 살 때 벌써 건강하고 착한 아이들을 다섯이나 두었죠. 스물여섯 살이 되던 해 둘이서 한눈에 반해 버린 넓고 오래된 농장을 샀어요. 그곳에서 아이들을 키우며 재미나게 살았죠. 아이들은 말과 염소, 닭, 돼지, 라마(낙타과의 동물), 망아지, 거위, 오리, 개, 고양이, 너구리, 소, 그리고 애완용 뱀까지 길렀어요. 그리고 항상 그렇듯이 모두 자라서 한 명 한 명 진학을 위해 또는 결혼을 해서 집을 떠났죠. 우리는 또다시 넓고 오래된 집에 덜렁 둘만 남게 되었구요."

"필은 장거리 트럭 운전사여서 저는 종종 그와 함께 다녔어요. 남편과 함께 다니는 여행은 항상 즐거워요. 우리는 33인치 리처드슨 보트도 가지고 있었는데 6년 동안 4월 1일부터 11월 중순까지 보트에서 살기도 했죠. 정말 행복했어요."

"1991년 8월 25일 저의 쉰일곱 번째 생일 다음 날 필이 하복부에 악성 종양이 있다는 진단을 받았어요. 그는 우회로 수술을 받았고 2년 동안 통증과 탄식으로 가득 찬 나날을 보냈어요. 그리고 제 쉰아홉 번째 생일 사흘 전에 그는 땅에 묻혔습니다."

"저는 아직 남편과 제가 사랑했던 그 넓고 오래된 집에서 살고 있어요. 그가 '여보 그 일은 내일 하고 이리 와서 내 옆에 앉아 있어줘.'라고 할 때 그의 청을 들어주지 못한 것을 후회하고 있어요. 설거지와 청소하는 게 뭐 그리 중요하다고 그의 옆에 붙어 앉아서 재미는 없어도 전쟁 영화나 서부 영화를 봐 주지 못했을까요?"

"요즘 같으면 그의 가슴에 머리를 대고 심장 박동 소리를 다시 들을 수 있다면 뭐든 다 내줄 거예요. 단 1분만이라도. 근데 그때는 '1분만 있다 갈게 여보. 이것만 끝내고.'라고 했답니다."

"오, 세상에, 내가 허비해 버린 1분이 얼마나 많을까요?"

23세의 젠(Jen)은 "제가 열다섯 살 때 아버지가 에이즈로 돌아가셨어요."라고 말한다. "내 자신에게 이렇게 말해 왔죠. '작별 인사를 하지 않아서 다행이야. 아버지는 날 기억하지 못했을 테니까. 게다가 아버지는 전혀 다른 사람처럼 되었거나 외모도 전과 같지 않았을 거야. 평생 아버지의 그런 모습을 기억하며 살아갈 수는 없었을 거야.'라고요."

"하지만 아이 엄마가 된 지금은 생각이 완전히 달라졌어요. 아버지와 마지막 작별 인사를 했었더라면. 내가 얼마나 아버지를 사랑하는지 아버지가 나에게 어떤 의미를 지니고 있었는지 말해 드렸더라면. 길을 건널 때 내 손을 잡고 함께 걷던 아버지, 시애틀에서 쇼핑이나 학교에 데려가던 아버지의 모습이 항상 기억나요. 우리가 함께했던 그 모든 사소한 일들. 그런데 성인이 된 지금 그런 것들이 너무 커 보여요."

샤론과 루디와 젠이 들려준 후회는 이런 주제에 대해 정통한 배리 캐디시(Barry Cadish)가 내게 말해 준 것들이다. 그 자신의 후회도 적지 않다. 하지만 그는 가능한 한 더 많은 이야기를 원한다. 그는 이와 관련된 인터넷 사이트를 만들고 후회에 관한 이야기들을 수집해서 책을 몇 권 써 볼 계획을 가지고 있다. 곧 쏟아져 나올 책 가운데 첫 번째 책이 『빌어먹을! 생애 가장 큰 후회에 대한 성찰(Damn! Reflections on Life's Biggest Regrets)』로 현재 인쇄중이다.

"후회는 좋은 거예요. 그것을 통해 지혜와 통찰을 얻을 수 있거든요." 포틀랜드의 오리건 텔레비전 스튜디오에서 캐디시가 내게 했던 말이다. 그는 후회에 관한 사연들을 수집하지 않을 때는 공익 광고를 쓰고 제작한다. "후회로 가득한 책을 읽다 보면 사람들이 자신의 삶은 그렇게 나쁘지 않다는 사실을 깨닫는 데 도움이 되죠. 그렇게 많은 후회를 하지 않아도 된다고 생각할 수도 있고요."

　　"어쩌면 한 가지 이상의 사연과 자신을 동일시하고 예전과 똑같은 길을 고수하기보다는 긍정적인 변화를 일으킬 수도 있잖아요."

　　64세의 다이앤 맥클린(Diane MacLean)은 아버지를 '진정한 사랑이 무엇인지' 보여 준 유일한 사람으로 기억한다. 자식들을 위한 아버지의 희생은 끝이 없었다고 그녀는 회상한다. "아버지는 우리가 다 자라서 집을 떠나기 전까지 골프를 전혀 치지 않았어요. 아버지는 또 엄마 역할까지 맡아 하셨어요. 우리가 아직 학교에 다닐 때 엄마는 하루를 보내는 게 힘겨워 낮잠을 너무 많이 잤고 그보다 더 많은 시간을 술과 담배로 보냈어요. 하지만 아버지의 사랑은 흔들림이 없었어요. 또 어찌나 엄격하셨던지!"

　　맥클린은 청소년 시절에 데이트에 열중하느라 통금 시간을 넘기면 달려 나와 자동차 창문을 두드리던 아버지의 모습을 기억한다.

　　"아버지가 내 자신보다 더 나를 아끼신다는 것을 알고 있었어요. 아버지의 사랑과 어머니로부터 받지 못했던 사랑 때문에 나는 내 자식들에게는 슈퍼 우먼이 됐답니다. 내 자식들에게 어린 시절 내가 보았던 엄마보다 훨씬 나은 역할 모델이 되려고 했어요. 정말이에요. 하지만 결혼 생활까지도 그렇게 하느라 너무 많은 가식과 몸에 맞지 않는 옷을 입었어요. 아이들은 그 점에 대해 저를 존경해요. 하지만 애들 아버지가 아이들에게 소홀했을 뿐 아니라 학대까지 했다는 사실을 오랜 세월이 지난 후에야 알게 되었어요. 그 무렵부터 후회와 원한이 쌓이기 시작하더군요. 그 중에서 가장 컸던 것 중 하나가 대학을 마치지 못했던 거였죠."

"저는 다섯 살 때부터 대학에 가겠다는 꿈에 사로잡혀 있었어요. 배우고 성취하고 성장하기 위해서죠. 하지만 유감스럽게도 '내가 있는데 공부는 해서 뭘 해?' 란 대사에 넘어갔어요. 그 말에 그만 주저앉고 말았죠. 하지만 가슴 깊은 곳에서는 언젠가 대학을 마칠 것이라는 믿음이 있었어요."

"그래서 내 자신에게 다짐했어요. '어느 누구도 빼앗을 수 없는 시간을 투자하겠다. 그건 공부다.' 그리고 자식 넷을 낳아 기르고 23년이란 시간이 흐른 후에 드디어 학위를 받았죠. 필요한 학점보다 반 학점밖에 못 받은 채 졸업을 했고 졸업가운과 학사모를 쓰고 졸업식에 들어갈 필요조차도 느끼지 못했어요. 학위증이 우편으로 도착하자 해냈다는 느낌이 들더군요. 그리고 후회와 원한은 사라져 버리더군요. 그 다음에 신용 카드를 들고 고급 백화점으로 갔어요. 3년 동안 아들이 입다 버린 청바지로 버텨 왔거든요. 그러고 나니 다음 단계가 나를 기다리고 있더군요. 이른바 먹고 사는 일이었죠."

바닷가에 사는 노인에게 후회는 끊임없이 찾아오는 방문객이다. 그것들은 밤낮을 가리지 않고 아무 때나 왔다가 간다. 노인은 그것들이 들어오는 것을 막지 않고 내버려 둔다. 그리고 마음껏 비난을 쏟아 놓게 한다. 그러면 다음, 그리고 그 다음에 다시 찾아왔을 때는 상처가 조금은 줄어들 테니까.

기억함으로써 이해할 것이라고 그는 생각한다. 이해함으로써 용서할 수 있을 것이라고. 무엇보다 자신을. 그렇게 용서를 통해서 후회는 희망을 닮아갈 테니까.

무아의 경지에 이르기: *아집에서 벗어나기*

당신이 거들지 않았는데도 다른 사람이
당신의 좋은 점을 찾아내면 그게 훨씬 더 감동적이다.
—주디스 마틴(Judith Martin)

"특별한 사람이 되려고 안간힘을 쓰던 내가 보통 사람으로 사는 것에 가치를 두는 사람들과 사랑에 빠졌다."

수 벤더(Sue Bender)의 훌륭한 저서 『단순하고 평범하게(Plain and Simple)』는 이렇게 시작한다. 자연스러움과 꾸밈없는 것에 바치는 감명적인 헌사에서 벤더는 자신의 영적 여행을 "광활한 내면의 고요로 이루어진 지형"이라고 설명한다. 뉴욕에서 살았던 적이 있는 그녀는 화가이자 심리치료사이고 한 남자의 아내이며 두 아들을 둔 엄마다.

아미시 교도인 두 가족의 시간을 초월한 리듬에 매료된 벤더는 단순함과 일상적인 책임, '자기가 잘하는 것을 하는' 기쁨에 관해 알게 되었다.

"내가 무시했던 심지어 얕보기까지 했던 내 자신의 일부"로 가는 여행을 시작하게 했던 결정적인 순간—한 남성복 가게에 전시된 오래된 아미시 퀼트가 그녀의 관심을 끌었던—을 맞이하기 전, 그녀의 생활은 '크레이지 퀼트(퀼트의 일종으로 일정한 패턴이 없으며 스티치나 천의 소재가 풍부하고 천 조각의 형태가 복잡하거나 불규칙적이다. 불규칙적인 재미는 있으나 계획된 듯한 깔끔한 분위기는 없다—역주)' 같았다. 그녀가 몹시 싫어하던 패턴이었다.

"아무런 상관도 없는 수백 개의 자극적인 천 조각들이 산산이 흩어져서 각기 제 갈 길로 떨어져 나가며 광적인 에너지를 창출했다. 조각들을 한데 결집시키는 전체적인 구조가 전혀 없는 그 크레이지 퀼트는 내 인생을 표현하는 완벽한 은유였다."

벤더의 말이 정곡을 찔렀다. 내 자신의 삶도 비합리적인 욕구에 의해 움직이는 당혹스럽고 강렬한 것이기 때문이다. 무엇에 대한 욕구일까? 성취하고 평가하고 가치 있는 사람이 되는 것? 누구에게? 무엇을 위해? 나는 쉬지 않고 모든 방향으로 달리고 있는데 어디에도 도달하지는 못한다.

1990년 여름 나는 충동적으로 포틀랜드를 떠나 사우스 플로리다의 광고 홍보 대행사의 카피 책임자 겸 창작 총괄 담당으로 갔다. 그 직후 딸과 전화 통화를 하는데 딸아이가 나더러 마이애미에서 무슨 일을 하느냐고 물었다. 나는 "부자들을 도와주고 있지."라고 대답했다. "소수의 특권층에게 혜택을 주기 위해 땅을 정비하고 구획 정리를 하고 정지 작업을 하고 있단다."

매들린은 웃으며 화제를 돌렸다. 하지만 딸아이가 그 질문을 물고 늘어졌더라면 거주용 휴양지 개발업 시장에 일조를 하고 미국의 처녀지에 있는 그들의 값비싼 부동산을 홍보하는 일을 도와주면서 제법 많은 돈을 벌고 있다고 설명했을 것이다.

점점 줄어들고 있는 이런 미국의 에덴동산, 황폐한 도시와 산업의 중심지로부터 멀리 떨어진 평화로운 곳에 P. B. 다이가 설계한 골프 코스와 테니스 코트, 클럽 하우스가 딸린 출입을 통제하는 호화 주택 단지들을 개발한다. 재산은 복잡한 대도시에서 얻어 내면서 그곳을 빠져나와서 사는 부유층을 위해 특별히 마련된 은신처들이다. 그곳은 입장료가 부족한 보통 사람들을 통제하고 돈으로 살 수 있는 최고급 사교 및 오락 시설로 둘러싸여 있다. 신사 계급이 외부와 통제된 꿈을 이루며 사는 곳이다. 나는 한동안 그런 꿈을 파는 데 탁월한 능력을 발휘했다.

그리고 엄청난 자만에 관해서도 알게 되었다.

광고 대행사 직원 몇 명과 함께 마우이로 출장을 갔던 적이 있었다. 우리의 사명은 우리의 갈고 닦은 기술로 장래의 고객을 감동시키는 일이었다. 고객은 코발트 빛 만이 내려다보이는 산허리의 사탕수수 밭을 주거용 부동산과 콘도미니엄으로 이루어진 단지로 개발할 계획이었다. 협의해야 할 사항들로 꽉 짜여진 이틀 밤낮을 탁자에 둘러앉아 호언장담과 허풍으로 일관하던 쟁쟁한 권력자들로 인해 열대의 습도가 숨 막히는 수준까지 올라갔다.

끝없이 이어지던 회의들 중 한 회의 중간에 내가 메모지에 이렇게 끍적거려 놓았던 기억이 난다. "자만이 다이너마이트라면 이 섬의 절반을 날려버릴 수 있을 것이다."

그것은 내 자신에게 결정적 순간이었다. 몇 주 후 나는 내가 몸담 았던 직장 중에서 최고의 봉급을 주던 직장을 그만두고 셀프 이삿짐 차를 빌려 짐을 싼 다음 포틀랜드로 돌아왔다. 집으로 오는 막바지 길 에 컬럼비아 협곡에 이르렀다. 나는 강 언저리에 차를 세우고 부드러 운 갈색 땅 위로 펼쳐진 광활한 파란 하늘에 감사하며 심호흡을 했다.

내가 미 서북 태평양 연안 지역과 그렇게 성격이 다른 곳에서 어 떻게 18개월을 버텼는지 지금도 놀라울 정도다. 하지만 그곳에서 배 운 교훈에는 감사한다. 특히 자만심과 관련된 것들에 대해.

내가 배웠던 자아의 기술은 물질적인 성공을 위해서는 필수 불가 결하지만 인간의 정신은 좀먹는다. 나아가서 이 세상의 많은 고통이 자기를 지나치게 심각하게 받아들이는 사람들로 인해 생기는 것이라 는 결론을 내렸다. 확실히 내가 불행하다고 느꼈던 많은 부분은 다른 사람을 감동시키려고 노력한 데서 기인한 것이었다.

요즘 들어 나는 가장 매력적인 사람은 자신이 누구인지 너무나 확 고하게 알고 있으며 자아나 겉치레, 눈속임이 너무 부족해서 다른 사 람까지도 본연의 모습을 드러내게 만드는 사람들이라는 사실을 알게 되었다. 그것은 가장 귀한 특권이며 다른 사람과 함께 있으면서도 자 기를 온전히 지키는 것이라고 생각한다.

하지만 불행히도 그것은 우리가 자기 자신에게 부여해야 하는 재 능이다. 원하지 않는 느낌을 느끼게 할 수 있는 사람은 아무도 없기 때문이다.

"만약 당신이 창의적인 아이디어를 즉각적으로 쉽게 떠올리는 사

람이라면 다시 한번 생각해 보라. 그것은 어쩌면 전혀 아이디어가 아
닐 수도 있다."

이 말은 광고계의 오래된 격언이라고 59세의 카피라이터 머릴리
휠러(Merrilee Wheeler)가 말한다. 그녀는 이 격언 속에서 자신의 딸을
보았다.

"이 격언이 경고하는 바는 어떤 개념이 듣는 즉시 편안하게 느껴
지면 이미 듣거나 보거나 빠져들거나 받아들인 적이 있었기 때문에
진실처럼 들린다는 말이에요. 만약 낯설게 들린다면 한 번 더 생각해
봐야 하구요. 사랑하는 내 딸 앨리슨은 에너지가 넘치는 학자임에도
불구하고 자기 회의와 자신의 그림자 속으로 숨어드는 경향을 보이는
데 그것은 어쩌면 저한테서 배운 것일 수도 있어요."

"딸이 20대 후반이던 어느 날 특히 이런 생각이 머리를 스쳤어요.
딸아이가 저한테 이렇게 묻더군요. '제 나이가 되면 결혼을 해야 되
는 건가요?' 저는 이렇게밖에 대답할 수 없었어요. 결혼하고 싶은 사
람이 있니? 그렇지 않으면 하지마!'

"저는 딸아이가 자신을 규정하고 자신이 어떤 사람인지 선을 긋
는 게 걱정스러웠어요. 왜 그랬을까? 자기 또래 집단에 맞추고 즉각
알아볼 수 있는 지위를 부여해 주는 타이틀을 얻기 위해서일까? 자기
가 극복할 수 없다고 여기는 도전에 직면한 걸까? 실패가 두려워서 실
패로 가는 게 뻔한 길인 낯익은 답을 찾고 있는 걸까?'

"딸의 질문으로 과거에 있었던 일이 기억나더군요. 어느 날 스스
로 사물을 파악하려고 하는 딸아이의 외면적인 능력—어려서부터 그
랬지요—에 대해 진심으로 감탄하고 있는데 딸이 퉁명스럽게 내뱉었

던 말이 아직도 귀에 쟁쟁해요. '엄마가 조금만 이끌어 주셨어도 도움이 됐을 거예요!' 라고요."

"이제는 이끌어 줄 수 있을까? 그 아이가 자신의 길을 가는 데 격려가 되는, 뭔가 전해 줄 만한 가치가 있는 것을 배워 두었던가? 딸아이에게 심어 주려고 그토록 열심히 노력했던 아이의 자아감 속에 들어 있는 그 '자아'는 어디 있는가? 이제야 인정하게 된 부족함을 만회할 만큼 내 자신에 대한 확신이 있는가?"

"나는 노력할 수밖에 없었죠. 딸에게 우울증 치료 그룹에서 만난 잘 모르는 여자에 대한 얘기를 해 줬어요. 그 여자는 어느 날 뜻밖의 질문으로 우리를 놀라게 했어요. '왜 우리는 아직도 발버둥치고 있는 거죠? 이게 바로 인생인데!'"

"나는 마이클 온다체(Michael Ondaatje)의 소설 『잉글리시 페이션트(The English Patient)』에 나오는 한 구절에서 그 질문에 대한 대답을 얻었어요. '아직도 발버둥치고 있는 누군가를 만나면 포기하는 것을 미루세요!'"

"저는 앨리슨에게 이런 말을 해 줬어요. 네가 항상 결과를 예측할 수는 없다는 사실을 받아들여라. 하지만 시도하지 않으면 무기력증, 다시 말해 마비 상태에 빠질 위험이 있지. 자기 회의라는 괴리에서 벗어나는 길이 있으면 그 길로 가! 관습에 빠져 있는 것은 '편안'하긴 하지만 수동적이란다."

"가장 저항이 적은 길을 버리고 떠나라 그리고 행동해! 네 자신에게 보탬이 되어야지 깎아내리지는 마라! 선택을 단순화하고 쓰레기는 없애 버리고 미래에 대한 걱정은 접어 두고 순응하느라 에너지를 낭비하지 말고 짐을 가볍게 해라."

"다른 사람들이 너를 이해하거나 가치 있게 여기지 않는 것 같으면 네가 네 자신을 이해하고 가치 있게 여기면 돼. 네가 네 자신의 길을 막고 서 있다면? 그러면 옆으로 물러서라."

"내가 언젠가 썼던 글을 다시 들려줬어요. 자신의 인생이 담긴 만화경을 집어 들고 살짝 흔들어라. 그리고 다시 들여다보라. 와! 완전히 새로운 광경, 경이로운 장면이 펼쳐질 것이다."

"숲 속에서 길을 잃으면 자신의 발자국을 다시 따라가지 말라고 말해 줬죠. 고개를 들어 너의 별을 따라가라. 힘들고 멀더라도 그 길이 너를 집으로 인도해 줄 것이라는 사실을 받아들여라."

"결혼 생활에 실패한 내 입장에서 보면, 내가 그때 이런 말들을 알았더라면 하는 생각이 들어요. 그 말들이 진정한 '자아' 의 의미를 가르쳐 주었을지도 모르죠. 때늦은 후회라고요? 그럴지도 모르죠. 하지만 좀 더 듣기 좋게…… 통찰력이라고 하면 어떨까요?"

"앨리슨이 내 말을 들었냐고요? 글쎄요. 그 애는 절정기였던 서른 세 살에 행복한 결혼을 했어요."

마이애미에서의 경험은 내 자신에 대한 가혹한 깨달음을 던져 주었다. 마치 말리의 유령과 아직 오지 않은 크리스마스의 유령(『크리스마스 캐럴』에 등장하는 유령들―역주)이 내 얼굴을 열대의 하늘 아래서 변해가고 있던 모습으로 바꿔 놓은 듯했다. 딴 사람. 내가 싫어하는 그 누군가의 모습으로.

포틀랜드로 되돌아 온 후 나는 곧 미국 심리학협회에서 펴낸 『정신 이상에 대한 진단 및 통계 입문서(Diagnostic and Statistical Manual of Mental Disorders)』를 구입했다. 이 입문서는 기능장애 행동에 대한 심리치료사들의 바이블이며 허구적 인물을 현실적으로 그려 내려는 소설가들에게는 훌륭한 자원이다. 하루는 그 책을 뒤적이다가 히스테리성 인격장애(Histrionic Personality Disorder: HPD)에 대한 정의를 발견했다.

"히스테리성 인격장애를 지닌 사람은 자기에게 이목이 집중되지 않으면 불편해 하거나 인정받지 못한다는 느낌을 받는다. 극적이고 생기발랄하며 종종 자기 자신에게 주의를 끌려는 경향이 있다. 외견상의 솔직함과 열정, 유혹적인 행동 등으로 인해 새로 사귀는 사람에게 처음에는 매력적으로 보일 수도 있다. 하지만 이런 사람들은 지속적으로 관심의 중심에 있기를 요구하기 때문에 그런 특징들은 금방 바닥을 드러낸다. 그들은 제멋대로 '파티의 주인공'이 되려 한다. 자기가 관심의 초점이 되지 않으면 관심을 집중시키기 위해 무언가 극적인 행동을 할 수도 있다."

여기서 나 자신에 대해 알게 되었다.

그리고 몇 페이지 뒤에 자기애성 인격장애(Narcissistic Personality Disorder: NPD)가 나왔다.

"자기애성 인격장애가 있는 사람은 자신의 중요성에 대해 굉장한 감각을 지니고 있다. 일상적으로 자신의 능력을 과대평가하고 자신의 업적을 확대하며 종종 거만하고 방자한 태도를 보인다. 자신의 노력에 남들도 같은 가치를 부여할 것이라고 경솔하게 가정함으로써 자기가 받아야 한다고 생각하거나 기대하는 칭찬이 나오지 않으면 의아해

할 수도 있다. 자신의 성취에 대한 과장된 판단이 종종 다른 사람들의 기여에 대한 과소평가로 인한 것임이 확실히 드러나는 경우가 많다. 끝없는 성공과 권력, 탁월한 아름다움 또는 이상적인 사랑에 대한 환상에 사로잡히는 경우가 잦다. '오래전에 효력이 끝난' 존경과 특권을 반추하고 자신을 유명 인사나 특권층 사람들에 필적한다고 생각할 수도 있다.”

여기서 또 한 번 나 자신에 대해 알게 되었다. 그리고 읽기를 그만두었다.

나는 이런 진단이 실제로 세상에서 성공한 모든 사람들에게 들어맞는다는 사실을 깨달았다. 특히 일반인들의 입에 회자되는 대기업이나 정치권, 연예계를 포함해서 내가 함께 일했던 마케팅, 광고, 홍보업 종사자들이 그랬다.

또 처세 장르의 모든 책들이 이런 유형의 공공연하고 과장된 자만심을 명예와 부로 가는 지름길의 필수 조건이라고 부추기고 있는 마당에 왜 안 그렇겠는가? 나는 당혹스럽지만 궤도를 이탈한 순수한 이기주의가 개인적, 직업적 성취를 움직이는 엔진의 필수 요소라는 사실을 깨달았다.

정신 이상 입문서를 통해 내 자신을 발견함으로써 뿌리까지 흔들린 나는 즉시 12단계의 자아 배제 프로그램을 시작했다. 6년 후 나는 내 자만심의 고지에서 가파른 경사를 타고 내려와 네 번째 단계에 도달했다. 진도는 느리고 지루한데다 탈진해서 구르고 넘어지지만 나는 한 번에 하루씩 전쟁을 치르며 축복받은 무아의 경지를 향해 조금씩 조금씩 다가가고 있다.

자신을 사람들과 멀리하는 것에는 좋은 점과 나쁜 점이 있다. 나쁜 점은 전화벨이 더 이상 많이 울리지 않는다는 것이고 좋은 점은 일단 전화가 울리면 중요한 사람의 전화라는 것이다. 전화할 노력을 기울일 만큼 당신을 아끼는 사람이라는 말이다.

친구 사이를 유지하기 위해 편지나 E-메일 또는 전화를 이용해야 할 정도로 멀리 떨어진 곳으로 이사를 하고 보면 당신이 그렇게 오랫동안 놓아 버리지 못했던 사람들 중에 당신을 버릴 수 있는 존재로 여기는 사람이 누군지, 생각했던 것보다 당신을 훨씬 덜 중요하게 생각하는 사람이 누구인지 알 수 있다. 가치 있는 친구는 거리와 비용에 상관없이 남아 있을 것이다. 그 나머지는 떨어져 나간다. 우정을 시험하는 리트머스 종이라고 불러도 좋다.

자신과 멀리 떠난 한두 명의 친구를 위해서 무언가 좋은 일을 하고 싶은가? 필요한 것이 생길 때까지 기다리지 말라. 그냥 전화해서 "네 생각을 하고 있었어. 어떻게 지내?"라고 하면 된다.

그러면 기분 좋게 전화를 끊을 수 있을 것이다. 당신의 친구도 마찬가지고.

주는 만큼 받는 세상에서 일방적인 선물은 아주 귀하다.

홀로 사는 사람들은 이 사실을 알고 있다.

동의어 사전에서 '부담'이라는 단어를 찾아보라. 무게, 장애, 짐, 방해물 같은 무거운 단어들이 나올 것이다. 이번엔 '해방'이라는 단어를 찾아보라. 동의어로 가벼운, 해방시키는, 가볍게 하다, 긴장을 풀다, 안도하다, 완화시키다 등이 나올 것이다.

『자발적 단순성(Voluntary Simplicity)』의 저자 두안 엘긴(Duane Elgin)은 "의도적으로 우리의 삶을 단순화하는 것을 진보로부터 등을 돌리는 것과 동일시하면 안 된다."고 요약한다. "반대로 단순함은 진보에 없어서는 안 될 요소다. 단순함이 없으면 우리는 거대한 사회적, 물질적 복잡성에 압도되고 말 것이기 때문이다."

"단순화는 우리 삶에 질서와 명료함 그리고 목적을 가져다준다."

42세의 마케팅 임원인 독신자 로라 랭(Laura Lang)은 자신의 집과 직장이 있는 남부 대도시의 전형적인 일상은 "극심한 교통량과 승진을 위해 정치적 게임을 하는 말 많은 사람들 그리고 실행에 옮겨야 할 끝없는 정보의 홍수로 가득 차 있다."고 말한다.

"집에 오면 가장 먼저 하는 일이 밖으로 나가는 거예요. 새들이 서로 애기를 주고받는 소리를 듣고 풀 냄새와 떨어지는 비 냄새를 맡고 주변에서 부는 바람을 느껴요. 저는 가능한 한 많은 감각을 사용해요. 긴장을 풀고 내일을 맞을 수 있도록 정신을 집중하죠"

조간 신문에 실린 만화를 보면서 나는 랭 생각이 나서 미소를 지었다. 그 만화는 한 기업체 임원이 고층 빌딩으로 둘러싸인 창이 있는 사무실 책상에 앉아 있는 모습을 그리고 있다. 그 임원은 화분을 든 채 인터폰으로 비서에게 이렇게 지시한다. "헬렌, 잠시 아무 전화도 받지 않을 거예요. 자연과 대화하려는 참이거든."

48세의 변호사 제리 비즐리(Jeri Beasley)가 가장 소중하게 여기는 것은 침묵이다. 서른 살 때 끝낸 7년간의 결혼 생활에 이어 18년 동안 혼자 살아온 지금까지 인근 수도원에서 묵상 피정을 한다.

"명상을 하고 내면이 고요한 상태에서 하느님의 말씀을 듣지요. 그러면서 사람들과 함께 있기도 해요. 며칠이 지나면 서로 말 한마디 하지 않아도 그들과 아주 친밀한 사이가 되었다는 느낌이 들어요."

자신의 결혼 생활은 행복한 것이 아니었다고 비즐리는 밝힌다. "결국 결혼 생활을 끝내고 나니 안도감이 들었죠. 다시 독신이 된 것이 너무 좋아요. 누구에게도 보고하지 않고 오갈 수 있는 자유를 사랑해요. 내 자신만의 공간에서 사는 것, 완벽한 정적 속에서 내가 하고 싶은 일은 무엇이든—벽을 응시하거나 강을 내다보고, 하릴없이 빈둥거리거나 빨래를 개는 것—할 수 있는 게 너무 좋아요. 손은 일을 하면서 마음속으로는 생각을 하죠."

그녀는 매일 한 시간씩 아침저녁으로 '기도와 명상'을 낮에는 '침묵의 시간'을 가진다. "침묵은 나의 기대와 꿈을 살펴볼 수 있게 해 주죠. 침묵은 또 내가 생각을 하든 하지 않든 치유력이 있어요."

그녀는 아직도 완전한 고독에 대한 준비는 안 되었다고 말한다.

"사람들과 관계를 맺고 그들과 연결되어 있다는 느낌이 필요해요. 하지만 그 정도뿐이죠. 그러고 나면 또다시 뒤로 물러납니다. 그리고 같은 이유로 내 자신 안의 다른 부분, 좀 더 깊은 곳에서 살다가 가끔 거기서 빠져나오고 싶은 기분이 드는 거예요."

비즐리는 부모님이 돌아가시면서 '편히 살 만큼' 유산을 받게 되자 변호사 일을 그만두었다. 그후로 경제적 자유를 자원 봉사 일을 하는 데 사용했다. 그리고 그 일이 새로운 전업이 되었다.

"제게는 가치 있는 일을 하는 것이 중요해요."

그 때문에 그녀는 부모님이 물려주신 돈에 감사한다. 물건을 살 수 있게 해 준 것 때문이 아니다. "내 집을 소유할 욕심은 없어요. 집은 저를 묶어 놓을 뿐이라고 생각하거든요."

단독 주택 대신 지난 9년 동안 방 세 개짜리 아파트에서(미국의 아파트는 모두 임대 주택이다 — 역주) 살고 있다. 이혼한 후에 살았던 좀 더 큰 아파트 바로 맞은편에 있는 것이다. "저한테는 그렇게 큰 공간이 필요 없거든요."라고 그녀는 설명한다.

그녀는 또 주행계에 11만 2,000마일을 기록하고 있는 84년형 혼다 자동차를 타고 다닌다. "저는 의식적으로 물건을 쓸 때까지 다 쓴 다음에 바꾼다는 생각을 하는 편이에요."

하지만 쇼핑은 엄청나게 좋아한다고 밝혔다. 단지 사지 않을 뿐이다. "어떤 물건이 됐든 소유하고 싶다는 욕망은 전혀 없이 진열장에 놓인 물건들을 보는 게 정말 좋아요. 다른 뭔가에 책임을 져야 한다는 사실이 '부담스럽게' 느껴지거든요."

마지막으로 비즐리는 알렉산더 스토다드(Alexander Stoddard: 스코틀랜드의 조각가 — 역주)의 말을 인용했다. "필요 없는 사소한 것들을 돌보기에는 인생이 너무 짧다."

이 말을 반복할 때마다 "아멘"을 덧붙인다고 그녀는 말한다.

타당성을 찾아서: 진실성, 진정성, 자아

죽기 전에 삶을 믿기란 정말 어렵다.

－「슈(Shoe)」(신문 연재만화. 주인공이 슈라는 이름의 까마귀다 － 역주)

우리는 몬태나에 있는 새라 윈드롭(Sarah Winthrop)의 집 측면 베란다에 앉아 있다. 집 주위로 광활한 서부 하늘 아래로 장관을 이루는 로키 산맥이 병풍처럼 둘러져 있다. 그녀는 목초지에서 목장으로 돌아온 말들이 서서 기다리는 모습을 가리켰다. 녀석들은 우리를 쳐다보고 있다. 기온이 급격히 떨어지고 있었다.

윈드롭이 갑자기 자리에서 일어나더니 베란다 기둥 가운데 묶여 있던 밧줄을 홱 잡아당긴다. 그러자 집과 마구간 사이의 나뭇가지에 매달려 있는 방울이 댕그랑거린다. 마당에 풀어 놓은 당닭을 채가려고 호시탐탐 기회를 노리는 여우를 잡기 위해 종을 울렸다고 그녀가 설명한다.

윈드롭은 소가죽으로 만든 작업용 장갑을 끼면서 저녁 일을 시작해야 한다고 한다. 하지만 일을 하면서도 이야기하는 데 전혀 문제가 없다고 알려 준다. 나는 지는 해를 받으며 그녀와 함께 걸었다. 그리고 그녀는 자신이 선택했던 삶에—이제 그 삶이 그녀를 선택한 셈이 되었다—대해 다시 이야기를 시작했다.

51세의 윈드롭은 1979년부터 계속 몬태나에서 살았다. 그해 여름 그녀와 전 남편은 롱아일랜드의 직장을 그만두고 서부로 향했다. "그 것은 남편보다 제가 더 원했던 거였어요. 직장도 전망도 없이 6개월을 버틸 돈밖에 없는 상태로 한데로 나앉은 거죠." 원래는 로키 산맥에 있는 작은 대학 도시를 봐두었는데 결국은 도시에서 30마일 떨어진 협곡에 있는 오두막 임대 주택으로 결정했다.

"몬태나에서 처음 맞았던 겨울에 우리는 죽을 뻔했어요. 봄이 될 때까지 우리를 본 사람이 아무도 없었죠." 그녀는 이 말을 하면서 웃음을 터뜨리더니 다시 말을 이었다. "신은 바보들과 아이들을 사랑하잖아요. 그 분은 그해 뉴욕에서 온 두 명의 철부지들도 그 중에 끼워 주셨던 게 분명해요."

하지만 일은 잘 풀려 나갔다. 남편은 곧바로 지역 헬스 클럽의 사무실에서 일자리를 구했고 윈드롭은 석 달 후 지역 대학에서 직장을 구했다. 그녀는 아직도 그 대학에서 일하고 있다. 2년 후 그들은 이혼했으며 남편은 플로리다로 갔다. 그녀는 두 살 된 딸과 함께 몬태나에 남아 20에이커의 땅이 딸린 집을 사서 130평방미터의 외양간을 짓고 짐승들을 키우기 시작했다.

지금은 어린이용 동물원을 만들 수 있을 정도로 동물들이 많다. 그렇게 많은 동물을 키울 의향은 전혀 없었는데 내보낼 수가 없어서 그렇게 되었다고 그녀는 말한다. "저는 늙고 버림받은 동물들을 받아 주는 편이에요. 녀석들을 돌봐 주고 그들이 사랑받고 있다는 것을 알게 된 후 우아하게 떠나게 해 주죠.”

윈드롭은 마구간에서 분뇨를 긁어모은 다음 퍼내서 각각의 수레
에 실어 옆에 붙은 목장으로 나르면서 동물들 하나하나에 대한 이야
기를 들려주었다. 그녀는 말들을 데리고 들어오기 전에 마구간에 새
로 건초를 깔고 먹이통에 새로 먹이를 넣은 다음 말들이 밤을 지낼 수
있게 조심스럽게 안으로 끌고 들어갔다.

“우리 집의 동물들은 죽을 때까지 저와 함께 지낼 거예요. 불편하
고 돈도 드는데다 손이 많이 가죠. 하지만 녀석들을 버릴 수가 없어
요. 단 한 마리도요.” 그녀는 단호하게 말했다.

그녀는 말을 네 마리 가지고 있다. 30년 된 순종 거세마 패트리어
트, 전 남편 소유였던 21년생 갈색 암말 애스펀, 애스펀의 딸인 애펄
루사종 모카, 이 녀석은 윈드롭의 농장에서 13년 전에 태어났다. 그리
고 7년생 거세마 스패니시 아라비안종 사밀라. 그녀의 목장 남서쪽
한쪽 구석에는 말 두 마리가 더 묻혀 있고 거기다 개 몇 마리와 그녀
의 보살핌 아래서 수명을 다했던 수없이 많은 다른 애완동물들도 묻
혀 있다고 윈드롭은 말한다.

그녀는 열네 마리나 되는 고양이들의 이름과 더불어 녀석들의 나
이까지 말해 주었다. 열일곱 살인 마초와 에비, 열다섯 살짜리 메리.
열네 살 된 멀러과 새도우, 열세 살 난 애덤, 첼시, 런리, 열두 살된 애
니, 일곱 살짜리 푸터, 앰버, 제이크 그리고 두 살배기 스퀴크와 톰.

개들은 열다섯 살 된 스크루피, 열 살짜리 주키니와 섬퍼, 그리고
머피(“이 녀석은 나이가 몇인지 알 수가 없어요. 생긴 건 늙었는데 이
빨이 새끼 이빨이거든요.”) 그 개들은 지역의 동물보호소에서 입양한

것들이라고 한다. 고양이들은 시골길에서 길을 잃었거나 버려진 것들로 그녀가 받아 줄 것이라는 걸 알고 사람들이 집으로 데리고 온 것들이다.

"저는 녀석들에게 익숙한 이름을 그대로 불러 줘요. 그들은 자신만의 정체성과 개성, 행태를 지니고 오지요. 저는 동물들을 한 개체로서 함께 살려고 노력해요."

윈드롭은 애완동물들을 계속해서 모아 들인다. 열두 살 된 코카티엘 앵무새 보르가드와 여섯 살 된 루나, 루시라는 이름의 세 살배기 토끼, 학교 교실에서 구조해 온 햄스터 네 마리, 난방 시설이 되어 있는 돼지 아파트에서 살고 있는 "성격이 아주 강한" 다섯 살 된 몸무게 105파운드짜리 베트남 배불뚝이 돼지 엠마 그리고 윈스턴, 루스벨트, 로지, 돌리, 토파즈, 그리고 실버라고 부르는 당닭 여섯 마리(수탁 두 마리 암탉 네 마리다.) 그리고 윌리와 왈리라는 이름을 가진 거위 두 마리가 있다.

그녀가 입양한 동물들을 합하면 현재 서른 마리가 넘는다. 한때는 40마리까지 갔던 적도 있었다. 나는 동물들을 하나하나 친밀하게 애정을 담아 인격적으로 대하는 그녀의 태도에 놀라움을 감출 수가 없었다. 그녀는 매일 아침 5시 30분에 일어나서 동물들을 돌봐 주고 먹이를 준 다음 딸의 점심 도시락을 싸고 나서 출근 준비를 한다. 대학에서는 8시부터 4시까지 일한다.

"제 자신에게 가장 시간을 적게 쓰는지도 몰라요. 저는 똑같은 옷을 계속해서 입는 편이고 머리에 콩깍지를 붙이고 출근하는 경우도 허다하거든요."

직장에서도 간혹 동물들 중 한두 마리에게 즉각적인 조치가 필요
하다는 사실을 알리는 전화를 받는다. "언젠가 한 이웃 사람으로부터
엠마가 우리 바깥으로 나와서 돌아다닌다는 연락을 받고는 그 녀석을
찾느라고 망원경을 들고 지붕 위에 올라가서 두 시간씩 보냈던 적도
있어요.

그녀는 동물들에게 들어가는 비용이 1년에 얼마나 되는지 계산해
본 적이 없다. 하지만 금액이 상당할 것이다. 끝없이 들어가는 건초는
직접 재배하지만 그밖에도 말에게 먹일 곡식, 돼지 사료, 개와 고양이
들의 먹이와 알지 못하는 다른 녀석들을 위한 식량까지 합하면 연말
에는 상당한 액수가 된다.

그뿐 아니다. 의료비와 수술비, 의약품 비용도 피할 수 없다. 윈드
롭은 서른 살 된 패트리어트의 엉덩이에 페니실린 주사를 놓고 상처
에 항생제를 뿌려 주면서 녀석이 목장에 설치해 둔 물건에 부딪혀서
왼쪽 눈 위를 열두 바늘 꿰맸다고 알려 주었다.

"동물들에게 1년에 드는 비용이 얼마나 되는지 계산해 본 적이 한
번도 없어요." 윈드롭은 그런 생각을 하는 것만으로도 씁쓸하게 웃으
며 말했다. "알고 싶지 않아요. 이 생활을 꾸려 가는 데 필요한 일을
하면 되는 거죠. 녀석들에 대한 사랑이면 충분해요."

나는 그 보답으로 동물들이 그녀에게 무엇을 주는지 물었다. "진
정성이라는 단어가 떠오르네요." 그녀의 대답이다.

윈드롭은 집으로 돌아오는 길에 또 한 번 방울이 달린 밧줄을 잡
아당기고 나서 말을 계속했다.

"제 인생은 순전히 제게 달렸다고 생각해요. 다른 사람과 함께 결

정을 내려야 했다면 나 자신에 맞게 꾸려 온 이런 생활에 이를 수 있었을까 의문스러워요. 하지만 내가 그것을 선택했든 그것이 날 선택했든 이게 진정한 인생이죠. 제가 정해진 운명대로 살아온 걸까요? 그럴지도 모르죠. 하지만 전 제가 강렬하게 끌리는 것에 목소리와 행동을 실어 주고 관심을 보였던 것이라고 여기고 싶어요. 이 지구상에서 우리와 함께 살아가는 들짐승과 날짐승들을 보살피고 양육하는 일이었죠. 그들도 존재할 권리가 있고 우리는 그것을 존중해야 해요."

"이 동물들만 아니면 제 삶이 훨씬 더 단순할 거예요. 감정적인 고통도 훨씬 덜 할 거구요. 녀석들은 정말 요구가 많아요. 그건 의심의 여지가 없죠. 하지만 그런 기본적인 욕구를 위해서 인간이 필요한 거예요. 몬태나 주에 많은 야생 동물들과는 달라요. 이 녀석들은 시간과 에너지, 헌신을 필요로 해요. 하지만 저는 동물들과 함께 있으면서 사는 것과 죽는 것에 관해 너무나 많이 배웠어요."

"동물의 세계에는 확실히 자연 발생적인 면이 굉장히 많아요. 동물들이 제게 열린 마음과 기대감, 그리고 수용하는 마음을 유지할 수 있게 해 주는 것 같아요. 게다가 녀석들은 정말 훌륭한 동반자예요. 함께 있으면서 그들을 관찰하는 건 언제나 즐거워요. 인간 친구들과 나눌 수 있는 애깃거리를 샘솟게 하는 훌륭한 원천이죠."

윈드롭은 자신이 선택한 시골 생활이 아주 마음에 든다고 한다. "침묵은 제 영혼의 양식이에요. 시골에서 동물들을 돌보며 살다 보니—저는 가끔 이것을 금전적인 혜택을 주지 않는 전일제 부업이라고 농담을 하죠—자연의 세계를 존재하는 그대로 받아들이게 되었어요. 그것이 제게는 돈보다 무한히 큰 가치가 있죠."

그녀는 선택을 하는 데 있어서 자기 내면에 가장 깊이 자리 잡고 있는 느낌과 신념을 존중하려고 최선의 노력을 기울인다는 말로 결론을 내렸다. "저는 인생이라는 이름의 독신 여행을 하고 있어요. 왜 내가 아닌 다른 사람의 지시를 받아야 하는지 상상이 안 돼요. 제가 정한 선택에 따라 살고 있기 때문에 항상 기뻐할 수 있고 결과에 대한 책임은 그 누구도 아닌 제가 지는 거죠."

55세의 세리 아일워스(Cheri Isleworth)는 자신을 "준은둔 작가이며 이상주의자"라고 표현한다. 그녀는 지난 15년 동안 자기 말로 "많을수록 좋다! 줘! 줘! 더 많은 것을 달라구!'라고 외치는 문화권에서 탈피한 생활을 해 왔다고 한다.

"그 결과 소박한 것 이상의 삶을 살았어요. 솔직히 말씀 드리면 빈곤선 이하였죠. 하지만 그렇게 살면서 단순하게, 단순하게 산다는 의미에서 검증된 삶의 참모습이 무엇인지 깨닫게 되었지요."

재앙과 같았던 두 번의 결혼 생활을 청산한 후 자신의 내면을 들여다볼 수 있는 시간이 찾아왔다고 그녀는 털어놓는다. "그래서 내 자신의 내면을 들여다봤어요. 적어도 내게는 그런 종류의 성찰은 혼자서 해야 하는 것이었으며 그후로도 계속 혼자서 해 왔죠."

그녀는 전혀 외롭지 않다고 주장한다. "혼자 있으면서 어린 시절부터 나의 일부였던 미묘하고 자극적인 호기심들에 귀를 기울이기 시작했어요. 지적이고 내성적이며 영적 호기심이 많은 나는 마침내 내 평생 인간으로서 가장 중요한 일을 하기 시작했어요."

"우선 내가 누구였으며 지금은 이 세상 어디에서, 어떻게 적응해야 하는지에 대한 철저하고 솔직하고 신중한 평가를 내리는 것부터 시작했어요. 버려지고 잊혀졌던 내 자신의 일부로부터 찾아낸 것들이 지금까지도 가끔 놀랍고 경이로울 때가 있지요. 타고난 직관력을 지닌 나는 아무런 경고도 없이 느닷없이 찾아오는 것처럼 보이는 그런 메시지에 귀를 기울이기 시작했어요."

"그리고 드디어 나의 중심으로 돌아온 듯한 느낌이 들기 시작했죠. 마침내 고향으로 돌아온 거예요."

이혼과 뒤이은 오랜 심리 치료 그리고 자신이 그렇게 될 것이라는 것을 알고 있었던 엄청난 변화가 있기 전 로이 모리스(Roy Morris)는 용감하고 올바른 삶을 살았다.

결혼 19년차로 매력적인 아내와 아들 둘, 딸 둘을 둔 47세의 기업체 홍보이사였던 그는 상당한 수입과 최신형 자동차 그리고 도시 외곽에 커다란 집까지 소유하고 있었다. "모든 것이 잘돼가고 있다고 생각했습니다. 그런데 몸이 점점 나빠지는 거예요."

지난 4년 동안 독신으로 지낸 그는 현재 열세 살 난 아들과 함께 시내 가까이에 있는 작은 집에서 살면서 프리랜서 작가로 재택 근무를 한다. 6년 전 자신을 싸고 있던 껍질을 벗겨 내기 전에 겪었던 수직 강하의 경험에 대해 그는 "겁이 나서 제 정신이 아니었지요."라고 했다.

"바보 같은 생각이 들기 시작했어요. 통증장애를 시작으로 수많은 신체적 이상이 따라왔어요. 식도 경련, 신체적 탈진, 그리고 어지럼증과 스트레스를 유발하는 내이장애까지. 나는 그 모든 문제를 내 자신을 포함해서 모든 사람에게 감쪽같이 숨겼어요. 아무 걱정 없는 정상인의 가면을 쓰고 말입니다."

아침에 차를 타고 출근하는데 고속도로를 타기가 점점 더 어려워졌다고 그는 말한다. "고속도로를 빠져나오지 못하고 영영 거기 갇혀버릴 것 같은 말도 안 되는 두려움이 생기더군요. 내 자신을 좋아하고 내가 하는 일에 만족하기가 어렵다는 것도 알게 되었어요. 더 이상 그 누구, 그 무엇과도 관계를 맺을 수 없을 것 같았지요."

어지럼증이 더욱 빈번해지자 여러 의사들을 찾아다녔다. 그리고 결국 그 중 한 의사가 그를 심리치료사에게 보냈다. 그뒤 그는 곧바로 직장을 그만두었다. "하루아침에 그만둔 겁니다."라고 그는 말한다.

"6개월 동안 전혀 일을 하지 않았어요. 사람들에게는 아프다고 말하고 집에 있으면서 수염을 기르고 음악을 들었죠. 어느 날은 4년 동안 끊었던 담배를 한 박스 사서 다시 피우기 시작했어요. 그리고 어렸을 적 내 자신에 대한 생각을 무척 많이 했어요. 얼마나 많은 시간을 지하층(지하실과는 달리 주로 가족용 오락 공간으로 쓰이는 곳—역주)에서 책을 읽고 피아노를 치고 스케치를 하며 보냈는지. 어렸을 때는 늘 내 자신을 위한 시간이 필요했던 기억이 나더군요."

어느 날 그는 비행기를 타고 뉴저지로 가서 베트남전에 함께 참전했던 해군 동료를 찾아갔다. "정말 재미있었어요. 18년 전으로 시간을 돌려놓을 수 있을 것 같은 기분이었지요. 나와 완전히 연락을 끊었다가 어찌됐든 영광스러운 재회를 하게 된 옛 친구—과거의 나—를 찾았던 거예요. 정말 놀랍고 너무 유쾌하더군요! 그리고 어떤 대가를 치르더라도 그 기분을 보존하고 싶었습니다."

"물론 아내는 내가 딴 사람이 된 걸 견딜 수 없어 했어요. 특히 상담이 효과가 없자 아내는 화를 내고 당혹스러워했어요. 자기가 결혼했던 부지런하고 양심적이며 열심히 일하는 가정적인 남자, 있는 힘을 다해 뒷바라지해서 만든 기업체 임원이 갑자기 사라져 버렸으니까요. 그리고 9개월 후 우리는 이혼했지요."

그는 산 속의 오두막으로 들어갈까 심각하게 고려했다. 하지만 자식들과 연락을 두절할 수는 없을 것이라는 것을 깨달았다. "그 대신 어렸을 때 이후로 해 본 적이 없었던 일들을 하기 시작했어요. 내 자신을 즐기고 내가 이해할 수 있는 삶을 사는 거죠. 편안하게 할 수 있는 일들을 하고 즐겁게 살기 시작했습니다. 혼자 있는 시간을 손꼽아 기다리기 시작했어요. 고객을 제외하고는 오랫동안 아무하고도 말을 하지 않았죠. 그리고 오랫동안 하고 싶었던 찬송가 작곡을 시작했습니다."

그의 의도적 고독은 '평화' 가 아니라 '자유분방하고 거침없었다.' 고 한다. 그는 쉬지 않고 일했고 강렬한 에너지를 집중적으로 분출하며 프로젝트를 완성했다. 그리고는 완전히 탈진해서 며칠씩 아무 것도 하지 않고 지냈다. "다듬어지지 않은 아이디어를 떠올리거나 공상을 하며 지내는 거죠."라고 그는 말한다.

그는 자신에 관해 몇 가지 사실을 알아냈다고 한다. 그 중에서 가장 기본적인 것이 혼자 있는 것을 즐기는 것만큼 다른 사람들과 있는 것이 즐겁지 않다는 단순한 사실이다.

그는 이제 밖에서 남들과 '재미' 있게 어울렸다고 생각했던 일들이 사실은 그렇지 않았다는 것을 안다. 사실은 그 일이 두려웠고 사회 생활을 하기 위해 의무적으로 '해내야' 하는 일이었다. 성공적인 첨단 기술 작가로 주가가 높은 그는 꼭 필요한 만남을 제외하고는 모두 거절한다. 모든 업무는 전화나 팩스, 인터넷이나 E-메일로 처리한다.

그는 쓸쓸하거나 외로울 때 혹은 정서적으로 스트레스를 느낄 때는 보내든 보내지 않든 간단한 편지를 쓴다. "그러면 어떤 식으로든 누군가와 함께 있다는 느낌을 받죠. 하지만 내게는 완전히 초월한 부분이 있어요. 거만하다는 뜻이 아니라 저의 모든 문제를 사람들과 함께 나눠야 할 필요가 없다는 것을 알게 된 거죠. 내 영혼을 드러낼 수도 없고 또 그러고 싶지도 않다는 사실이지요."

그래서 그는 자신의 사회 활동을 두 그룹으로 줄여 버렸다. 첫째는 교회다. 그는 집에서 멀고 시내와 뚝 떨어진 곳을 택했다. 둘째는 한 달에 한 번씩 모이는 전미 베트남전 참전 용사 단체다. 왜 그들만 만나죠? "안전하니까요." 그의 대답이다.

나는 그가 무언가 더 말해 주길, 그 말이 무슨 뜻인지 설명해 주길 기다렸지만 그는 더 이상 아무 말도 하지 않았다.

이제 데이트도 거의 하지 않는다. "지속적으로 하는 일이 별로 없어요. 사람들과의 접촉을 아주 소량씩만 섭취하죠. 그러면 하루나 일주일 정도는 가지요. 그리고 또 계속 앞으로 나가죠. 빨리 발을 뺄 수 없는 일에는 아예 들어가지도 않으려고 합니다."

그렇게까지 하는 이유는? "'확실한' 일에 도전하는 것은 제 자신을 확인하는 한 방법입니다. 외로워서 그러는 건 아니고요. 확고히 하려는 거죠. 제 자신으로 돌아왔을 때 내가 누군지 정확히 알 수 있도록 말입니다."

샌타페이에서 데드 카우 계곡의 은자, 수전 바움가트너와 인터뷰를 한 지 4년 후 나는 그녀에게 전화를 했다. 자신을 찾아가는 여정에서 마주친 세 갈래 길 중에서 결국 어떤 길을 택했는지 물어 보기 위해서였다. 벨이 두 번 울린 다음 웬 남자가 전화를 받았다. 그는 자신을 숀 가드너(Sean Gardner)라고 소개했다. 이름은 몰랐지만 목소리가 귀에 익은 상냥한 저음이었다. 내가 누구인지 밝히고 수전과 통화할 수 있냐고 묻자 가드너는 웃음을 터뜨렸다.

"제가 수전입니다."

가드너는 친절하게 설명해 주었다. "1996년 가을, 당신이 수전을 만나고 나서 일주일 후 숀이 그녀의 자리를 차지했지요. 진정한 정체성을 억누르고 살아온 지 22년 만이었습니다." 가드너가 처음 남자가 되기를 원하는 여자라는 진단을 받았을 때가 1978년이었다고 했다. 그 당시 그는 완전히 남성으로 성 전환하려는 계획으로 정말 엄청난 양의 테스토스테론(남성 호르몬의 일종 — 역주)을 주입했다. "하지만 할 수가 없었어요. 그때 저는 스물여섯 살이었고 지원 단체도 없었지요. 제가 살던 곳에는 젠더 커뮤니티(성 전환을 한 사람들의 공동체 — 역주) 같은 것도 없었어요."

그 대신 그는 혼란을 피해 아이다호 주 북부의 황무지에서 은자로 살면서 남자를 주인공으로 하는 소설을 무작정 써 댔다. "레즈비언이 되려고도 해 봤지만 정말 피곤했어요. 제 안에 내재된 여자혐오증에서 벗어나기 위해 가부장적인 성장 배경을 극복하려고 노력했죠. 레즈비언인 친구들을 숭배했어요. 그들의 여성스러운 아름다움과 힘, 그리고 자기다움에 대한 용기를요. 레즈비언과 게이 공동체라는 참호

속으로 들어가서 그들에 대한 사회의 무지와 완고함에 대항해 싸웠습니다."

"하지만 그것으로는 충분하지 않았어요." 가드너가 말했다.

레즈비언이 된 그녀는 다른 여자와 관계를 맺었다. 삶은 나아졌지만 평생을 남자처럼 살아온 그녀에게 그것은 전혀 맞지 않았다. 무작정 자기 반성의 시간인 고독과 글쓰기로 끊임없이 도망쳤던 일, 평화를 얻기 위해 필사적으로 수용과 화해를 시도했던 일들이 모두 실패로 돌아갔다.

그때 여동생으로부터 샌타페이로 와서 1년 동안 두 조카를 돌봐주는 일을 아르바이트로 해 달라는 권유를 받았다. 여동생은 매우 다르고 새로운 장소가 도움이 될 수도 있다는 이유를 댔다. 월급으로 생활이 될 테고 조카들을 돌보지 않을 때는 언제든 글을 쓸 수도 있었다. 바움가트너는 그러겠다고 했다.

샌타페이로 떠나기 전인 1996년 6월의 한 주말, 바움가트너는 워싱턴 주립대에서 열린 '우리는 가족' 이라는 젊은이들의 회합에 참석했다. 회합의 절정 중 하나가 데이비드 해리슨(David Harrison)의 희곡 『FTM(Female Transfer Male: 여성에서 남성으로 전환한 사람―역주)』공연이었는데 바움가트너는 그 연극을 관람했다.

"그리고 내 삶이 눈앞에서 날아가 버렸죠." 가드너의 말이다.

"해리슨은 무대에 올라가서 캐서린에서 데이비드로 전환한 자신의 이야기를 연극으로 표현했어요." 가드너는 이야기를 계속했다. "그의 이야기는 모두 제 인생의 모든 것들과 정확히 들어맞았죠. 그의 연기력에 압도되어 꼼짝 못하고 앉아 있는데 생물학적 역할이 반드시 운명일 필요가 없다는 깨달음이 번개처럼 저를 내리치더군요.
저도 해리슨처럼 진정한 자아를 찾아가는 두려우면서도 환희에 넘쳤
던 여정을 끝낼 수 있었지요.”

그렇게 존재의 핵심이 흔들린 수전 바움가트너는 데드 카우 골짜
기에 있던 신비스러운 오두막을 떠났다. 하지만 그로부터 몇 주 후 샌
타페이에서 나와 대화를 나눌 때는 자신의 감정의 깊이나 다시 남자
가 되려고 작정했던 사실에 대한 언질은 전혀 없었다.

그녀는 여동생과의 약속을 지키느라 다음 해 6월까지 두 조카를
돌봐 주었다. 그리고 기술 글쓰기와 편집 분야에서 ‘진짜’ 직장을 찾
기 시작했다. 하지만 그녀가 보냈던 이력서들은 무용지물이 되어 버
렸고 간혹 조카들의 유모 대신 아이들을 봐 주면서 시내에 있는 몇몇
에이전시에서 임시직으로 일을 시작했다.

아이다호를 떠난 지 1년 후인 같은 해 6월, 그녀는 여동생 애니의
결혼식에서 옅은 자주색 드레스와 그것과 매치되는 색깔의 구두 그리
고 ‘나머지 것들도 모두’ 완벽하게 갖춰 입었다. “수전으로서 마지막
부르는 노래였죠.”

자기가 직접 주입하는 엄청난 양의 테스토스테론 주사가 시작되
었고 뒤이어 몬트리올에서 극심한 통증을 수반하는 수술을 받았다.
1998년 1월에 받았던 첫 수술은 지방과 림프절, 그리고 흉부 도관을
제거하는 것이었다. 그리고 몇 달 후 양쪽 유방을 절제했고 이어서 남
성의 흉부를 만들기 위해 재건 수술을 받았다.

그렇게 해서 숀 가드너가 태어났다. 그는 자궁 적출 수술도 하고
싶어 하는데 그 수술은 보험 보장이 되지 않는다. 그리고 새로 태어난

몸의 나머지 부분을 만들기 위한 비용도 많이 들고 아직은 고도로 발달하지 못한 수술은 언제 받을 수 있을지 확실하지 않다. 하지만 그런 고통은 모두 육체적인 것이라고 가드너는 분명히 말했다. 그는 자신의 변화에 대해 이렇게 말했다. "많은 사람들이 고통스러운 시기가 있을 거라고 했어요. 하지만 제게는 순수한 기쁨 그 자체였습니다. 굉장한 안도감을 느꼈죠. 슬픈 점이 있었다면 제가 잃어버린 그 모든 세월들이었지요. 그 전에 있었던 일들이 전부 지워진 것 같았어요. 지금은 너무 운이 좋다고 생각합니다."

그는 또 늘 자신을 지탱해 주었던 유머 감각도 다시 즐길 수 있게 되었다. 때때로 유머 감각이 굉장히 필요할 때가 있다고 그는 말한다. "한 예로 최근에 처방전을 받으러 갔는데 남자 약사가 뭘 물어 보려고 여자 약사를 불렀어요. 둘이서 애기를 하면서 남자는 저를 계속 '저 여자' 라고 부르고 여자 약사는 '저 남자' 라고 하는 거예요. 기분이 너무 이상했죠. 자기들이 내가 누구고 어떤 사람인지 혼동하고 있다는 생각을 못하는 것 같았어요."

가드너는 어깨를 으쓱하더니 웃으며 나직하게 덧붙였다. "중요한 것은 내가 누구고 어떤 사람인지 내 자신이 알고 있다는 거죠. 내가 항상 되었어야 할 사람이 되었다는 사실 말입니다."

그리고 그는 오랫동안 갈망했던 고독과 그 어느 때보다 강하고 편안한 깊은 관계를 되찾은 것에 감사한다. "거의 3년 가까이 고독이 사라져 버렸어요. 성을 전환한다는 화두에 사로잡혀서 보냈던 시기였습니다."

"그런데 이제 더 이상 고독이 필요 없도록, 또 고독해질 수도 없을 정도로 완전히 바꿔 버리겠다고 생각하는 바로 그 순간 고독이 나를 다시 찾아왔어요. 말 없는 멋진 선물처럼 미묘하지만 끈질기게. 고독이 저를 수전에서 손으로 옮겨 준 중요한 역할을 했다는 사실을 알고는 얼마나 놀랍고 감사했는지 모릅니다. 고독은 급격한 변화에도 불구하고 제 인생을 지속적으로 이어 주는 데 없어서는 안 될 실처럼 핵심적인 존재였죠."

"고독에 대한 욕구는 제 안의 남성적인 면에서 가장 강하게 나타났던 것 같아요. 동굴 바닥까지 내려가려는 욕구, 혼자 힘으로 끝까지 싸우고 싶게 만드는 남성적 강인함에서 나왔죠."

이제 은둔에서 벗어나 새로 찾은 삶 안에서 사람들과 사귀는 일이 예전보다 편하다. 이는 자기 자신을 편하게 느끼게 되었기 때문이라고 가드너는 말한다. "작업이나 주말 활동들이 끝나고 나면 얼굴 가득 미소를 지으며 집으로 향하는 사람, 그게 바로 접니다."

한때는 아무도 모르는 곳에 있던 12평짜리 오두막이 그의 집이었다. 이제 샌타페이 시내에서 걸어서 20분 거리, 세 가구가 들어가는 아파트 건물의 가운데 집이 그의 집이다. "오두막보다 넓다고 하기 어려운 아주 오래되고 퀴퀴한 냄새가 나는 집이지만 전기와 실내 화장실, 중앙 난방, E-메일, 전화 등 놀라운 일을 하는 놈들이 있지요."

"하지만 주위의 모든 문명의 이기와 사람들이 있음에도 불구하고 저는 홀로 있는 초월적인 상태에 놀랄 만큼 쉽게 닿을 수 있다는 것을 알아요. 마치 오두막에서 혼자 보냈던 세월들이 너무 강렬해서 제 뇌 속에 접합점과 교차로를 심어 놓기라도 한 듯이 지름길을 제공하는 것 같아요."

"자연에서 받는 자극이 여전히 도움이 됩니다. 그리고 다행히 샌타페이가 빠르게 성장하고 있긴 하지만 아직 시골 같은 느낌을 지니고 있어요. 적어도 일부 지역은요. 파란 하늘 속으로 곡선을 그리며 늘어져 있는 살구 나뭇가지를 보면 자극이 돼요. 또는 햇살을 받으며 황금빛으로 익어 가는 과일들, 이 사막의 땅에 드물게 비가 오는 날이면 젖은 땅에서 올라오는 취할 듯한 냄새도 그렇지요. 창문으로 살짝 스쳐가는 산바람처럼 단순한 것들도요." 가드너는 말을 계속한다.

"고독은 저를 최고의 나로 키워 주는 음식입니다. 고독 속에서 아주 작은 행동도 강렬한 즐거움으로 물들지요. 집안일 같은 아주 사소한 일들을 포함해서 모든 것들이 예술이 됩니다. 시간이 저절로 확장되고 그 속에서 나한테 가장 편안한 속도로 움직이지요."

"현실적인 일들에 관해서도 생각합니다. 저녁에 뭘 먹을 거며, 청구서 지불 마감일이 언제인가 하는 것들이 아니라 지금 막 읽은 에세이가 나만의 세계에서 벌어지고 있는 일들과 얼마나 생각이 같은지 또는 어제 조카를 봐 주었던 일이 묻혀 있었던 어린 시절의 오해들을 확실히 밝혀내는 데 도움이 될까 하는 것들이죠."

"저에게 닥친 이런 엄청난 행운을 믿기 어려워요. 제가 찾아낸 육체적 한계가 무엇이든 확장하고 변형시키는 멋진 정신적 공간 안에서 살게 된 것 말입니다. 사람들이 이런 기적 같은 은둔과 깊은 인식의 장소에 접근하지 않고 어떻게 생존하는지 상상이 안 돼요. 그래도 그것의 경이로움을 느끼는 것 같긴 해요." 그는 말을 계속했다.

"홀로 사는 것에 성공하자 아이러니하게도 사람들이 저한테 매력을 느끼더라고요. 대부분의 사람들이 지니지 않은 견고하고 평화로운 핵심을 감지하는 거죠. 그리고 저는 그들을 가까이 오지 못하게 막아요. 대부분의 사람들이 견디고 있는 끊임없이 쏟아지는 소리와 몸짓, 상호 교류에 무릎을 꿇으면 그들이 매력적이라고 생각하는 자질을 잃어버릴 테니까요."

"사람들에게 그 견고함은 저한테서 빨아들일 수 있는 게 아니라고 말하고 싶어요. 외부에서 오는 것이 아니거든요. 자기 안에서 찾아야 하는 거죠."

"하지만 제 자신에 관해 발견한 모든 것들에도 불구하고 여전히 미스터리로 남아 있는 게 있어요. 아직 대답을 찾지 못한 중요한 의문점이지요. 제게 필요한 모든 공간과 고독을 유지하면서 관계를 실현할 수 있을까 하는 문제예요."

"새로운 성과 새로운 몸으로 태어난 후 아직도 사랑이나 로맨스, 성에 대해 약간 불안하게 생각하는 것, 그건 아닙니다. 고독과 그것을 방해하는 관계의 본질 그 자체 때문에 둘 다 가지는 것이 가능할까? 동성애자든 이성애자든 상관없이 혼자와 함께를 통합할 수 있는 삶이 전통적인 삶만큼 풍요롭고 보람이 있을까 하는 거죠."

"대답이 무엇이든 저는 여전히 고독한 삶을 즐길 겁니다. 다시 찾은 고독이 너무 좋아요. 다시 고독에 의존할 수 있게 된 것 그리고 고독이 만들어 내는 힘을 사랑합니다. 그 힘은 저로 하여금 삶의 본질과 완전한 관계를 맺게 해 주거든요. 거칠고 소박하지만 땅에 뿌리를 내리게 하고 궁극적으로 가장 초월적이죠. 글쓰기를 실현하고 세상에 하나뿐인 나 자신을 얻게 된 기쁨과 양성을 가지게 된 저는 세상에서 가장 운이 좋은 남자라고 생각합니다."

“그 이상을 원할 수 있는 사람이 누가 있겠어요?”

어쩌면 한 가지 더 원하는 게 있을 법한데. “제 첫 소설, 『선교사(Missionary)』가 성공하면 정말 좋을 거예요. 서기 2052년을 배경으로 하는 공상과학 대하소설이지요. 과학과 종교 사이의 오래되고 진부한 전쟁을 새로운 시각으로 바라보는 소설이에요. 이야기 속의 갈등의 일부는 고독에 대한 사랑과 주위 사람들과 관계를 맺으려는 욕구 사이에서 균형을 찾으려는 주인공 미카의 투쟁이 중심이 됩니다.”

나는 그에게 그런 이야기가 나올 줄 알았다고 말했다.

심술쟁이들이 가야 할 길:
괴팍함에서 얻는 더 나은 삶

심술쟁이들은 스모 선수들 같다.

그렇게 되기까지 오랜 시간이 걸리며 많은 학대를 받아야 한다.

- 존 위노클(Jon Winokur)

나는 심술쟁이들을 좋아한다. 아니 존경한다. 다른 사람들이 심술쟁이라고 하기 전까지는 진정한 심술쟁이가 아니긴 하지만. 사실 나 자신도 그 가운데 한 명이라고 생각한다고 「견딜 만한 심술쟁이(The Portable Curmudgeon)」의 편집자인 존 위노클은 말한다.

위노클의 「세계적 수준의 심술쟁이들의 불손한 관찰」이라는 글 모음집을 읽고 나도 심술쟁이라는 것을 깨달았으며 그들이 말하는 모든 것에 박수를 보내고 있었다. 위노클은 냉소가 사라지지 않는 수준에 이르자 자신도 심술쟁이라는 것을 알게 되었으며 '약삭빠르고 시류에 편승하는' 것에 대한 취향도 사라졌다. 또 자신이 점차 주위의 모든 사람과 사물들로부터 멀어지고 있다는 사실을 알게 되었다.

내 막내 아들 앤디도 스물아홉이라는 창창한 나이에 심술쟁이가 되어 버린 것 같다. 미국사 전공 박사 학위 과정을 공부하면서 인간에 관해 엄청나게 많은 이야기를 억지로 쑤셔 넣은 결과였다. 역사에 관해 너무 짧은 시간에 많은 양을 읽으면 누구나 심술쟁이가 될 수 있다.

혼자 사는 것도 마찬가지다. 고독은 자신을 솔직하게 볼 수 있게 해 주기 때문이다. 이는 우리가 되고자 하는 인물과 친해지고 그를 이해하기 위한 전제 조건이다.

결국 우리 자신을 솔직하게 보게 되면 다른 사람들도 솔직하게 볼 수 있기 때문이다. 우리 자신 안에서 부정직한 것을 더 이상 허용하지 않기 때문에 다른 사람들의 그 점 또한 참을 수가 없다. 그게 바로 심술쟁이들이 어리석은 짓을 용서하지 않는 이유다. 사기꾼과 위선자, 허풍쟁이, 협잡꾼 또는 거짓말쟁이들도 마찬가지다. 특히 거짓말쟁이들을 참지 못한다.

비뚤어진 시각을 가진 낙천주의자들이 마침내 올곧게 볼 수 있게 되면 심술쟁이가 된다. 천사들도 밟기를 두려워하는 젖은 모래층이 어떤 것인지 알아보기도 전에 그 속으로 달려드는 바보들이다. 현실적이 되라는 말을 듣는 영원한 로맨티스트들이다. 그들은 예수의 의심 많은 제자 도마가 되어 이제 세상 일이 정말 어떻게 돌아가는지 사람들에게 알려 줘야 한다.

심술쟁이들은 눈에 보이는 대로 진실을 말한다. 그래야 하기 때문이다. 그것은 그들의 형벌인 동시에 결국 자신을 직면할 수 있는 용기를 결집하는 능력을 주는 보상도 된다.

하지만 그들은 대부분의 사람들이 진실을 감당하지 못한다―남

들이 말하는 진실은 더욱—는 사실을 이해하지 못한다. 인간의 조건
이 지닌 부조리를 코앞에 들이대면 받아들이는 사람이 거의 없다. 그
것을 고마워하는 사람은 더더욱 없다. 진실은 우리가 자신에게 말해
주어야 하는 것 다시 말해 우리 자신의 가슴 속에서 찾아야 하는 것이
며 오랫동안 해변을 걸으면서 신으로부터 직접 들어야 하는 것이라는
사실을 감당하지 못한다.

또한 명예와 부, 사업적 성공과 정치적 출세에 대한 아메리칸 드
림은 전통적으로 상대가 들어야 하는 말이 아니라 듣고 싶어 하는 말
을 해 주는 것이다. 따라서 사람들과 잘 지내려면 상대가 듣기 싫어하
는 것을 말해 주려고 고집을 부리면 안 된다. 그런데 심술쟁이들은 그
일을 해야 한다. 그게 바로 정직성에 대한 그들의 강박관념이 축복인
동시에 저주인 이유이기도 하다.

심술쟁이들은 직장과 봉급 인상, 승진, 가정의 평화, 대외적 이미
지 때문에 어쩔 수 없이 성질을 죽이고 혀를 깨물어 가며 한 평생을
보냈다. 그렇다고 해도 이제는 심술쟁이들의 '입을 틀어막는 그런 일
들'이 더 이상 효력을 발휘하지 못한다. 결과에 상관없이 진실을 말
하는 것은 그들에게 지극히 중요한 일이 되었으며 어렸을 때처럼 자
연스러운 일이 되었다.

대중적인 의견과는 반대로 나이와 성별에 상관없이 심술쟁이들을
만날 수 있다. 심술쟁이의 조건은 마음 상태이지 나이나 성별이 아니
기 때문이다. 그들은 이웃집 아저씨처럼 부드러운 마음과 민감한 성
품의 소유자라고 위노클은 주장한다. 염세라는 껍질 아래 그들의 허
점을 감추고 있을 뿐이다. 마침내 자신과 세상을 분명히 보게 된 그들

은 우리의 고통을 느끼고 상처를 유머로 바꾸어 아픔을 덜어 주려고
노력한다.

"그들은 건강한 의미에서 분개하며 허위에 대해 이빨을 드러내고
위선을 보면 쏘아붙인다. 그들은 또 순수한 감상의 가치를 저하시킨
다는 이유로 감상주의도 공격한다. 자신들의 건전한 정신을 지키기
위해 중산층의 가치와 대중 문화에 대해 논쟁을 벌이며 격렬하게 비
난한다."고 위노클은 말한다.

그러니 오늘 심술쟁이들을 친절하게 대하라.

당신이 심술쟁이와 결혼했다는 사실이 드러나거나 당신의 상사나
친한 친구가 심술쟁이라면, 또는 대서양을 횡단하는 비행기 안에서
창가 쪽에 앉아 있는데 옆 좌석에 앉은 사람이 그런 사람이라는 사실
을 알게 되면 친절하게 대하라. 그들의 현재 모습에 감사하고 어떻게
거기까지 오게 되었는지를 고맙게 생각하라. 그리고 어느 날 누군가
가 당신을 심술쟁이라고 부르면 미소 지으며 이렇게 대답하라. "저
런. 그렇게 말해 주다니 정말 좋은 분이네요."

내가 아는 유일한 진짜 심술쟁이는 해변에서 나와 가장 친하게 지
내는 친구다. 6년 전, 처음 만났던 날 그는 자기 이름이 알베르토 조아
퀸 빌라레알 테레고라고 했다. 그는 자기 이름을 "테-레-고"라고 발
음하면서 둘째 음절을 힘주어 말했다. "하지만 알베르토라고 불러도
좋아요." 나는 한눈에 그가 좋아졌다.

나보다 훨씬 어려 보이긴 하지만 나와 비슷한 나이인 그는 결혼
기간도 나와 비슷했다. 자식과 손자들은 멀리 떨어진 도시에 살고 있

고 지금 이 바닷가에서 혼자 살고 있는 것도 나와 같다. 언제나 쾌활하고 자기를 비하하는 유머 감각을 가지고 있으며 대개 하루 중 가장 서늘할 때 바닷가에서 개를 데리고 산책하는 모습을 볼 수 있다. 나와 버디에게 테레고는 언제나 반가운 존재다.

모든 면에서 철저한 삶을 살고 있는 테레고도 나와 함께 있는 것을 즐기는 것 같다. 우리는 오랜 세월 해가 쏟아지는 바닷가를 수없이 거닐면서 거의 모든 것에 관해 의견을 나누었다. 그의 독서열은 식을 줄을 몰랐고 그의 머릿속에는 시간을 초월하는 인용구로 가득 차 있었다. 그는 주로 다른 사람의 말을 빌려 자기 말의 요점을 전달하는 재미있고 빈틈없는 대화 상대다.

예를 들어 며칠 전에 내가 "자기가 해야 할 것은 반드시 해야 한다."는 말을 했더니 그는 "자신의 삶을 조각하는 것은 자기 자신이다."라는 독일의 옛 격언을 인용해서 같은 사실을 훨씬 설득력 있게 표현했다.

혹은 내가 "대부분의 사람들은 고독에 관해 이중적인 태도를 가지고 있다."고 말하면 그는 "영원한 생명을 갈망하면서도 비 오는 일요일 오후에 뭘 해야 할지 몰라 안절부절하는 사람들이 수없이 많다."와 같은 수전 어츠(Susan Ertz)의 고전적인 견해를 빌려 예리하게 되받았다. 그가 만약 그렇게 명료하게 표현하지 않는다면 그는 모든 것을 아는 체하는 눈엣가시 같은 존재일 것이다. 두말할 필요 없이 나는 그와 함께 있는 것이 굉장히 재미있다.

우리 둘이 즐겨 나누었던 주제는 자연히 은둔 생활이었다. 우리는 미국인들이 혼자 있는 것에 대해 느끼는 죄의식에 관해 장시간 이야기를 나누었다. "놀라운 일이 아니지. 우리가 겪는 가장 큰 사회적 갈등이 우리가 가장 깊이 간직하고 있는 가치, 다시 말해 혼자 남겨질 자유에 뿌리를 두고 있다는 사실만 보아도 알잖아."라고 테레고는 말한다.

"문제는 우리 사회가 다른 사람들의 생각과 생활양식을 강요하는데에 저항하는 한편, 친밀감과 상호 의존 그리고 동료에 대한 책임감을 키우는 사회이기도 하지. 그런 양극단의 욕구를 절충하는 데 어려움이 있는 거 아닐까? 다른 사람에게 헌신하는 것으로부터 독립하려는 우리의 갈망 말이야."

개인적 실현에서 가장 중요한 것은 강한 자기 의존 정신이라고 그는 설명한다. 하지만 자신의 정서적 행복에 대해 완전히 책임져야 한다는 가정은 가족이나 대인 관계, 사회의 전통적 요구보다는 자신에게 더욱 강하게 집착한다는 의미를 내포한다. 혼자 있음은 대부분의 미국인들에게 위협적인 개념이다. 우리는 다른 사람을 통해 자아를 실현한다고 믿도록 키워졌기 때문이다. 어떤 대가를 치르든 이 방정식에서 타인이 필수적인 요소다. 타인이 없으면 우리의 삶은 계산이 되지 않는다.

심지어 우리의 영웅들조차도 항상 짝이 있었다. 돈키호테와 산초 판사. 크루소와 프라이데이, 배트맨과 로빈, 그린 호네트와 카토, 델마와 루이스. 따라서 우리는 톤토(아파치족)가 없는 론 레인저(미국 서부극의 주인공 — 역주)를 이해하지 못한다.

테레고는 이렇게 말한다. "우리 자신을 최고의 존재로 만드는 것이 다른 사람에게 그만큼 좋지 않을 때 갈등이 불거지는 거야. 그 무엇보다 다른 사람을 행복하게 해 주는 것에서 자신의 행복을 찾았던 사람들은 이런 경우 아주 불편해지는 거지. 오랫동안 미뤄 두었던 자아를 찾아, 다른 사람으로부터 자신을 떼어 내는 여정이라고 할 수 있는 자아실현을 위한 사명에 착수한 많은 사람들에게 기분이 좋은 것 대 좋은 사람이 되는 것은 뉴 에이지 시대의 난제라고 할 수 있지." 테레고는 또 이렇게 덧붙인다.

"사회학자들과 심리학자, 그리고 사회 전체를 불편하게 만드는 것은 자아를 찾으려는 인구가 '분리의 문화' 를 형성할 수도 있다는 사실이지."

로버트 벨라(Robert Bellah), 리처드 매드슨(Richard Madsen), 윌리엄 M. 설리번(William M. Sullivan), 앤 스위들러(Ann Swidler), 스티븐 M. 팁턴(Steven M. Tipton)의 공저로 미국 사회에 대한 연구서로 베스트셀러인 『마음의 습관(Habits of the Heart)』에서 저자들은 '자아를 찾는 것(낭만적 개인주의라고도 알려졌다.)' 은 대중 문화와 대중 매체, 특히 텔레비전에 의해 자양분을 얻는 단순한 유행일 뿐이라고 암시한다. 그들은 이런 분리의 문화가 지배적이 된다면 '그 자체의 모순으로 인해 붕괴' 할 것이라고 장담하고 있다.

이 다섯 명의 사회학자들은 또 각 개인의 핵심에는 우리 각자—모든 타인들뿐 아니라 우주와 그 안의 모든 것—를 이어 주는 근본적인 영적 조화가 있다는 인문학적 가정까지도 부정한다. 또한 자아 확인, 자아 발견과 더불어 우주와 하나가 될 수 있다는 사실까지도.

그들은 또 이렇게 비웃는다. "그런 낭만적 개인주의는 현실 사회에서 살아가는 방법에 관한 매우 막연한 법칙 이외에는 그 어떤 문제에 대해서도 현저하게 설득력이 떨어진다."

그럴지도 모른다. 하지만 나는 여전히 우리 자신에 대한 영적 사명에는 집착과 이탈 둘 다 필요하다는 토머스 무어(Thomas Moore: 인간의 영혼과 영성에 관한 저서가 많은 미국의 작가 — 역주)의 견해를 선호한다. 작가 토머스 무어는 자신의 저서 『마음의 친구(Soul Mates)』에서 "가정을 이루려는 강한 욕망이 있다면 다른 사람과 함께 살거나 공동체에 합류하라. 하지만 그런 욕망들이 만족된 후에는 우리가 정확히 반대 방향으로 이끌리고 있다는 사실도 알아내라. 그러면 그런 혼란이 영혼의 속성이라는 사실을 기억하게 될지도 모른다."고 했다.

"친밀감과 고독을 동시에 즐기는 양면의 삶을 살 수 있는 구체적인 방법을 찾게 될지도 모른다."

정체성과 헌신, 사랑의 본질에 관한 존 욘트(John Yount)의 재미있는 풍자 우화 『고독한 투츠(Toots in Solitude)』라는 소설에서 메이콘 '투츠' 헨슬리는 아내와 세상의 걱정거리를 뒤로 하고 평온과 기쁨을 누리기 위해 강가의 나무 위에 지은 집으로 떠난다. 모든 면에서 자기답게 살려고. 하지만 그의 삶에 컨트리 가수 지망생인 샐리 앤이 들어온다. 그녀는 현금 25만 달러를 소지한 마약중개상 애인과 도망치는 중이다. 필연적인 결말이 나기 전까지 그들의 관계는 신랄하면서도 굉장한 호소력을 지니고 있다. 이 소설은 다음과 같은 시적인 대사로 끝맺는다.

"그런데 한 번에 조금씩 달콤한 고독이 그를 다시 찾아오기 시작했다. 아, 하지만 고독은 질투가 심했다. 그의 머릿속에 샐리 앤에 대한 생각이 조금이라도 들어 있으면 앙탈을 부리며 가까이 오지 않으려 했다. 그가 잠깐이라도 연적에 대한 생각을 하면 고독은 물러나 버렸다. 하지만 싸늘했던 첫 겨울이 지나가고 습지의 갈대밭에 은빛 꽃이 흐드러지게 필 무렵 고독은 그와 함께 있었다. 고독은 그가 한눈팔지 않기만을 바랐다. 그 이상은 어느 것 하나 원하지 않았다."

고독한 심술쟁이인 내가 해변에서 더 이상 하지 않는 일들이 있다. 매일 하는 면도, 세차, 수입과 지출을 맞추기, 걱정하기, 다른 사람들의 어리석음과 숨은 생각들을 알아내려고 노력하거나 설득하기, 사소한 일, 중간 일, 심지어 중대한 일에조차 목숨 거는 일은 하지 않는다. 몇 안 되는 해야 할 일 중에서도 아주 절박한 일들만 한다.

나는 마사 스튜어트(Martha Stewart: 집안을 꾸미고 살림 잘하는 법으로 성공한 미국의 사업가 — 역주)처럼 완벽해지려고 노력하는 사람들과 아무 탈 없이 지낸다. 단, 다른 모든 사람들을 위해서는 그렇게 하되 자신에게는 그러지 않는 사람들에 한해서.

그리고 나를 죄책감에 사로잡힌 청년으로 만들었던 가톨릭의 십계명을 세 가지로 줄였다. 제1계명, 너 자신에게 진실하라. 제2계명, 다시는 누구에게도 상처를 주지 않으려고 노력하라. 제3계명, 필요하다면 제1계명을 달성하기 위해 제2계명을 위반하라.

개인적으로 나는 모세가 시나이 산에서 두 개의 돌판에 새겨진 '하지 말라' 는 계명을 들고 내려왔을 때 실수를 했다고 생각한다. 산 정상에서 절반쯤 내려왔을 때 그는 그것을 던져 버렸어야 했다. 그리고 산 아래서 기다리고 있던 사람들에게 이렇게 말했어야 했다. "여러분 잘 들어 두시오. 하느님께서 여러분을 위해 단 한 가지 계명을 주셨소. 친절하라." 그것으로도 충분했을 것이다.

고독이 나에게 가르쳐 준 몇 가지 다른 교훈들:

과도하게 할 만한 가치가 없다면 잊어버려라. 강박관념에 사로잡히는 성격인 나의 모토는 항상 "할 가치가 있다면 과도하게 할 가치도 있다."였다. 하지만 해변에서 혼자 지내면서 나는 그 중요한 규칙을 이렇게 바꿨다. "과도하게 할 만한 가치가 없다면 잊어버려라." 이렇게 함으로써 해야 할 일의 목록은 매우 짧아졌지만 해야 할 일을 과도하게 할 수 있는 시간은 충분히 보장받게 되었다. 그리고 내가 하고 있는 일이 무엇이든 그것에 대해 열정적이 될 수 있다.

우리가 지닌 문제 가운데 너무나 많은 것들이 단순한 몸놀림이나 살아가기 위해 해야 하는 일들만 하는 사람들 때문에 생긴다. 최선을 다할 정도로 관심 있는 일이 아니라면 아예 시도조차 하지 말라는 법이 있어야 한다. 남아 있는 사람과 사물에 열정적이 되기 위해 정말 좋아하지 않는 사람들이나 물건들을 모두 버려야 한다면? 글쎄, 그래도 괜찮다.

그런데 인생의 대부분을 허비하고 나서야 해야 할 일의 목록이 짧아지게 되니 얼마나 슬픈 일인가.

상대에게 의존하는 테니스는 좋은 경기가 아니다. 당신이 서브를 하면 누군가가 공을 당신에게 되받아 쳐 주어야 한다. 아무도 그렇게 하지 않으면 당신 입장에서는 그 시합을 끝내야 한다. 라켓을 집어넣고 집에 가서 내일은 다른 게임을 찾으라. 자기 자신의 서브와 로브와

발리를 되받아치는 것을 중단하라. 자신의 에너지와 요구, 욕망을 속이는 일을 중단하라. 자신을 놀리는 일을 그만두라.

10퍼센트는 항상 우리와 함께 있다. 내 인생의 절반쯤 살았을 때였다. 연약하고 단련되지 않은 내 몸을 잘 다듬어진 전투용 기계로 만들어 주었던 사우스 캐롤라이나 주, 패리스 아일랜드의 미해병대 병참부에 칼 미닉이라는 한 훈련조교가 있었다. 그는 나에게 이 세상의 10퍼센트에 속하는 사람들에 관한 깨달음을 주었다.

모래벼룩이 지독히 극성을 부리던 어느 날 오후, 부들부들 떨고 있는 내 몸으로부터 몇 센티미터밖에 안 떨어진 곳에서 그 조교는 코를 벌름거리고 검붉은 입술에서 단내 나는 입김을 내뿜으며 나를 향해 고함을 질렀다 "내가 아무리 자주, 알아듣도록 씨부려도 너희 얼간이 후레자식들 중 10퍼센트는 이 과정을 따라오지 못할 것이다. 그런 놈들 가운데 한 놈이 되지 않도록 기도하도록. 알았나!"

내가 그의 언어를 약간 손질하긴 했지만 훈련조교의 친절한 조언의 요지는 그거였다. 하지만 나는 40퍼센트 때로는 60, 아니 90퍼센트의 규칙을 지켰다. 미닉 하사관이 하고자 했던 말은 자기가 아무리 위협하고 애걸하고 겁을 주거나 달래서 무슨 일을 시키든 상관없이, 또 어떤 보상이나 결과가 오든 상관없이 언제나 그 과정을 따라오지 못하는 사람들이 있다는 거였다. 이 말을 개인적으로 받아들이지 말기 바란다. 그것은 당신이 수용해야 할 인생의 불가사의한 일 가운데 하나일 뿐이다.

그러니 이제 많은 비탄을 털어 버리고 당신이 하는 모든 일에 10퍼센트의 이론을 적용하라. 그들 10퍼센트는 항상 우리와 함께 있을 테니까.

하느님을 위해 기도하지 말라. 자기 자신을 위해 기도하라. 하느님은 우리의 기도가 필요 없다. 하지만 우리에겐 기도가 필요하다. 아니 어쩌면 당신이 필요 없을지도 모른다. 하지만 나는 해변에 살면서 많은 기도를 한다. 도시에서 했던 것보다 훨씬 더 많이. 하지만 이제 하느님을 위해서가 아니라 내 자신을 위해서 기도한다. 이렇게 간단한 필요성을 깨닫는 데 그렇게 오래 걸렸다는 게 오히려 이상할 정도다. 머릿속을 올바른 방향으로 돌려놓는 데 그렇게 오래 걸리다니.

자신을 위해서 행동하라. 결과적으로 다른 사람에게 좋은 일로 끝났다면 그것은 괜찮다. 그렇지 않다 해도 처음부터 자신을 위해서 해야 할 일이었기 때문에 상관이 없다. 우리 자신으로 인한 고통의 대부분은 자신을 위해서는 결코 하지 않을 일을 다른 사람을 위해서 하는 데서 생긴다.

원하는 것을 얻는 비결은 원하지 않는 데 있다. 다음에 당신이 절실하게 무엇을 원할 때 그것을 얻든 아니든 신경 쓰지 않으려고 노력해 보라. 한번 돌이켜 생각해 보라. 행복했던 꿈들과 가장 컸던 욕망들이 몇 가지나 실현되었는가? 한편 당신이 진정으로 원하지 않았지만 결국 일어났던 일들은 얼마나 많은가?

다시 고독의 신에게로 돌아가 보자. 그 역시 사람들에게 가장 절실하게 원하는 것을 부정하게 만드는 책임을 지게 되었다. 그가 그렇게 하는 것은 바라는 것이 많으면 많을수록 더 고통스러워질 것이라는 것을 믿기 때문이다. 이미 고통받은 것보다 더 많이 받을 수도 있다. 트루먼 커포티는 어떻게 말했던가? "응답을 받지 못한 기도보다

응답을 받은 기도가 더 많은 눈물을 뿌리게 한다."

고독의 신을 능가하는 가장 좋은 방법은 어떻게 되든 신경 쓰지 않는 것이다.

그냥 떠나야 할 때를 알라. 이것은 평온으로 가는 열쇠다. 평생 모든 것을 쥐고 있으려고 애쓰고 난 후 심술쟁이들과 은자들은 결국 버려야 한다는 것을 알게 되었다. 그들은 이제 더 이상 '있었을지도 모르는 일'에 대해 고민하지 않는다. 이제 더 이상 '할 수도 있었고, 될 수도 있었고, 했어야 했던' 게임은 하지 않는다. 이제 그들은 해야 할 일만 한다. 그리고 나서 할 수 있는 것을 하고 그 다음에는 그것을 더 큰 힘, 중독증에서 벗어난 사람들이 그냥 떠나보내는 행동이라고 하는 것으로 넘긴다.

비틀스는 "그대로 두라, 해답이 있을 것이다. 그대로 두라."고 노래했다. 반복할 가치가 있는 조언이다. 그 문제에 대해 얼마나 짧게, 얼마나 오래 고민하든 상관없이 언제나 해답은 있을 것이다. 젊었을 때는 그것을 이해하기가 왜 그렇게 어려웠을까?

인생이 영화처럼 될 수 없다면 영화를 택하라. 살아가면서 이제 더 이상 추종할 영웅이 없다면 나는 영화에 나오는 영웅들을 따르기로 했다.

오래전 누군가가 내게 1961년의 영화 「어울리지 않는 사람들(The Misfits)」의 마지막 장면에서 낡아 빠진 자신의 트럭 안에서 마릴린 먼로의 옆에 앉아 있던 클락 게이블이 된 듯한 착각을 하게 했던 적이 있었다. 둘 중 한 사람에게는 마지막 영화였던 이 영화에서 클락 게이블은 네바다의 사막에 야생마들을 풀어 놓은 직후 고마워하는 먼로의 꺼지지 않는 사랑까지 얻었다.

"이제 어디로 가죠?" 청바지 차림의 육감적인 먼로가 묻는다. 클락 게이블은 아무 말 없이 멀리 지평선을 향해 구불구불 이어지는, 달빛 비치는 도로 위 밤하늘의 밝게 빛나는 별들을 가리킬 뿐이다.

나는 그들의 별을 따라가고 싶다. 비록 영화 속에서나 존재하는 것이라 하더라도.

마지막 여행을 위한 준비

나는 죽기를 두려워하지 않는다.
다만 그 일이 벌어질 때 그곳에 있고 싶지 않을 뿐이다.
–우디 앨런

나는 아직 그가 살아 있다고 생각하고 싶다. 크리스마스를 한 번
더 맞고 싶다던 그의 목표를 달성하고도 한 번 더, 또 한 번 더 크리스
마스를 맞았을 거라고 생각하고 싶다. 하지만 자신이 없다. 마지막으
로 그를 보았을 때 그는 이미 가망이 없다고 한 지 너무 오래였다. 5
년 전에 그가 알려 주었던 번호로 전화를 했을 때 전화는 끊겨 있었
다. 나는 어쩌면 그냥 이사를 했을지도 모른다고 생각했다. 회색 빛
태평양 바닷가 어딘가에서 아직도 그는 자기가 사랑했던 석양을 바라
보고 있을지도 몰랐다.

돈 스미스(Don Smith)라는 이름의 그 남자는 1996년 1월의 어느
날 아침, 내가 오리건 북부 해안으로 그를 찾아갔을 때 58세였다. 기
운 없고 쇠약한 골수암 환자를 기대했던 나를 맞아 주던 사람은 키가
크고 마른 체격에 활력이 넘쳐 보이는 남자였다. 그는 올리브 색 스웨

터와 빛바랜 청바지 차림에 튼튼한 등산화를 신고 있었다. 그가 발렌타인데이면 쉰아홉이 된다고 자기 나이를 말해 주기 전까지 적어도 열 살은 아래로 보였다. 내가 받은 첫 인상이 얼마나 빗나갔던지.

그 음산한 1월의 어느 날, 밝기만 할 뿐 온기가 전혀 없는 창백한 햇살 아래서 우리는 해변의 피크닉 테이블에 앉아 어두워질 때까지 이야기를 나누었다. 아니 그가 주로 이야기를 하고 나는 그렇게 죽음을 눈앞에 두고 사는 삶에 관해 그가 들려주는 이야기를 듣기만 했다. 그의 슬픔과 결심, 후회의 말들은 결국 공책 두 권을 채웠다.

이야기 중에 그가 "나 같은 사람에게 절대 당신 기분이 어떤지 안다고 말하지 마십시오."라고 씁쓸하게 말했다. "당신이 직접 그 사람의 삶을 완전히 살아 보지 않고는 알 수가 없으니까요."

스미스가 자기가 암에 걸렸다는 사실을 알게 된 것은 오리건 동부에서 그 해안 마을로 이사 온 후인 1993년 새해 첫날이었다. 암이라는 진단을 받았을 때는 이미 2년 가까이 몸속에 암이 퍼져 있었다. 의사는 기껏해야 열두 달을 더 살 수 있을 거라고 했다.

"그게 거의 3년 전 일입니다." 스미스는 씁쓸하게 웃었다. 8개월 동안 호전기가 있었지만 지금은 다시 화학 치료를 받고 있다. 그의 목표는 아직 1년 가까이 남은 크리스마스를 한 번 더 맞는 것이었다.

스미스가 암으로 겪었던 시련에 대해 설명하는 것을 듣는 동안 가슴이 미어지는 것 같았다. 하지만 그는 무언가에 떠밀려서 이야기를 하는 것 같았다. 그래서 나는 잠자코 그의 말을 들었다. 그는 몸에 퍼져 있는 다발성 골수종은 암세포가 골수를 잡아먹어 뼈가 뻥뻥 뚫리고 쉽게 부서지는 병이라고 설명했다. 그는 암 진단을 받은 이후로 50

개가량의 뼈가 부러져서 다시 붙였다고 한다.

침대 위에서 몸을 급히 뒤척이기만 해도 갈비뼈가 여러 개 금이 갈 수도 있었다. 양말 한 짝을 신는데 10분이 걸리고 옷을 다 입으려면 한 시간이 걸렸다. 호흡이 어려워서 앉아서 잠을 자야 할 때도 있었다. 그럴 때면 내내 치유의 힘이 몸 안으로 들어가게 해 달라고 기도를 했다. 그는 "하늘에서 푸른빛이 내려와 암을 데려가게 해 달라고 기도했죠."라고 했다.

그는 자신이 살고 있던 이동 주택 주차 구역에서 병뚜껑을 열거나 슈퍼마켓 선반에서 통조림을 꺼내서 카트에 실을 때도 지나가는 사람들에게 부탁해야 했다. 바지를 한 번에 끌어올려 단추를 끼울 기운이 없어서 결국에는 문 손잡이에 줄을 매고 팔 대신 사용하는 방법을 생각해 냈다.

그는 자기가 받았던 모든 고통과 굴욕감으로 자신의 죄를 갚은 것 같다고 말하더니 죄의 일부를 갚았다고 정정한다. "전 연옥에는 가지 않을 것 같아요." 그가 씁쓸하게 덧붙였다.

불구가 된 참담함이 극에 달했을 때 그는 살 의지를 잃었다고 했다. "아무 것도 할 수 없고 아무 쓸모도 없고, 매일 매 순간을 안간힘을 쓰며 보냈지요. 그냥 모두 놓아 버리고 죽어 버릴까 하는 문제를 두고 고뇌도 했습니다." 그때 화학 요법과 엄청난 양의 약들을 투입하기 시작했다. 그러던 어느 날 아침 손을 피아노 건반 위에 올려놓고 몇 개의 음을 칠 수가 있었다. 그 일이 그를 다시 일어나게 했다.

다리뼈가 부러질 가능성이 있으므로 이동식 주택 밖으로 나가지 말고, 감염성 질병에 걸릴 위험이 있으니 공공 장소에도 가지 말라고 했던 의사의 지시를 어기고 그는 다시 교회에 나가기 시작했다. 그리고 호전기가 왔다. 8개월 후에 끝나긴 했지만 그때까지는 기적이 일어나기 시작했다. 마법이 아니라 작은 기적들이라고 그는 강조했다.

그러더니 그는 놀라운 사실을 들려주었다. "내가 암에 걸렸던 날을 정확하게 알고 있습니다." 스미스는 잠시 말이 없었다. 그와 함께 있으면서 우는 모습을 보인 것은 그때뿐이었다. 그는 눈물을 감추느라 애썼다.

마침내 그가 말을 계속했다. "오리건 동부에서 있었던 일입니다. 21년 동안의 결혼 생활을 끝낸 후 함께 살았던 여자와 함께 아이오와에서 그곳으로 이사를 했죠." 오리건 주의 동부는 오스트레일리아와 비슷하다고 그는 설명했다. 좋은 낚시터가 많은 따뜻하고 건조한 지역이다. 그는 오스트레일리아의 엄격한 이민 할당제에 부합하는 자격만 갖추었더라면 차라리 그곳으로 갔을 것이라고 했다.

그와 함께 오리건 주로 왔고 결혼까지 계획했던 '그의 두 번째' 사랑인 그 여자와 갑자기 헤어지면서 병이 생겼다고 스미스는 확신한다. "대부분이 내 잘못이었죠." 그의 목소리에 분노의 빛이 역력했다. "상처가 너무 심했어요. 그게 암을 발병시킨 거라는 걸 압니다. 그녀를 잃고 나서 6개월이 채 안 되서 뼈에 통증을 느꼈으니까요."

그 무렵 그는 오리건 해안의 작은 해변 마을로 이사했고 그곳에서 암 진단을 받았다. 그리고 8개월간의 호전기가 끝났던 곳도 그곳이었다. 그는 가까운 친구와 볼썽사납게 사이가 틀어졌던 게 원인이었다고 생각한다. 엔지니어였던 그 친구도 폐기종으로 죽을 병에 걸려 있었다.

"그것 때문에 암이 재발한 거예요." 그는 자신 있게 말했다.

우리가 함께 지냈던 그 우울했던 날을 되돌아보면 그가 내게 말해주려고 했던 진실을 이해할 수 있다. "우리는 우리가 선택한 것들의 총체다."

올바른 선택은 우리에게 선과 인격이라는 결과를 가져오고 잘못된 선택은 몸과 마음으로 전이될 수 있는 회한과 절망으로 굳어진다. 따라서 젊어서 올바른 선택을 할 지혜가 없었다면 늙어서 잘못된 선택과 타협할 자비심이 필요하다. 그래야 잘 죽을 수 있다.

나는 돈 스미스가 하고 싶어 했던 것이 잘못된 선택과의 타협이었다고 생각한다.

조앤 더글러스는 죽음을 준비하는 것에 대해 이야기하기 전에 농담으로 말문을 열었다. "목사님이 '죽음 후(hereafter)' 에 대해 생각해본 적이 있냐고 한 나이든 신자에게 물었답니다. 그 신자는 대답하기를 "그럼요 늘 하죠. 저는 방에 들어갈 때 항상 잠깐 멈춰 서서 이렇게 자문하죠. 내가 여기 뭐 하러 왔지?(What am I here after? 여기서 am~after는 ~을 추구하다, 찾다라는 뜻이다 — 역주)

그녀는 그 목사님의 질문에 별로 흥미가 없었다고 66세의 더글러스는 말한다.

"저는 늘 현재의 삶에 만족했지요. 때로는 나만큼 짐이 많지 않은 여자들을 보면 약간 부럽긴 해도 얼른 이렇게 생각해 버리죠. '아직 때가 아니야.' 대학에 다닐 때는 제가 신세대 직장 여성이 될 수 있을 거라고 생각했어요. 그런데 임신을 했고 결혼해서 네 아이의 엄마가 되었지요. 하지만 그 어느 것에 대해서도 후회는 없어요. 늘 그렇듯이 '아직 때가 오지 않았어.' 라고 생각하니까요."

"저는 제가 할 수 있는 최선을 다해서 네 자녀를 키운 것에서 만족을 찾지요. 학부모 교사 회의와 보이스카우트, 어린이 야구단 등을 쫓아다니느라 정신이 없었죠. 캠핑 여행을 정말 좋아했고 제가 활동적인 가정을 꾸려 가고 유지할 수 있다는 사실에 힘이 솟았어요. 이 말이 마치 내가 혼자서 애들을 키운 것처럼 들린다면 기술적으로는 그렇지 않아요. 하지만 매주 며칠씩 여행을 다니는 남편을 둔 저로서는 독신인 것 같은 느낌이 상당히 많이 들죠. 주말이 되어 저 혼자 책임을 지지 않아도 되기 전까지는요."

아이들이 학교에 들어간 후에 그녀는 다시 대학 과정에 들어갔다. 그리고 대학을 마친 후 직장을 얻었다. 금전적 이유도 있었지만 바깥 세상과 단절되고 싶지 않아서였다.

"우리 어머니가 82세 때 사람 손이 많이 가는 병에 걸리셨어요. 무남독녀인 저에게 그 책임이 모두 돌아왔죠. 그리고 그 무렵 결혼 생활의 언저리에서 맴돌고 있던 남편의 알코올중독 증세가 더욱 위력을 떨치기 시작했지요. 엄청난 협박과 히스테리, 마지막으로 한바탕 붙고 난 다음 남편은 재활 프로그램에 들어갔어요. 그러는 내내 저는 '아직 때가 아니야.' 라고 생각했답니다."

그녀는 4년 전에 난소암 진단을 받았다.

더글러스는 종양을 모두 제거하진 못했지만 수술은 성공적이었다고 한다. 딸 셋, 아들 하나(그때까지 아들에게서 태어난 손자가 4명이었다.)를 둔 어머니이자 한 남자와 43년을 살았던 그녀는 "화학 요법

으로 통제가 가능한 것들은 억제할 수 있었지만 암은 제 인생을 엄청
나게 바꿔 놓았어요. 내 자신의 삶과 죽음을 책임져야 한다는 것을 알
게 되었죠."라고 말한다.

"내세에 대한 준비를 어떻게 하고 있냐고요?" 더글러스는 다시 우
리 대화의 주제로 돌아갔다. "일을 처리하는 것으로 준비하고 있죠."

"아직 이승에 있을 때 최선을 다하는 거예요. 다시 말하면 해야
할 일을 모두 끝내고 떠나려고 노력하는 거지요. 살아가는 일은 마지
막으로 숨을 거두면 끝나지만 한 인생의 영향력은 마지막 숨을 거두
고 나서도 오랫동안 지속된답니다. 전 그걸 믿어요. 우리는 누구나 죽
음에 대처해야 합니다. 그 사실을 인정하려는 사람은 거의 없지만요.
죽음이 저 밖에 와 있다는 사실을 인정하게 되면 직면할 준비가 되어
있지 않았더라도 구석구석 살펴봐야 한다는 거죠. 암에 직면해서 저
는 매사를 정리하는 것으로 죽음을 마주하기 시작했어요. 내가 처리
하고 가면 우리 아이들이 처리하지 않아도 되는 현실적인 모든 배려
들 말이에요."

그런 필요한 일들—삶이 남기고 갈 것들을 꼼꼼하게 처리하는
것—을 함으로써 그녀에게 임박한 죽음을 침착하게 인정할 수 있게
되었다.

"죽음의 불가피성과 직면하게 되면 의식적이든 무의식적이든 결
정을 내려야 한다는 사실을 깨닫게 되지요. 죽을 수밖에 없는 자신의
운명—삶이 끝나기를 열렬히 바라기 오래전에 끝날 수도 있다는 사
실을 의식하면서 사는 것—에 직면하면 중대한 결정과 임무들을 연
기할 수 없게 되죠. 그렇지 않으면 언젠가 '하게 될 것' 이라고 할 그

런 일들 말입니다." 더글러스의 말이다.

"집을 나설 때 모든 것들을 가능한 한 말끔하게 포장해서 묶어 두었다는 느낌이 들어야 합니다. 그날이 바로 내가 다시는 돌아오지 못할 날이 될 수 있다는 것에 대비해서죠. 사고를 당할 경우에 대비해서 항상 깨끗한 속옷을 입고 다니라던 친정 어머니의 훈계 수준까지 도달했답니다."

그래서 그녀는 자신이 묻히고 싶은 장소부터 시작했다. "시내 중심의 전망이 좋은 곳이면 좋겠어요." 이렇게 말하고는 얼른 덧붙인다. "저를 위해서가 아니라 후에 문득 들려서 와인이라도 한 잔 '나누고' 싶어 할지도 모를 친구들과 친지들을 위해서죠."라며 그녀는 웃음을 터뜨렸다. "삭스 5번가 백화점의 주차장 아래 묻히고 싶어 했던 뉴욕에 사는 어떤 엄마처럼요. 그녀는 자기 딸이 적어도 일주일에 한 번은 그곳에 올 거라는 것을 알고 있었거든요."

그만큼 일이 처리되자 "그밖에 무슨 일이 있을까라고 자문했죠. 장례식장이라는 빼놓을 수 없는 선수가 또 있더라고요. 물론 그런 것은 아직 남아 있는 친지들 중에 누가 결정할 수도 있는 문제죠. 하지만 우리 가족은 전국에 흩어져 살고 있어요. 게다가 내가 세상을 떠났다는 사실에도 충격이 클 친지들에게 그런 결정을 내려야 하는 부담을 주고 싶지 않아요. 그래서 가족과 친지를 위해 그 일도 하기로 했답니다."라고 그녀는 말한다.

더글러스는 또 웃는다. "딸아이 가운데 하나가 제 옷장 속에서 '엄마와 아빠의 유골함'이라고 표시된 쇼핑백을 보고는 기겁을 하며 그게 정말 유골함이냐고 물었죠. 쉽게 찾을 수 있게 하려고 그랬다고 설명했더니 딸아이는 이해하는 것 같더군요. 그 일은 또 저의 소망과 지시 사항을 적어 둔 목록이 어디 있는지 그 아이에게 말해 주는 좋은 계기가 되었고 자연스레 장례식 이야기까지 이어졌죠." 그녀는 이야기를 계속했다.

"저는 또 그 장례식이 어떻게 치러지길 바라는지도 대충 이야기를 했지요. 종과 호루라기는 어떤 것을, 몇 개나 원하는지. 스트레스를 받으면 사람은 때때로 평소 제2의 천성이던 행동도 잊어버리는 경우가 있잖아요. 그래서 엄마가 자식들에게 일이 제대로 마무리되었는지 살피고 제가 해결하지 못한 청구서들을 지불하라고 살짝 귀띔해 주는 거죠."

"저는 또 제가 원하는 유형의 장례식에 뒤따라올 영결파티에 대한 제안도 포함시켰답니다. 이쯤 되면 고상한 취미의 한계를 벗어났다고 할지도 모르지만 출장연회업체에 식단까지는 주문하지 않았어요. 그 부분은 남은 가족들이 원하는 대로 할 수 있지요. 뭘 하든 상관없어요. 저는 다만 그것이 파티라는 것을 그들이 알아주기를 바랄 뿐이거든요."

보충 설명으로 더글러스는 다양한 호스피스 시설과 요양원에 대해서도 조사를 했다고 털어놓았다. 취향에 따라 자신이 수용할 만한 선택의 목록도 만들었다. 금전적인 가치는 높지 않지만 특정 자녀와 손자손녀들에게 의미 있을 것이라고 생각하는 '특별한 유언 조항'을 명시한 '생존 신탁(재산 신탁의 일종)'도 챙겨 두었다.

"또 손자손녀들 각자에게 줄 '할머니의 추억'이라는 책도 완성했어요. 또 가장 어린 녀석들 두 명을 위해 각각 작은 상자를 준비했어요. 그 속에다 그 아이들이 썼던 편지와 기념품과 함께 그때그때 중요하다고 생각하는 것은 무엇이든 채우고 있어요. 그 아이들이 몇 살 때 그 책과 상자를 받게 될지는 각자의 부모들의 결정에 맡길 거예요. 그건 제가 결정할 일이 아니잖아요."

"제가 이 모든 일들을 해 두는 이유는 첫째, 저와 관련된 것들을 가능한 한 많이 말해 주고 싶어 하는 제 천성 때문이에요. 둘째는 가족들이 부당하게 금전적 부담을 주는 가슴 아픈 일이나 정신적 스트레스를 받는 순간에 나 대신 어떤 결정을 내려야 하는 상황을 원치 않아요. 그런 일들을 제가 사전에 처리함으로써 그런 불필요한 부담을 없애 주고 싶어서죠."

"세 번째로 중요한 이유는 그런 일들이 현재의 제 삶에서 매우 중요하기 때문이에요. 그 일들을 처리하는 동안 모든 것이 끝난 후에 내가 어디로 갈지 생각해 볼 수 있거든요. 무엇보다 가장 좋은 것은 결국 때가 왔을 때 그만큼 쉽게 떠날 수 있을 거예요. 제 자신과 제가 사랑하는 사람들을 위해서."

54세의 조 웹스터(Zoe Webster)는 "우리는 누구나 죽음에 관해 생각하면서 사는 것 같아요. 하지만 몇몇 사람들은 원하는 것보다 훨씬 빨리 그 현실에 직면하게 되죠."라고 말한다. 그녀는 처음 진단을 받고 나서 10년 후에 유방암이 재발했다.

1970년대에 10년간의 결혼 생활을 했던 그녀는 현재 16년 동안 관계를 지속해 온 사람이 있다. "굉장히 오래죠?" 웹스터는 웃으며 말했다. 그녀는 자식이 없지만 파트너에게는 스물네 살 난 딸이 하나 있는

데 지금 그들과 함께 살고 있다. "몇 달만 같이 사는 거예요." 웹스터 는 몸에 밴 유머 감각을 보이며 "그 아이 말로는 그래요."라고 한다.

"우리는 결혼하지 않았어요. 왜냐하면 제 파트너는 두 번 결혼해 서 두 번 다 실패했거든요." 웹스터의 설명이다. "그래서 이 상태가 우리 둘 다에게 효과가 있는 것 같아요. 우리가 독립적이지만 함께 있 기를 선택한 별개의 존재라는 느낌을 주거든요."

몇 개월 전 암이 재발했다는 진단을 받은 프리랜서 그래픽 디자이 너인 그녀는 이번에는 예후가 훨씬 좋다고 말한다. "조만간에 죽을 거라고는 생각하지 않아요. 하지만 10년 전에는 생존율이 50퍼센트 미만이라고 했어요. 갑자기 죽음이 매우 현실적으로 느껴지더군요."

하지만 웹스터는 자신의 반응에 굉장히 놀랐다고 말한다. "치료 를 시작하면서 그 모든 게 상당히 재미있다는 것을 알게 되었죠. 때로 는 불편하고 고통스럽지만 정말 재미있었어요. 내 몸이 어떻게 작동 하고 어떻게 작동하지 않는지에 대해서도 굉장히 많이 알게 되었고 그 지독한 화학 요법이 몸에 미치는 영향에 대해서도 알게 되었어요. 머리카락이 빠지고 가슴도 한쪽 잃었지만 생명은 부지했지요."

"전체 치료 과정으로 정신이 분산되었던 것 같아요. 마지막 결과 가 죽음일 수도 있다 하더라도 난 전혀 두렵지 않았어요. 언젠가 전혀 두려움을 느끼지 않고 있다는 것을 깨달았어요. 적어도 죽음에 대해 서는요. 다만 치료에 동반되는 고통이 두려웠을 뿐이었죠. 인생에 대 해서 또 내 삶에 대해서 느끼고 있었던 바를 곰곰이 생각해 볼 수 있 었지요."

처음 암 진단을 받았다는 소식이 친구들에게 전해졌을 때 그녀는 그들의 애정과 회복을 기원해 주는 것에 압도되었다. "그 모든 긍정적인 관심에 현기증이 날 정도였어요. 갑자기 느끼게 된 다른 사람들과의 강력한 관계에서 무엇보다 삶에서 배워야 할 교훈이 한 가지 있다는 확신을 가지게 되었죠. 그것은 사랑이었어요. 사랑을 받는 법과 주는 법. 저는 영적인 사람이에요. 종교적인 것과 혼돈하지는 마세요." 웹스터는 이렇게 덧붙였다. "하지만 사후에 어떤 일이 벌어질지에 대해서는 전혀 아는 바가 없어요. 최후의 순간이 왔을 때 누구나 믿고 있는 것이 정말 중요하다고 생각하지도 않아요. 있는 그대로일 뿐이죠." 그녀는 담담하게 말한다.

"그 시기에 나는 가족과 친구들로부터 너무나 애정 어린 도움을 받았어요. 심지어 나를 잘 모르는 사람들도 있었죠. 나는 무슨 일이 일어날지에 대해서는 별로 신경 쓰지 않았어요. 죽음으로 인해 생길 일과 그렇지 않은 일이 무엇인지. 다만 어떤 일이 생기든 직면할 준비가 되었다고 느꼈지요. 살아서 너무나 많은 축복을 받았으니까요."

또다시 암이라는 진단을 받은 지금 그녀는 전에 느꼈던 평온과 고요를 다시 한 번 얻고 싶다며 말을 맺는다. "하지만 실제로 일이 닥치기 전에는 모를 것 같아요. 우리 부모님이 인생의 종말에 대처하는 아주 멋진 역할 모델이셨죠. 저도 그분들의 뒤를 따를 수 있기를 바랄 뿐이에요."

나는 웹스터에게 그렇게 많은 친구들이 그녀를 지탱해 주는 것은 축복이라고 말해 주었다. 그러면서 만약 그녀가 혼자서 죽음을 맞는다면 어떨지 물었다. 그래도 똑같은 평온을 경험하고 두려움을 느끼지 않을 수 있을까?

"잘 모르겠어요." 웹스터는 솔직히 대답했다. "하지만 이것만은 분명히 알아요. 당신을 사랑해 주는 사람이 아무도 없다면 사랑했던 사람에게 주었을 것들을 자신에게 주고 자신을 사랑하고 자신을 사랑하는 사람처럼 대하는 데 아무 문제가 없겠죠. 사랑이 삶의 중요한 교훈이라면 우리 각자는 무한한 다양성 안에서 그것을 경험할 수 있어요. 그 사랑을 우리 자신에게 주는 것도 가능하죠."

웹스터는 마지막 한 가지 생각을 말해 주었다. "비관적인 예후가 내려진 사람들, 예상했던 것보다 훨씬 일찍 삶의 종말을 맞게 될 거라는 얘기를 들은 사람은 거의 누구나 그 경험으로 인해 변화할 것이라고 확신합니다."

"난 하루하루를 가능한 한 충실하게 살려고 결심했어요. 그리고 삶의 그 무엇도 지나치게 심각하게 받아들이지 않기로 했어요. 이제 지루한 일을 하는 데는 인내심이 줄어든 것 같아요. 또는 특별히 좋아하지 않는 사람들과 시간을 보내는 것도 참기 어려워요. 시간은 정말 이상한 거예요. 재미있게 지내든 아니든 쏜살같이 지나가거든요."

"물론 저는 재미있게 지내는 쪽을 택했지요!'

하지만 우리들 대부분에게 즐겁게 산다는 것은 자연스러운 삶의 결말, 다시 말해 죽음을 부정하는 것을 의미한다. 국립호스피스재단의 후원으로 2000년 5월에 실시한 조사에서 죽음은 아직도 쉽게 입 밖에 내지 않는 말이라는 사실이 확인되었다.

이 조사에서 인터뷰에 응했던 40세 이상의 미국 성인 1,250명 가운데 4분의 1이상이 죽음을 눈앞에 둔 부모님과 죽음에 관한 이야기를 나누지 않을 것이라고 했다. 그 결과 죽어가는 사람들의 욕구와 뒤에 남은 사람들의 욕구가 충족되지 않는 일이 종종 생긴다.

재단 이사장 캐런 데이비는, 이런 문제는 향후 30년 동안 사람들의 인식의 변화가 없는 한 계속 증가할 수밖에 없다고 말한다. 그러는 사이 미국의 노년층은 거의 4,000만 명에서 8,000만 명으로 두 배가 늘어날 것이다.

미국인의 25퍼센트 미만이 사망 후 처리 방법을 글로 남겼으며, 자신의 소망에 관해 누군가에게 이야기했던 적이 있는 사람은 36퍼센트밖에 되지 않는 것으로 국립호스피스재단의 연구를 통해 밝혀졌다. 약 절반가량이 인생의 마지막에 관한 결정을 내릴 때 친구와 가족에게 의존할 것이라고 말했지만 자기가 원하는 것에 대해서는 누군가에게 말했던 적이 없는 사람이 많았다.

또 다른 결과. 자녀들과 안전한 섹스에 관해 의논하지 않을 것이라고 응답한 사람들이 응답자의 18퍼센트인 반면, 자녀와 부모가 직면한 죽음을 화제로 삼지 않을 것 같다고 대답한 사람들은 28퍼센트에 달했다.

"우리 역사는 오랫동안 그 주제를 회피해 왔습니다."라고 『죽음: 일생의 여행(Death: The Trip of a Lifetime)』의 저자이며 같은 제목의 PBS 방송 연재물의 프로듀서인 그렉 팔머(Greg Palmer)는 말한다.

2000년 2월 20일 45세의 칼리 에임스(Carly Ames)는 15년을 함께 살았던 남편과 작별 키스를 했다. 남편은 테네시 주의 집을 떠나 트레일러트럭을 몰고 텍사스 주로 가는 길이었다. 5월 1일 그녀는 경찰로부터 전화를 한 통 받았다. 회사에 남편이 타고 갔던 트레일러트럭이 실종되었다는 보고가 들어왔다는 것이다. 이틀 후 그녀는 또 한 통의 전화를 받았는데 남편이 텍사스의 한 고속도로에 정차해 있던 트럭 속에서 발견되었다는 것을 알리는 전화였다. 남편은 마흔여덟이 채 안 된 나이에 심방마비로 사망했다.

그로부터 3주 후 에임스는 내게 이렇게 말했다. "제가 너무 일찍 혼자가 됐기 때문에 혼자 사는 것이 얼마나 멋진 일인지 말해 드릴 수가 없네요. 악몽에서 깨어나지 못하고 시달리고 있어요." 가슴이 찢어지는 듯한 상실감을 겪은 후 E-메일로 주고받았던 일련의 대화 중 첫 번째 메일에 그녀는 이렇게 썼다. "누구든, 아니 무엇이든 저의 고통에 관해 얘기할 수 있는 대상을 찾아 인터넷을 돌아다니기 시작했어요. 고통을 견딜 수가 없었죠. 아무 데고 구석에 웅크리고 앉아서 죽기만을 기다리고 싶었어요. 하지만 그 일에 관해 글을 쓰는 게 도움이 되었고 그래서 이렇게 글을 쓰고 있습니다."

나도 물론 그녀의 고통을 덜어 주기 위해 해 줄 수 있는 말이 전혀 없었다. 그러나 상당히 어렵겠지만 자신의 슬픔을 받아들이는 면에서는 제대로 하고 있는 것 같다고 답장을 썼다. 나는 우리 아버지도 내가 어릴 때 갑자기 돌아가셨다. 그래서 그녀가 겪어야 하는 것에 대해 특별히 공감을 느낀다는 말을 해 주었다. 나와 누이, 그리고 세 명의 형들에게는 우리 자신의 상실감을 표현하게끔 도와준 사람이 아무도 없었으며 그 억압된 슬픔을 끄집어내기까지 나는 평생이 걸렸다는 사실, 그리고 마침내 내 자신에게 슬퍼할 수 있도록 허용하면서 슬픔을 인정하는 것이 얼마나 중요한지 이해하게 되었다고 말했다. 그리고 그것을 통해 마침내 어렸을 때 찾았어야 했을 심리적 확실감을 찾게 되었다는 사실도 이야기해 주었다.

그녀는 이렇게 답장을 보냈다. "엄청난 죽음을 경험하는 사람이 저뿐만이 아니라는 것을 알아요. 하지만 지금 당장은 너무나 기만당한 기분이에요. 적어도 남편이 긴 트레일러트럭―그의 제2의 집이었죠―에 누워서 여느 때처럼 잠을 자고 있었다는 사실을 알게 되어 약간 위안이 되긴 해요. 얼마 전에 남편에게 담배를 피운다고 난리를 떨었던 적이 있어요. 만약 폐암에 걸려 2년 전에 돌아가신 아버지처럼 끔찍하게 죽는다면 총으로 쏴 버리겠다고 했죠."

"그는 저를 보고 웃으며 이렇게 말하더군요. '나는 폐암으로 죽지 않아. 우리 아버지가 돌아가셨던 것처럼 눈을 감고 잠자듯이 죽을 거야.' 물론 그의 아버지는 일흔 살이었고 남편은 마흔여덟이었어요. 그가 자신의 죽음을 알고 있었다고 생각하진 않아요."

에임스는 "내 인생으로 들어와서 영원히 내 삶을 바꾸어 버린 마음씨 고운 커다란 곰 같은 남자"에 관한 이야기를 계속했다. 서른 살에 네 살 난 딸을 데리고 이혼한 그녀는 결코 재혼하지 않겠다고 맹세했다.

"그는 저를 한 번 보고 나서 내가 누구에게 마음 주기를 얼마나 두려워하는지 알아챘어요. 그리고 '날 믿어요. 괜찮아요. 날 믿으라니까.' 하더군요. 정말 그랬어요. 그는 늘 만나는 사람들에게 아내와 자식을 한꺼번에 얻었다고 말했죠. 이제 열아홉 살이 된 제 어린 딸에게도 진짜 아빠 노릇을 해 주었어요. 며칠 전 친정 어머니가 딸에게 '진짜 아빠'를 잊지 말라고 하자 딸아이는 '저한테는 낳아 준 아빠는

있어도 진짜 아빠는 돌아가셨잖아요.' 라고 하더군요. 이제 이렇게 우
리 셋만 남았어요. 가슴을 갈기갈기 찢어 놓고 간 그 사람 때문에 깊
이 파인 상처만 남은 저와 친정 어머니 그리고 제 딸."

　심리치료사와 대화를 나누는 것 외에 그녀는 "나와 같은 고통을
겪고 있는 사람들의 단체"에서 위안을 얻는다. "얘기하고 싶으면 얘
기하고 울고 싶으면 울어요. '아, 미안해요. 기분을 상하게 하려고 그
랬던 건 아니에요.' '울지 말아요. 얼굴이 엉망이 되잖아요.' 라고 하
는 사람이 아무도 없어요. 제가 한 가지 알아낸 사실은 직장 동료들은
우리가 슬픔을 표현하는 것을 불편해 한다는 거예요. 그들은 우리를
자기들의 시간 개념으로 생각하려고 해요. 시간이 많이 흘렀기 때문
에 자신들이 겪었던 죽음에 대해서는 생각하지 않아요. 그러니 우리
도 그런 생각을 하지 말아야 한다고 생각하는 거죠. 전 그게 너무 싫
어요."

　"이번 일로, 아니 이제 그 일이라고 해야죠. 저는 소중한 교훈을
얻었어요. 누군가를 잃은 가까운 친구나 친척을 만나면 내가 할 수 있
는 가장 좋은 일은 두 팔로 그들을 안아 주며 '정말 애석한 일이야.'
라고만 말해요. 그게 다죠. 그거면 충분해요. '하느님 어쩌구' 하는
말들은 진실일진 몰라도 처음 몇 주 동안은 해 줄 말이 아니죠."

　" '어쨌든 15년은 함께 살았잖아요.' 라는 말도 싫어요. 그래서 어
쨌다는 거죠. 저는 그와 15년은 더 살고 싶었어요. 그를 포기할 준비
가 되어 있지 않았다니까요!'

　" '자기 때문에 당신이 비통해 하는 것을 그는 원치 않을 거예요.'
라는 말도 듣고 싶지 않은 말이죠. 말도 안 되는 개소리예요."

　나는 에임스에게 보낸 답장에 이 끔찍한 시기를 어떻게 헤쳐 나가야 한다고 생각하는지 물었다. "당신은 강한 사람 같아요. 생존 본능에 대해 들을 만한 자격이 있는 사람이에요. 아직 당신의 고통과 싸우고 있고 아직도 뭔가 해답을 찾으려고 애쓰고 있어요. 당신 자신이 이 상황을 견뎌 내고 살아남기 위해 해야 할 일이 뭐라고 생각하세요?"

　한 마디 답장도 없이 일주일이 흘렀다. 그러다 6월 16일 그녀가 남편의 죽음에 대해 알게 된 지 한 달 하고 하루가 지난 후 마지막으로 메일을 보냈다. "제가 곧바로 회신을 보내지 않은 이유를 눈치 채셨을 거라고 생각합니다. 당신이 제게 대답을 요구했던 질문은 어려운 것들이었어요. 살아남고 적응하기 위해 무엇을 해야 하냐고요? 대부분의 날들을 전 아무 것도 하지 않아요. 아뇨, 그건 사실이 아니에요. 하느님의 자비 덕분에 대부분은 침대에서 일어나서 정시에 출근하고 있어요. 밤이면 두 시간씩 마루를 걸어 다니며 잠이 오게 해 달라고 간청을 하긴 하지만요."라고 그녀는 털어놓았다.

　"하지만 제가 살아남은 사람이라는 당신의 말이 옳아요. 저의 첫 번째 결혼은 성공적이 아니었어요. 매일 아침 일어나서 이렇게 혼잣말을 하면서 견뎌 냈어요. '이 상황에 절대 지지 않을 거야!' 그리고 '난 철저히 마음을 닫았어. 지금 당장은 이 상황을 해결하지 않을 거야. 그저 맥없이 늘어져 있을 거야.' 라며 구석에 웅크리고 앉아 있는 게 편한 지금도 그때처럼 버티고 있어요."

　"그런데 나를 떠났다고 생각했던 강한 내면의 자아가 올라와서 이렇게 말하는 거예요. '그래 너는 오늘 출근을 할 거야. 머리를 꼿꼿이 들고 문을 통과해서 동정심으로 가득한 눈길과 속삭이는 소리들을 지나 네 책상으로 가서 일을 하는 거야.' 어쨌든 그렇게 할 힘을 찾았어요."

"아뇨, 저는 사람들과 얘기하지 않아요. 커피 주전자 앞에 모여서 웃고 농담하고 남편이 지난 주말에 했던 웃기는 일에 관한 얘기도 하지 않죠. 하지만 출근을 하고 생산적이 되려고 애쓰고 있어요. 그리고 그것이 지금 당장 내가 할 수 있는 전부예요."

"지금 당장은 진정한 친구들 하고만 있고 싶어요. 함께 있으면 안전하다는 것을 느낄 수 있는 사람들. 나를 걱정해 주고 내가 꾸는 악몽의 세세한 내용까지 모두 알아내서 사무실의 수다꾼들에게 달려가 그대로 반복하지 않을 사람들 말이에요. 믿기 어렵겠지만 망상증이 생겼거든요."

"이 일이 있고 난 후로 커피숍에도 두 번밖에 가지 않았어요. 예전에는 일주일에 한두 번은 갔었죠. 집안에 먹을 것이 하나도 없고 다른 물건들도 전부 떨어졌어요. 하지만 넓은 장소에 가는 것을 견딜 수가 없어요. 항상 나를 알거나 내 사연을 아는 사람들을 만나게 되거든요. 그리고 그들이 멀리서 나를 바라보고 있는 것을 보기도 해요. 그 사람들은 저에게 가까이 오지 않아요. 그냥 서서 쳐다보기만 하죠. 그런 것들을 지금 당장은 감당할 수가 없어요."

"이게 저의 생존 기술이에요. 추억을 떠올리며 혼자서 알찬 시간을 보내든가 아니면 친구 집에 가서 저녁을 먹거나 근처 호숫가를 산책하거나 제가 아는, 신뢰할 수 있는 사람과 전화를 하는 거요. 그래요. 외로운 존재 방식이죠. 하지만 그게 제가 매달려야 할 모든 것이에요. 아직도 자라는 딸이 있으니까 그 아이 생각을 해야죠."

“모두들 나아질 거라고, 시간이 상처를 치유해 줄 거라고 말해요. 글쎄요. 저도 그날을 기다리고 있어요. 근데 아직 때가 되지 않았고 오래 걸릴 것 같아요.”

“그동안 저는 하느님에 대한 신앙과 제가 가는 길목에 그 분이 놓아 준 훌륭한 가족과 친구들 속에서 위안을 찾을 거예요. 심하게 기분이 가라앉는 날엔 뭔가 그 분이 저를 지켜 주고 있다는 사실을 알게 해 주는 일이 일어나요. 저를 인도하기에 꼭 맞는 사람을 보내 주서서 가장 필요할 때 제 마음을 달래 주시죠.”

우리가 실제로 죽음에 대해 깊이 생각하는 경우는 흔치 않다. 그 피할 수 없는 상황을 무섭지만 피해 갈 수 있는 역병 정도로 여기거나 대면을 미룰 수 있다고 보는 경향이 있다. 예를 들어 잉그마르 베리만(Ingmar Bergman)의 고전 영화 「제7의 봉인(The Seventh Seal)」에 나오는 무자비한 저승사자처럼 죽음은 잠깐이지만 그의 음울한 사명에서 벗어나 있다. 기사는 자기를 데려가려고 온 저승사자에게 체스 게임을 제안하고 그들은 게임을 한다. 결국 기사가 패하고 그와 그의 종, 친구들이 죽는다. 하지만 죽음은 술수를 부려 마지막에 한 광대 가족의 목숨을 살려 준다.

우디 앨런의 1인극 「죽음의 노크(Death Knocks)」에서 저승사자가 냇 애커먼을 찾아오자 애커먼은 그를 설득하여 진 러미(카드 놀이의 일종 — 역주) 게임을 한다. 애커먼으로서는 다행히 죽음은 결국 28달러를 잃고 다음날 잃은 돈을 찾으러 다시 오겠다고 맹세하는 코믹한 얼간이로 판명된다.

애커먼은 "원하는 대로 하세요."라고 대답한다. "이기면 두 배 지면 몽땅 잃는 걸로 하죠. 나는 일주일 아니면 한 달을 얻을 수도 있어요. 당신이 게임하는 것을 보니 어쩌면 몇 년을 더 딸 수도 있겠네요." 죽음은 나가다 복도에 깔려 있던 카펫에 걸려 넘어지고 계단 아래로 엉덩방아를 찧으며 내려간다. 연극은 애커먼이 친구에게 전화를 해서 기쁜 소식을 알리는 장면으로 끝난다.

"이보게 모, 녀석이 어찌나 멍청하던지!"

아, 우디, 죽음이 정말 그렇기만 하다면.

죽음을 무한정 속여 먹을 수 있는 귀여운 멍청이로 치부한다면 마음은 편하겠지만 한 해 한 해 세월이 지나고 사랑하는 사람들이 하나둘 죽어가면서 죽음을 부정하기는 더욱 어려워진다. 그래서 나는 그 음울한 사자가 내 의식 속으로 노 저어 들어올 때마다 그를 내쫓는 일을 그만두었다.

그가 빨리 찾아오는 게 좋아서가 아니다. 나는 신체적으로는 올바른 영양 섭취와 운동을 통해 영원히 살려고 애쓰고 있다. 하지만 정신적, 감정적으로는 죽음을 준비한다. 연습을 많이 하면 할수록 때가 왔을 때 더 잘 맞을 수 있을 거라고 생각하기 때문이다.

내가 죽음이라는 주제를 더 이상 회피하지 않는 또 다른 이유는 그렇게 할 수 없기 때문이다. 홀로 사는 사람들은 죽음을 부정하기가 어렵다. 혼자서 충분히 시간을 보내 보라. 그러면 죽음에 직면하는 것도 부정에 맞서 싸우는 것만큼 피할 수 없는 일이 되어 버린다. 생각할 시간이 너무나 많고 숨을 곳이 아무 데도 없는 나는 죽음을 피하려는 노력을 중단했다.

더 나아가 마지막 순간이 가까이 다가오면서—죽음의 불가피성이 아니라 절박함에 대해 생각하고 그것을 기다리는 동안—그 일생일대의 사건을 어떻게 처리할 것인가가 나의 정서적 행복에 가장 중요한 일이 되었다.

무자비한 추수꾼이 드디어 조지 번스(George Burns)를 찾아왔을 때 미국이 사랑했던 이 연예인은 작별의 말을 준비해 두지 않았다. 하지만 그건 문제가 되지 않았다. 코미디계에서 가장 연장자였던 그는 마지막 커튼콜을 위한 준비로 죽음에 관한 한 줄짜리 말을 이미 충분히 쏟아 놓았던 터였다.

그의 오랜 친구 한 명이 조문객들에게 이렇게 말했다. "그는 종종 들어오는 곳과 나가는 곳을 안다고 말했습니다. 지난 주 토요일 그는 가야 할 때라는 것을 알고 있었죠."

죽음으로 가는 여행에 관한 농담을 하는 것은 죽음을 준비하는 방법으로 나쁘지 않다. 번스처럼 평생 웃으며 케이크도 먹고 담배도 피우면서 100살 하고도 49일을 사는 것 또한 나쁘지 않다.

"더 나아가 고독으로 들어가는 것, 사막의 밤으로 들어가는 것은 두려움과 정면으로 만나는 것이다. 그것은 자기가 두려워하는 것과 사랑을 나누는 일이기도 하다. 두려움을 몰아내 버리는 사랑으로 들어가는 것이다."라고 존 듄은 우리를 안심시킨다.

그렇다면 그 핏기 없는 공포의 제왕과 전쟁이 아닌 사랑을 나누라. 아랍의 옛 격언이 우리에게 일깨워 주듯이 그는 빠른 낙타를 타고 다니기 때문이다.

그가 옆으로 다가올 때까지 왜 그냥 무시하지 못할까? 두 가지 일리 있는 이유가 있다. 하나는 잘 죽는 것과 관련된 것이고 다른 하나는 잘 사는 것과 상관이 있다. 그리고 그 둘은 떼어 놓을 수 없이 연결되어 있다.

죽음을 똑바로 응시하는 것은 우리를 현재에 정정당당하게 몸담고 있게 한다. 우선 순위에 대해 의문을 가지게 하고 그렇지 않으면 연기했을지도 모를 일들을 억지로 하게 만든다. 그것은 또 '인생은 짧다!'라는 비관적인 구절을 우리 각자에게 남아 있는 시간 안에서 열정을 유지하고 최대한의 효과를 내라는 구호로 변화시킨다.

가만히 앉아서 존재하지 않음이 어떤 것인지 느끼며 골똘히 생각에 잠기라는 말이 아니다. 우선 그것은 상상이 불가능하다. 당신의 자아가 허용하지 않았을 것이다. "내가 없는 세상이라고? 생각조차 할 수 없는 일이지!" 그러다 보면 두통만 생길 뿐이다. 내 말을 믿으라. 하지만 자연스러움을 받아들이면 불가피성, 심지어 죽음의 절박함까지도 인생을 낭비하지 않게 해 준다. 그게 더 좋은 일 아닌가?

소걀 린포체 스님은 이렇게 말했다. "어쩌면 인생이 얼마나 깨지기 쉬운지 아는 사람만이 그것이 얼마나 소중한지도 알 수 있을지 모른다."

물론 이런 것들은 젊은이들에게 전혀 해당되는 문제가 아니다. 때가 되기도 전에 죽는 것처럼 비극은 없으며 자식을 먼저 보내는 것만큼 견딜 수 없는 슬픔은 없다. 앤디 루니가 언젠가 말했듯이 젊은이들에게 죽음은 먼 나라의 소문일 뿐이다. 그리고 가능한 한 오랫동안 그렇게 남아 있어야 한다. 성경이 우리에게 말해 주듯이 모든 것은 자신의 삶 속에 있다.

그때가 오기 전에 젊은이들은 그들의 관심과 열정, 에너지와 희망을 죽음에 대해 생각하는 대신 살아가는 것에 쏟아야 한다.

하지만 몇 년 전 어느 여름날 아침에 한 젊은 여성의 치명적인 사고에 대한 신문기사를 읽고 내가 그런 운명이었다면 때가 오기 전에 죽는 것이 어떤 느낌일까라고 생각해 보게 되었다. 내가 만약 젊어서 죽는다면 나는 그녀의 죽음 같은 것을 선택하겠다고 마음먹었다.

기사의 내용은 이랬다. 스물두 살의 그 젊은 여성은 총명하며 재능 있고 아름다웠다. 그녀의 미래는 밝은 색으로 짠 카펫처럼 펼쳐져 있었다. 그녀는 동부의 한 일류 대학을 막 졸업했으며 뉴욕의 한 텔레비전 방송국 홍보 직원으로 채용된 상태였다. 그리고 그 다음날 촉망받는 직장과 흥미진진한 남은 삶을 시작하기 전에 유럽으로 4주 동안 휴가를 떠날 예정이었다.

그 황금 빛 여름 날, 그 젊은 여성은 아침 조깅을 막 끝낸 참이었다. 마지막 반 마일을 질주하고 나서 숨을 고르려고 중간에 멈추었다. 허리를 굽혀 손을 무릎에 대고 눈은 바닥을 보고 있었다. 그리고 생각은 저 멀리 딴 세상에 가 있었다. 바르셀로나 아니면 토스카나, 로마였을 것이다. 앞으로 보게 될 황홀한 광경들과 멋진 인생을 생각하며 기뻐하고 있던 그때 기차가 그녀를 들이받았다.

자신의 머릿속에 남아 있던 황홀한 장면들 이외에는 아무런 의식이나 생각도 없이 모든 것을 망각한 채로 그녀는 자기가 살던 오리건 주의 한 작은 도시의 중심을 통과하던 철로 위에서 달리기를 마쳤다. 한순간 찬란한 젊음에 대한 기대감으로 충만한 가운데 아드레날린과

엔도르핀이 그녀의 몸 전체를 통해 흘러나오고 머릿속에서는 달콤한 사탕 같은 비전들이 춤추고 있었다. 그리고 그 다음 순간 그 모든 것이 사라졌다. 순간적이며 돌이킬 수 없는 완전한 전환이었다.

하지만 지금 나는 늙었고, 어떻게 가야 할지 결정했다. 누구나 혼자서 죽는다는 사실을 알고 있음에도 불구하고, 사랑하는 사람들을 얼마나 많이 우리 주위에 끌어 모을 수 있는가에 상관없이, 때가 되면 나는 막스 브라더스(Marx Brothers)의 고전 코미디 「오페라에서의 하룻밤(A Night at the Opera)」에 나오는 기막힌 선실 장면의 일부가 되고 싶다.

그 장면은 영화와 완전히 똑같이 펼쳐진다. 아메리쿠스 호를 탄 그루초의 소형 선실에 승무원이 납작한 트렁크를 집어넣으려고 애를 쓴다. 그 트렁크에 세 명의 밀항자가 들어 있다. 치코, 하포 그리고 친구인 바리톤 가수 앨런 존스. 그리고는 객실 담당 여직원 두 명, 그 뒤를 이어 엄청나게 큰 멍키스패너를 든 몸집이 작은 엔지니어 한 명, 손톱관리사─손톱관리사는 그루초에게 손톱을 기를 것인지 짧게 자를 것인지 묻는다. 그루초는 "짧게 하는 게 좋을 거요. 지금 이 방이 너무 붐비거든."이라고 대답한다─그뒤로 소형 멍키스패너를 든 몸집이 우람한 엔지니어의 조수, 잃어버린 미니 아주머니를 찾고 있는 젊은 여자, 걸레와 양동이를 든 억센 하녀, 그리고 마지막으로 내용물이 의심스러운 아침식사 쟁반을 든 세 명의 남자 승무원들이 균형을 잡으며 콧구멍만한 방으로 꾸역꾸역 들어온다.

불굴의 클레이풀 부인이 결국 선실 문에 노크를 하고 그루초가 문을 열자 영화에서와 똑같이 사람들의 팔, 다리들이 쏟아져 나와 그녀를 덮친다. 하지만 그 전에 죽음이—잠자리 날개 같은 흰옷을 입은 제시카 랭(1979년에 제작된 「올 댓 재즈(All that Jazz)」에서 그녀는 음울하지 않은 매력적인 저승사자로 나왔다.)이면 더 좋다—몰래 들어와서 그루초의 농담과 하포의 흥겨운 아코디언 연주, 뒤엉킨 몸뚱이들 속에서 행복하게 모든 걸 잊고 있는 나를 발견할 것이다.

그 다음에는 어떤 일이 벌어질까? 글쎄 그 문제에 대해서는 아직도 연구중이다. 먼저 하느님을 친절하고 사랑이 많은 아버지상으로 그리기 시작했다. 지금 나는 하느님이 사실은 1977년의 영화 「오 하느님(Oh, God)!」에 출연했던 조지 번스와 훨씬 닮았을 거라고 믿는다. 체크무늬 셔츠에 옅은 갈색 바지, 야구 모자, 편안한 운동화 차림에 굵은 뿔테 안경을 낀 어리벙벙한 눈으로 세상을 바라보는 그런 하느님 말이다.

아시다시피 오랫동안 나는 수세기에 걸쳐 예술가들이 표현했던 식으로 하느님을 생각했다. 헝클어진 백발에 허연 턱수염. 화난 것처럼 보이는 엄격하고 무자비한 하느님. 험악하고 복수심에 불타는 그의 표정은 그의 뜻을 거스르는 행동을 할 때마다 영원히 죽지 않을 내 영혼이 꺼지지 않는 지옥 불 위에 매달려 있을 것이라는 준엄한 사실을 일깨워 준다.

지금은 하느님이 지옥에 보내는 사람은 거의 없을 거라고 생각한다. 예전의 가톨릭 신자들에게는 지옥에 갈 일 천지였다. 일요일에 주일 미사를 빼먹거나 금요일에 고기를 먹는 것, 인간적인 죄를 지은 상태에서 영성체를 모시는 것, 자위 행위 등. 그런 것들은 모두 불멸의 영혼을 위험에 빠뜨릴 행위였다. 사실은 그렇지 않다 해도 우리가 죽을 죄라는 생각이 드는 행동을 하는 것만으로도 지옥에 떨어질 수 있었다.

어릴 때 나를 꼼짝 못하게 했던 교리 문답에는 죽을 죄—백합처럼 흰 하트 모양의 테두리 안에 검은 반점들을 그려 놓은—를 지어 지옥에 떨어질 기로에 서 있는 영혼들을 보여 주는 내용이 들어 있었다. 위협적이진 않지만 연옥 불 속에서 죄를 씻어야 할 기간을 늘려 주는 경미한 죄들은 작은 점으로 표시되어 있었다. 눈에 거슬리는 결점이 없는 하트는 고해 성사를 통해 죄 사함을 받아 깨끗해진 죄인들을 상징했다. 천당이 아니면 적어도 연옥으로 들어갈 영혼들이었다.

가톨릭 신자로 지옥과 유황불 속에서 보낸 나의 유년 시절에 그랬던 것처럼 하느님을 크게 두려워한 나머지 나는 그보다 훨씬 덜 위협적인 존재에게 기도를 하게 되었다. 마리아라는 분이다. 온화하고 동정심이 많은, 부드럽고 사랑이 가득한, 하늘에 계신 아버지보다 훨씬 다가가기 쉬운 예수의 어머니. 따라서 모든 기도는 인자한 마리아에게 바쳤다. "하늘에 계신 우리 어머니……."

하지만 천당을 마주해야 할 시간이 가까워 오자 하느님과 직접 대화를 해야 할 것 같은 생각이 들었다. 그래서 예전에는 두려워 떨었던 창조주에게 인자하고 온화하며 심지어 코믹스럽기까지 한 모습을 입히기 시작했다. 자위 행위를 했다는 이유로 사람들을 지옥에 던져 버리자는 제안에 하늘이 떠나갈 듯 웃어 제칠 수 있는 그런 존재. 이것은 하느님을 다가가기 쉬운 존재로 만드는 내 나름의 방식이다.

우리 모두는 각자의 마음속에 초월적 존재에 대한 자기만의 특별한 인상을 가지고 있다. 하느님을 경험하거나 인식하는 방법에 대한 어떤 규칙이나 제한이 없기 때문이다. 우리는 각자 다른 방식으로 다른 것들을 통해 하느님을 본다. 흘러가는 구름, 바다에서 바라보는 석양, 아이들의 순순함 등. 그리고 나는 우리 각자가 모두 옳다는 결론을 내렸다. 다른 사람보다 나은 사람은 아무도 없다. 중요한 것은 우리가 어떤 대가를 치르더라도 가능한 한 자주 하느님을 경험하고 싶어 하는 것일 뿐이다.

그것이 바로 내 하늘나라에 있는 하느님이 조지 번스를 닮은 괴짜 영감님이며 그런 사실을 전혀 개의치 않는 하느님인 이유다.

때때로 우리는 무언가 값진 것을 얻기 위해 소중한 것을 잃어야 한다. 린다 조셉슨(Linda Josephson)은 살아야겠다는─진짜 문자 그대로의 의미로─사실을 깨닫기 위해 죽음 직전까지 가야 했다.

"우리 존재 안에 있는 모든 선하고 긍정적인 것들에 마음을 열지 않음으로써 우리 자신을 너무나 제한하고 너무나 많은 것을 잃고 있어요." 53세의 아내이자 어머니이며 사업가인 린다의 말이다. 10년 전 림프종 4기라는 진단을 받고 모든 것이 변해 버렸을 때 그녀는 마흔넷을 갓 넘긴 나이였다.

"우리 가족의 병력에 암은 없었어요."라고 그녀는 말했다. "저는 항상 건강하고 활동적이며 완전 무결하게 살았죠. 하지만 신장염과 허리 이상─추나 요법이나 침대에 누워 쉬는 것으로는 전혀 차도가 없었던─이라는 진단을 받았어요. 그 후 5개월간 치료를 받았지만 통증이 사라지질 않자 남편에게 통증이 너무 심해서 살고 싶은 의지가 없어졌다고 했어요. 제가 얼마나 삶을 사랑하는지, 또 내가 살아야 할 모든 이유들을 아는 남편은 1990년 3월 8일에 저를 종합병원으로 데려가더군요.”

종합병원에서 광범위한 검사와 생체 검사를 한 결과 악성 종양이라는 결과가 나왔다. 공격적인 악성 세포 덩어리가 그녀의 분비 기관과 뼈 골수, 그리고 체액에까지 침범해서 척추까지 밀고 들어가는 중이며 이미 척추의 세 마디를 잠식했고 곧 뇌에까지 들어갈 것이라고 했다. 게다가 신경이 손상되어 심각한 빈혈 증세로 발전했고 몸무게와 체격이 급격히 줄어들고 있었다.

첫 번째 운명의 날 그녀의 병상 옆에 서 있던 외과의사 팀을 올려다보면서 조셉슨은 세 가지 결심을 했다. 죽음이 가까이 온 것을 느꼈지만 그녀를 낫게 해 주려고 헌신하는 의사들을 믿고 모든 치료 방법을 선택하는 열린 자세를 가지겠다는 것. 그리고 그동안 생기는 용기와 힘을 남김없이 모두 흡수하겠다는 것. 온 몸과 마음을 다해서 살기 위해 싸우겠다는 것이었다.

“한 순간도 놓치지 않고 희미하게나마 긍정적인 것이면 무엇이든 매달릴 정도로 약해졌지요. 내 몸과 생명은 통제 불능이었어요. 내가 할 수 있는 것이라고는 힘과 자비를 달라고 기도하는 게 고작이었죠. 지극히 속수무책인 그 순간에 느꼈던 깊은 욕구를 결코 잊고 싶지 않아요. 다시 건강을 조절하는 힘을 얻기 위해 주어졌던 조건 없는 무제한적 도움도 결코 잊지 않을 거예요. 암으로 인해 얻게 된 인식의 수준, 그리고 인생이 무엇인가에 관한 명백한 시각도요.”

“침대에 누워서 다른 사람들의 간호를 받는 동안 밀려오는 사랑과 감사를 주체하기 어려웠어요. 죽음에 관해 성찰을 하는 동안 마음속에 가장 먼저 떠오르는 것이 용서였어요. 어둠을 떨쳐 내고 빛을 향해 가기 시작했지요. 이상하게 확신이 생겼어요. 조용히 장례식을 계획했죠. 그리고 나서 살아야겠다는 계획을 세웠답니다.”

그녀는 젖 먹던 힘까지 다해서 용기와 결의를 끌어 모아야 했다고 한다. 그리고 끊임없는 검사와 X-레이, 투약과 수혈, CT 촬영과 MRI 그리고 마지막으로 공격적인 화학 요법에 이어 두 번의 수술로 고통스러운 몇 달을 보냈다.

초기 치료가 있기 전 그녀에게 ‘적우(赤雨)’ 라고 하는 환시가 보였다.

“그때까지 저에게 위안을 주는 것은 희망과 장래에 대한 전망이었어요.”

암을 발견했을 때 조셉슨에게 주어진 집중적인 치료 없이 살 수 있는 시간은 짧았다. 그녀는 질병과 싸우는 데 도움이 되는 시각화 방법(visualization method)을 사용하기 시작했다고 털어놓았다. 곧 치유력을 지닌 환시가 따라왔다.

“병원 침대에 누워서 눈을 감으면 눈앞에 생생한 그림이 나타났어요. 눈을 떠도 그 그림이 여전히 선명하고 확실하게 남아 있었죠. 하얀 뭉게구름이 정처 없이 떠가는 아름다운 파란 하늘이었어요. 그런데 곧 구름들이 캄캄해지면서 자리를 차지하기 위해 성난 모습으로 싸우는 거예요. 순식간에 하늘 전체가 검게 요동치면서 폭우가 쏟아져요. 강한 비는 서서히 진홍빛을 띠고 얼마 있으면 적우가 그치고 수정 같은 눈이 흩날려요. 하늘은 다시 맑게 개고 장미 빛으로 빛나는 따스한 햇살이 모습을 드러내죠. 그것은 마치 내 존재 전부를 사로잡고 있는 차마 지지 못하는 석양과 같아요."

사납고 검게 변한 흰 구름은 암의 공격을 받은 면역세포를 상징한다고 조셉슨은 설명한다. 진홍색 비는 화학 요법으로 힘이 생긴 암을 몰아내고 생명을 주는 적혈구를 상징하고 다시 모습을 드러낸 해와 맑은 하늘은 에너지와 건강을 회복한 암이 없는 세포를 상징한다.

하지만 다른 비유도 생각난다고 그녀는 말한다. "검은 구름은 치료의 필요성을 의미할 수도 있어요. 적우는 예수님의 피와 우리 삶 안에서 영적인 정화와 용서의 막대한 중요성을 상징할 수도 있고요. 수정 같은 흰 눈은 용서 뒤에 따라오는 순수성과 진실을 나타내고 해와 따뜻한 온기는 대가 없이 흘러나오는 축복과 사랑을 구현한 것이라고 볼 수도 있죠."

"저는 되찾은 건강이 신체뿐 아니라 마음과 정신, 영혼을 회복했다는 의미이기도 하다고 굳게 믿어요."

거의 10년 가까이 호전기에 있는 그녀는 현대 의학과 집중적인 기도, 정화 작용을 했던 굳건한 신앙과 먹구름을 수정 같은 눈송이로 변화시킨 적우에 대한 환시 덕분에 병이 나았다고 생각한다.

하지만 조셉슨은 역경을 통해 훨씬 더 많은 것을 배웠다. 얼마나 길진 몰라도 살아 있는 날까지 지속될 교훈이라고 그녀는 말한다. 그 교훈 중 하나는 그녀에게 경각심을 일깨워 주었던 선명한 시각과 인식의 수준을 결코 잃지 않는 것이다. 그녀는 "내게 닥친 두려운 상황을 바꿀 수는 없었어요. 하지만 그 상황에 대한 태도는 바꿀 수 있죠. 저는 두려움이 사람을 얼어붙게 하기보다는 진실한 신앙으로 이끄는 통로 역할을 한다는 사실을 깨달았어요."라고 결론을 내린다.

“죽음을 마주하면서 깊이 반성하는 가운데 우리 삶에서 중요한 것은 사랑과 용서뿐이라는 생각이 끊임없이 밀려오는 거예요. 사랑과 용서는 측은지심과 동급이죠. 측은지심이 우리의 말과 행동을 인도한다면 우리는 항상 빛을 향해 나갈 거예요. 우리 존재 안에서 모든 선하고 영예로운 것을 향해 가는 방향이죠.” 하지만 암은 호전기나 치료로 끝나지 않는다.

“부작용과 해결해야 할 사안들이 남아 있어요. 그 병에 대한 절망감이 여전히 남아 있고 전반적인 건강을 유지하기 위해 해결해야 할 감정적 인식이 남아 있어요. 정신적, 감정적 치료가 육체적 치료보다 더 오래 걸리고 그 과정에서는 그 정도의 도움을 받지 못할 수도 있지요.”

“결국은 우리가 암을 통해 겪었던 경험에서 얻은 축복과 함께 찾아온 단순한 진실을 나눠야겠다는 느낌이 들어요. 이런 진실들 가운데 가장 마음에 새길 만한 것은 두려움이 반드시 우리를 꼼짝 못하게 하지는 않는다는 거죠. 그 두려움을 받아들여서 지나가게 하고, 다른 그 누구도 해 줄 수 없는 일을 스스로 할 용기를 끌어 모은다면 그것은 무한한 신앙과 희망, 용서와 거침없는 사랑에 의해 움직이는 미래로 가는 통로 역할을 할 수 있다는 겁니다.”

“호전기와 함께 우리에게는 더 많은 시간과 또 한 번의 기회가 주어지죠. 달라진 시각으로 ‘슈퍼 우먼’이 아닌 ‘진정한’ 내가 되는 법을 배우고 있어요. 한 인간으로 발달하는 과정 어딘가에서 저의 진정한 자아는 종종 부인되거나 억눌리고 이상화된 거짓 자아를 만들어냈죠. 암은 제가 숨 막히고 질식할 것 같은 거짓된 삶을 살고 있다는 사실을 깨닫게 해 주었어요. 인정받기를 원하는 자아를 유지하는 대신 정직한 성장을 위해 에너지를 사용하기 시작했죠. 저는 지금 진정한 내 자신과 내가 되고자 노력했던 자신 사이에서 서성이던 나를 비난하던 내 자신을 해방시키는 과정에 있어요. 비난 그 자체가 암의 한 형태이기도 해요."

암 진단을 받은 지 10년 후에 림프종이 치유되었다는 선고를 받은 그녀는 가족과 친구들 사이에서 진정한 역경을 이겨낸 사람으로 여겨진다고 말한다. 그리고 건강을 되찾은 다음 온전한 상태에서 다른 사람들이 외로움과 나약함, 자비와 힘의 진정한 본성을 이해할 수 있게 도와주는 것이 그녀가 해야 할 중요한 일이다.

"제가 했던 생존을 위한 기도는 알 수 없는 것에 직면할 수 있는 용기와 자비를 구하는 것이었고 저는 그것을 받았습니다." 이것이 암 투병을 통해 그녀가 받은 가장 큰 선물이었다고 그녀는 말한다. 오래도록 간직할 역설의 형태를 띤 생명을 확인하는 깨달음이었다. "죽음과 마주해야 하는 날들 속에서 철저한 고독에 이르면 결국 우리는 혼자가 아니라는 사실을 발견하게 되죠."

우리는 모두 신앙과 용기, 삶의 마지막 순간까지 지니고 가야 하는 희망을 우리 안에서 찾아야 한다. 자신에게로 눈을 돌리면 우리의 가장 큰 두려움, 다시 말해 각자 혼자서 죽어야 한다는 사실을 수긍하게 된다.

언젠가 존경받는 의사에게 죽어가는 환자들에게 무슨 말을 해 주느냐고 물었다.

"그들이 듣고 싶어 하는 말을 해 줍니다."라고 의사가 대답했다.

"종교가 있는 사람이라면 천국에 갈 것이라고 말해 주고 그렇지 않은 사람에게는 훌륭하게 살았으며 그것이 가장 중요하다고 말해 주죠. 무엇이든 그들이 듣고 싶어 하는 말을 해 줍니다."

나는 그의 대답에 실망했던 기억이 난다. 냉정하고 약은 사람이라고 생각했다. 하지만 지금은 그가 측은지심이 있는 지혜로운 사람이라는 사실을 알게 되었다.

우리는 그 누구의 것도 아닌 자신의 진실을 믿어야 하기 때문이다. 특히 죽어갈 때는 자기 마음속에 있는 것이 옳다는 사실을 알 필요가 있다.

우리가 절실하게 듣고 싶어 하는 말을 해 줄 사람이 없다면 자신이 그 말을 해 주어야 한다.

자신을 찾아가는 길고 용기 있는 여정

넓디넓은 바다 위에서 나 홀로.

─새뮤얼 테일러 콜리지

1991년이 저물어 갈 무렵 폴 서루(Paul Theroux: 세계적 기행 작가─역주)의 에이전트가 그에게 프랑스인 중에 가장 만나고 싶은 인물이 누구냐고 물었다. 그는 "다보빌"이라고 대답했다.

서루는 제라르 다보빌(Gerard d'Aboville)의 아내 코넬리아를 소개받은 직후 "그는 나의 영웅입니다."라고 말했다. 그러자 그의 아내도 망설임 없이 "저의 영웅이기도 해요."라고 대답했다.

나 자신을 포함해서 전세계 수백만 명의 입에서 "저의 영웅이기도 합니다."라는 말이 가슴 훈훈하게 울려 퍼졌을 것이다.

하지만 10년이 지난 지금은 대부분의 사람들에게 다보빌이 자신의 26피트짜리 보트, 섹터를 타고 혼자서 태평양을 노 저어 횡단했던 47세의 프랑스인이었다는 사실을 상기시켜 주어야 한다. 하루에 10시간에서 12시간씩 노를 저으면서 그는 시속 100마일의 바람과 서른 번이 넘게 보트를 뒤집어 버린 산더미 같은 파도와 싸워야 했다. 한번은 배가 뒤집히는 바람에 배를 바로 돌려놓을 때까지 두 시간이 넘게 배 밑에 갇혀 있어야 했다. 그리고 나서 그는 계속 노를 저었다.

코카서스 산맥의 남자들이 영웅적 행위를 정의하는 법은 '한 순간 더 견뎌 내는 것'이다. 한 순간 더. 필요한 만큼 오랫동안. 그 순간들을 혼자 견뎌 내야 할 때 그 행위는 상상할 수 없는 용기와 영광으로 확대되어 영웅적 행위를 능가하게 된다.

1991년 11월 21일 저녁, 일본의 고치를 떠나 134일의 혹독한 날들을 보낸 후 다보빌은 그 불가능한 모험을 시작하기 전보다 37파운드나 체중이 준 상태로 일와코 항에 발을 디뎠다. 그곳은 지금 내가 살고 있는 워싱턴 주의 노스 비치 반도에서 14마일 떨어진 어촌이다.

몹시 추웠던 그 11월의 아침에 나는, 광활한 태평양을 혼자서 정복한 것으로 세계인들의 상상력을 사로잡았던 그 영웅적 인물을 한 번 보겠다는 기대감에 부풀어 친구 두 명과 함께 포틀랜드에서 오리건 주의 애스토리아까지 차를 몰고 갔던 기억이 난다. 우리가 도착했을 무렵 다보빌은 이미 떠나고 없었지만 그런 사람을 보겠다는 기대감으로도 그 여행은 충분한 가치가 있었다.

영국인 탐험가 앱슬리 체리-가라드는 혼자 모험을 하던 중 "왜 어떤 사람들은 결과에 상관없이 이런 일들을 이렇게 절박하게 자발적으로 하려는 욕구를 가질까? 누가 시키는 것도 아닌데."라고 자문했던 적이 있다. 서루도 다보빌을 만난 자리에서 같은 질문을 했다.

"유용한 일은 짐승들이나 하는 거죠." 다보빌의 대답이었다. "짐승들은 먹을 것을 얻고 잘 곳을 찾고 안락하게 지내려고 합니다. 하지만 저는 뭔가 유용하지 않은 것을 해 보고 싶었어요. 짐승은 전혀 하지 않을 일 말입니다. 인간만이 할 수 있는 그 무엇을요."

그리고 준비된 용기와 용기를 잃지 않겠다는 정신으로 무장한 채 엄청난 역경에 도전하는 사람들에게만 주어지는 보기 드문 축복을 얻을 수만 있다면 혼자서 한다.

1933년 리처드 E. 버드(Richard E. Byrd) 제독은 자신이 이끄는 남극 탐험대가 리틀 아메리카(남극 탐험대 기지─역주)와 극지 사이의 간이 캠프에 머물고 있는 동안 볼링 전진 기상 기지(Bolling Advance Weather Base)에서 간이 천막을 치고 혼자 겨울을 지내기로 결정했다. 후에 자신의 저서『혼자서(Alone)』에서 버드는 "나는 단순히 지리적 의미의 개인적인 공간 이상의 것을 원했다."고 썼다.

"남극의 경계선에 나가 홍적세(洪積世)와 같은 절대적 추위와 어둠 속에서 나는 연구하고 생각하고 전축을 들으며 그 동안 하지 못했던 일을 할 시간을 가질 필요가 있었다. 7개월 동안 방해꾼이 거의 없는 오지에서 나는 내가 선택한 바로 그런 생활을 할 수 있었다. 밤과 바람, 추위를 피할 것들만 제외하고 나 이외에는 그 누구의 법도 따르지 않았다."

다보빌은 1922년 자신의 태평양 횡단에 관해 쓴 자신의 저서『혼자서(Seul: 불어로 혼자라는 뜻)』에서 왜 그렇게 고독한 항해를 시도했는지에 대해 설명하고 있다. 일본 고치를 출발한 후 10일 동안은 등 뒤에서 바람이 세차게 불고 앞에서는 40피트의 무시무시한 해구(海溝)가 물거품을 일으켰지만 그 이후로는 이상적인 기후 조건 속에서 그는 머나먼 목적지를 향해 30노트 속도로 12시간씩 노를 저으며 아주 성공적인 나날들을 보냈다. 그날 저녁 다보빌은 일기에 이렇게 썼다.

"나는 내 자신이 일으킨 전쟁에서 싸우는 유일한 저항 세력이다. 나의 모든 신체적 약점들과 포기하려는 유혹을 느끼는 내 자신이 나의 적이다. 하지만 그 유혹은 사람들이 생각하듯이 조난 신호를 보내거나 타월을 던지는 것이 아니다."

"우리 모두를 기다리고 있는 1,001가지의 작은 일상적인 유혹이다. 평소보다 5분 늦게 일어나는 것, 하루 일과가 끝나는 것을 알리는 벨소리가 나기 1분 전에 일을 중단하는 것, 다음 번 노를 조금 덜 힘차게 저으려는 것, 면도를 하지 않는 것 등."

"이것들은 일종의 사소한 포기다. 여기저기서 약간씩 게으름을 피우는 것, 그 자체로는 중요하지 않지만 모이면 결국은 굴복을 피할 수 없게 만드는 것들이다. 그리고 이와 같은 사소하고 우스꽝스러운 싸움, 이런 반복적이고 까다롭고 수치스러운 싸움들을 계속 견뎌 내면 결국은 우리를 승리로 이끌 것이다."

오랫동안 자신을 격리시켜야겠다고 마음먹어 왔던 로버트 보구키(Robert Bogucki)는 1999년 7월 12일에 오스트레일리아의 그레이트 샌디 사막에서 그 일에 착수했다. 그는 자신의 영적 자질에만 의존해 사막을 관통하는 400마일 트레킹 계획을 한 친구에게 알렸다. 그런 다음 이 33세의 알래스카 페어뱅크스 출신의 자원 봉사 소방대원은 험악하고 황량한 지형 속으로 사라졌다. 한 시간짜리 TV 프로그램인 데이트 라인 NBC에서 방영했던 방대한 수색 작업도 그렇게 시작되었다.

16만 평방 마일의 황무지—너무나 거친 땅이어서 원주민들도 살지 않는 곳이다—속으로 깊숙이 들어가는 보구키를 따라갔던 구조대는 그가 어떻게 그렇게 오랫동안 계속 갈 수 있었는지 놀라움을 금치 못했다. 그들은 보구키가 전 기간을 지탱할 물과 음식을 충분히 가져가지 못할 것이라는 사실을 알고 있었다. 그리고 매일 섭씨 30도가 넘는 날씨였음으로 오스트레일리아의 언론들이 '사막의 방랑자'라는 별명을 붙였던 그 남자에게 희망은 거의 없어 보였다.

수백 마일을 간 다음 결국 그의 발자국이 사라졌다. 수색 작업은 공식적으로 종결을 선언했다. 하지만 보구키의 부모들은 전문 수색팀을 고용해서 그를 찾는 노력을 계속했다. 수색대와 수색견들 그리고 헬리콥터를 풀어서 기적적으로 그의 흔적을 다시 찾아냈다. 그 다음에 그의 캠핑 장비도 찾아냈다.

그때까지 그는 휴대했으리라고 예상했던 생필품이라고는 전혀 없이 6주 동안 사막에 혼자 있었다. 헬기 수색 팀이 마침내 그의 배낭과 방수복, 물통과 그가 가장 소중하게 여겼던 소지품인 성경책을 발견했다. 그는 성경책을 지니지 않고 다닌 적이 한 번도 없었다. 그의 흔적은 계속 이어졌다. 지금까지는 꿋꿋이 직선이던 자취는 두서가 없어졌다. 또한 그의 발자국도 예전처럼 뚜렷하지 않았고 쉬어 간 시간도 너무 잦았다.

처음에는 하루에 평균 25마일을 갔는데 이제 3마일 미만이었다. 게다가 데이트 라인의 해설자에 의해 보구키의 여자친구가 공개한 그의 각오가 폭로되었다. 그는 이 일을 성공하지 못하면 광활한 황무지로 숨어 들어가 죽을 작정이었다. 시간이 지나면서 찾을 희망이 점차 줄어들고 있는데 수색 팀이 뜻밖에 그를 만났다. "고개를 숙인 채 헬기의 요란한 소음도 듣지 못한 듯 무작정 걸어가고 있었어요." 한 구조 대원의 말이었다.

체력이 떨어지고 너무 말라서 해골 같은 골격 위에 살갗이 늘어져 있던 보구키는 인근 병원으로 실려 갔다. 그는 체중이 44파운드나 줄어 있었다. 예전 몸무게의 3분의 1수준이었다. 그밖에는 이상이 없었다.

한편 세상 사람들은 이렇게 물었다. "그 남자 미친 거 아냐?" "왜 그런 짓을 했을까?" "도대체 뭘 찾고 있었던 거야?" 4개월 후 인터뷰를 통해 보구키의 대답이 TV를 통해 방영되었다. 그는 그런 여정을 10년 동안 꿈꾸어 왔다고 했다. 그런 여행을 한 것은 하느님이 존재하는지 알고 싶어서였다. 그게 아니면 자신의 삶이 무의미했을 테니까.

원래는 자전거를 타고 사막을 횡단하려고 계획했지만 모래가 너무 많은 지형이라 걷는 게 더 쉬울 것 같았다고 했다. 체력이 떨어지면서 강제로 자신을 밀어붙였다. 마침내 자신이 '시험받는' 순간에 이르렀다고 생각했다. 한번은 사흘 동안 물 한 모금 마시지 않고 가다가 견딜 수가 없어서 맨손으로 땅을 6피트나 파서 물을 발견했다. 사막에 핀 꽃들도 먹었다.

걸으면서 그는 생각하고 또 생각하고 울면서 시간을 보냈다고 했다. 자신의 삶에 관해 생각하고 하느님이 얼마나 인간을 사랑하는지에 관해서도 생각했다. 그리고 계속 걸었다. 몇 주 동안 먹을 음식이나 마실 물도 거의 없는 상태로 계속 걸었다. 정신을 잃지 않으려고 노력하면서 성경을 버리고 떠났다고 했다. 더 이상 성경이 필요하지 않았다.

그리고 나서 넓게 트인 땅에 있던 바위에 '살려 주세요.' 라고 쓰고는 계속 걸었다. 그는 나중에 "평화롭게 죽을 준비가 되어 있었어요."라고 했다.

보구키는 헬기가 그를 찾아내기 몇 분 전에 물을 발견했다. 사막으로 떠난 지 40일이 지난 후였다. 그는 먹을 것 없이 240마일을 걸으면서 풀과 꽃을 따먹고 흙탕물을 마시면서 살아남았다. 40이라는 숫자는 우연이 아니라고 그는 주장한다. 하느님과 모세도 모두 사막에서 정확히 40일을 보냈기 때문이다. 그는 "하느님이 하신 일입니다."라고 했다.

그에게 가장 중요한 점은 하느님과 자신의 관계를 알아낸 것이었다고 그는 데이트 라인과의 인터뷰에서 말했다. 그는 또 지난 11년 동안 사귄 여자친구와 결혼을 했고 자신이 되고자 했던 사람 이상이 되었으며 이제 다른 사람에게 더욱 가까이 갈 수 있게 되었다고 했다. 또 이제 더 이상 하느님을 찾아 먹을 것 마실 것 없이 지낼 필요가 없다고도 말했다.

"동정심과 친절한 마음을 더 잘 드러낼 수 있게 되었어요."

제라르 다보빌은 약간의 영감과 최대한의 노력에 의존해서 평범한 성공을 얻은 모든 사람을 위한 영웅이다. 특히 믿을 사람이 자기밖에 없는 사람들에게.

다보빌 같은 사람들—혼자서 믿기 어려운 역경과 위험을 초월하기 위해 떠나는 보기 드문 불굴의 의지를 지닌 남녀—은 고독에 대해

느끼는 것과 똑같은 두려움과 환상으로 우리에게 경외감을 불러일으
킨다.

그들은 왜 그런 일들을 할까? 그리고 왜 혼자일까? 이런 물음은
고독한 시련에서 살아남는 운명에 따라다니는 것이며 고독을 선택하
는 것은 별개의 문제다.

해양 건축가인 스티븐 캘러헌(Steven Callahan)은 길이 5와 2분의
1피트인 공기주입용 뗏목으로 대서양에서 76일을 떠돌며 다보빌과
똑같은 정신적, 신체적 그리고 심리적 도전을 견뎌 냈다. 하지만 캘러
헌처럼 재난에서 살아남은 사람들은 암울한 시기에 혼자 모험을 떠났
던 사람들을 미치게 만들 수도 있었던 회의나 비판, 자기 비난 등이
없다. 후자에게는 자신 이외에는 비난할 사람이 아무도 없기 때문이
다. 그들을 위험한 길로 던져 넣은 운명조차도 비난의 대상이 아니다.

그러면 왜 다보빌과 같은 남녀는 혼자서 고난의 여정을 떠나는 걸
까? 단독으로 감행하는 것이 자신들의 업적에 왜 그렇게 중요한 요소
일까? 심리적 보상이 줄어들어서? 아니면 다른 사람과 모험을 공유하
면 무언가가 달라질까봐?

나는 다보빌의 책에서 해답을 찾아보았다. 그리고 그 프랑스인에
게는 자신의 믿기 어려운 업적의 가장 중요한 측면은 혼자서 해냈다
는 점이라는 재미있는 사실을 발견했다(그래서 그의 책제목을 『혼자
서』라고 붙였다).

책의 본문에서 완전히 독자적으로 자신을 시험해야 했던 일에 관
한 그의 느낌을 표현하는 말들을 찾다가 그가 환상적인 항해를 마친
후에 기록했던 내용 중에서 내가 발견한 설명과 가장 가까운 것을 찾

아냈다.

"고치에서 출발할 때 내 목표는 이타적인 것이 아니었다. 나는 결코 스승이 아니다. 전할 메시지도 없다. 세상을 비추는 빛도 아니다. 하지만 하루하루(그의 모험 후에 받았던 편지들) 계속 읽어 나가면서 그럼에도 내가 다양한 사람들에게 희망을 주었다는 사실을 깨달았다. 감옥에 갇힌 사람들, 실직자들, 천대받는 사람들, 집 없는 사람 등. 내가 어떤 이유로든 우울하고 낙담한 사람들의 삶에 감동을 주었던 것이다.

"그리고 또 나처럼 우울해질 정도로 혼자 있는 시간이 많은 나이든 사람들의 삶에 희망과 빛을 가져다주었다는 것을 알았다."

내가 돈 스미스에게 쉰여덟 살에 죽음을 앞두고 가장 후회되는 점이 뭐냐고 묻는 사이에 청명했던 낮이 서서히 밀려나고 진홍색 태양빛이 막 태평양 바다 속으로 빠져 들고 있었다.

오리건 해안에서, 살아남기 위해 안간힘을 쓰고 있는 아이다호 출신의 그 남자는 "긴장된 상태로 보낸 세월"이라고 대답했다. 그가 암의 맹공격을 받기 전 자신의 삶에 대해 얘기할 때 언젠가 써먹었던 적이 있는 말이었다. 나는 '긴장된' 세월이 어떠했느냐고 물었다.

"끊임없이 지배하려는 거죠." 그는 기억하는 것조차 고통스러운 듯 짜증이 묻어나는 말투로 퉁명스럽게 대답했다.

"나는 자기중심적이고 끊임없는 경쟁과 앞만 보고 달리는 타입이었어요. 자기중심적인 성격이 내 인생을 지배했지요. 누구와도 물밑 협상을 벌일 수 있고 그들을 압도할 수 있는 경험이 있다고 생각했으며 주어진 기회는 모두 이용했지요."

"언제나 나의 가치를 증명하려고 애썼어요. 대개는 나와 가장 가까운 사람들을 희생시킨 대가였습니다. 내가 얼마나 역동적이며 재능이 있고 매력적이고 성공적인지 보여 줘야 했어요. 제 자신에 대한 믿음이 부족해서 생긴 거였죠. 제 자신에 대한 믿음이 없었거든요. 그래서 다른 사람들로부터 믿음을 얻어야 했던 겁니다."

스미스는 몹시 분개했다. 나 때문이 아니라 쫓기듯 살아왔던 그 모든 세월을 허비한 자신에 대한 분노라는 것을 느낄 수 있었다. 21년간 함께 살다가 이혼했던 아내와 두 아들, 그리고 하나 있는 딸에 관해 이야기 할 때는 슬픔이 깔려 있었다. 이제 30줄에 들어선 아이들은 각지에 뿔뿔이 흩어져서 살고 있다. 그는 거의 8년 가까이 아이들을 만나지 못했다.

"그 사람을 편하게 해 주지도 지켜 주지도 못했어요." 아이들 엄마에 관해 말했다. "그 사람에게 필요했던 것은 내가 인정해 주는 것뿐이었는데. 그게 가장 크게 후회가 됩니다. 아내가 잘하고 있다는 말을 한 번도 해 주지 못한 거 말입니다. 아내가 잘못한다는 말만 했죠. 항상 잘못한다고."

스미스는 멋쩍게 웃었다. "저는 평생 편두통을 앓았어요. 그런데 이제 죽음을 앞두고 예전에 앓았던 대장염과 함께 그것도 사라져 버렸어요." 그가 머리를 설레설레 저었다. "모든 나쁜 것들 틈에서 생긴 유일하게 좋은 일이죠."

이제 시간이 얼마 없었다. 나는 갈 길이 멀어 그만 일어나야겠다고 말하고는 마지막으로 "죽음을 눈앞에 두고 살아온 지난 몇 년 동안 배운 점이 뭔가요? 다른 사람들이 자신들의 삶과 죽음을 더 나은 것으로 만들어 갈 수 있도록 해 주고 싶은 말은 없습니까?'라고 물었다.

다음은 우리가 함께했던 마지막 몇 분 동안 그가 해 준 말이다.

"부정적인 면을 없애 버리세요. 그대로 놔두면 인생의 너무나 많은 부분을 그 시커먼 찌꺼기와 함께 하수구로 내려 보낼 수 있어요. 모든 부정적 감정들이 우리를 병들게 하지요. 한편 모든 긍정적인 감정들은 우리를 치유해 줍니다."

"하루가 전부라고 생각하고 살아가십시오. 이것은 마음에 새겨 둘 만한 충고입니다. 지금 저는 그보다 더 나은 방법으로 살고 있지요. 1분이 전부라고, 아니 1초가 전부인 것처럼 사는 겁니다. 살아 있는 매 순간이 너무나 소중하니까요."

"건강할 때 건강을 소중하게 지키십시오. 몇 년 전 아주 친한 친구 한 명이 흡연으로 인해 심장병과 암 진단을 받았어요. 오래전에 담배를 끊으라는 말을 들었는데 말입니다. 그 당시 저도 끊을 거라고 했지만 못 끊었고 그 친구도 못 끊었어요. 지금은 지각 있는 사람들이 의도적으로 자신을 독살하고 있는 것이 정말 경멸스러워요. 나는 생명을 유지하기 위해 필사적으로 매달리고 있는데 말입니다."

"하고 싶은 일을 모두 기록한 다음 제일 좋은 것을 가장 먼저 하세요. 당신이 하는 일을 모두 가능성으로만 본다면 결국 아무 것도 못 하고 끝날 수도 있어요. 그러니까 한 가지에만 집중해서 그 일을 하세요. 그리고 다음 것으로 넘어가는 겁니다."

"현재 가지고 있는 것에 감사하세요. 그래야 하는 충분한 이유가 있어요. 그것들이 그리 오래 가지 않을 수도 있으니까요. 제 말을 믿으세요."

"인생을 즐기세요! 죽음을 눈앞에 두면 너무나 많은 것들이 하찮게 느껴집니다. 죽음을 부정하면서 살지 마세요. 죽음이란 정말 당신이 아닌 다른 모든 사람, 다시 말해 다른 누군가에게 일어나는 일이 아닙니다."

"자신과 화해하세요. 살아가면서 더 이상 모든 사람과 모든 것을 지배해야 한다는 느낌을 받지 않는 것은 정말 멋진 일입니다. 끊임없이 우주의 중심이 되려고 노력하지 않게 되면 그렇게 마음이 편할 수가 없어요."

"자기 이외의 무언가를 믿으세요. 하느님이나 부처님, 피라미드 등 당신의 내면을 치유하고 성장시키는 데 도움이 되는 무엇이든 말입니다."

"자기라는 현실을 받아들이고 거기서부터 풀어 나가세요. 거짓 희망으로 자신을 속이지 마세요. 그러면 결국 더욱 고통스러워질 겁니다."

"자기 삶에서 잡동사니들은 모두 내다 버리세요. 중요한 것만을 간직하고 그것에 완전히 몰두하세요."

"포기하지 마세요. 자신에게 쓸모가 있고 다른 사람에게 도움이 될 수 있다면 그것으로도 충분히 살 이유가 됩니다."

나는 돈에게 고맙다고 말하고 작별 인사를 했다. 그리고 다시는 그를 보지 못했다. 나는 아직도 그가 태평양 바닷가 어딘가에서 그가 사랑하는 석양을 바라보고 있기를 바란다. 해변에서 혼자 죽음을 맞고 있던 그 남자가 자신이 의도했던 영웅이 되었기를 바란다.

해변으로 이사 온 지 7년 후 나는 팩스와 모뎀, 컴퓨터와 워드프로세서 등 이것저것을 완전히 구비하고 고독에 관해 아는 대로 기록하기 시작했다.

고독은 마약이나 술, 음식, 도박, 섹스 또는 사람에 대한 중독에서 벗어나려고 애써 본 적이 있는 사람들은 알듯이 우선 많은 양을 섭취하는 게 가장 좋다는 것을 알게 되었다. 질투심 많은 연인인 고독은 요구가 많긴 하지만 결연한 헌신에 대해서는 기꺼이 보상을 해 준다.

나는 저 높은 신들의 세계에서 서열이 비교적 낮고 과로에 시달리는, 과소평가된 고독이라는 여신이 있다는 사실을 믿게 되었다. 고독의 여신이 하는 일은 다양하며 빈틈없이 짜여 있다. 시작되는 일이든 끝나는 일이든 상관없이 확실히 하는 것도 그의 일에 속한다.

그는 또 위험과 헌신에 대한 보상을 해 주는 책임을 지고 있다. 그리고 대개는 자신이 즐겨야 할 시간까지 써 가면서 그 일을 한다. 너무 바쁘기 때문이다. 고독의 여신은 모든 사람들에게 그들이 받아야 할 것을 정확하게 나누어 준다. 그가 있기 때문에 그날 할 일을 끝내지 못한 사람은 결코 자신의 꿈을 이룰 수 없으며 우리가 자신에 대한 믿음을 가질 때까지는 진정으로 가치 있는 일이 일어나지 않는 것도 고독의 여신이 주관하는 일이다.

고독의 여신은 위험을 감수하지 않으면 획득할 가치가 없다는 사실을 가르쳐 준다. 도박판이 클수록 상금은 커지며 우리를 죽음에 이르게 하는 것은 실패와 상실, 배제가 아니라 확고하지 않은 시도라는 것을 가르친다. 확고하지 않은 시도는 후회를 낳고 후회가 많아지면 치명적이 되기 때문이다.

고독으로 인해 나는 이렇게 자문하는 것을 배웠다. "도대체 넌 누구에게 감명을 주고 싶은가?" 나는 기쁜 소리로 대답한다. "어느 누구도 아니지!"

물론 내 자신이다.

고독 때문에 나는 마침내 자아 확인과 자아실현, 자존감은 다른 사람들이 나에 대해 생각하는 것과 아무 상관없으며 모든 것은 내가 내 자신에 대해 생각하는 것에 좌우된다는 수준까지 도달할 수 있었다.

고독의 여신은 자기 자신을 줄 맨 앞에 세워야 하고 자신의 사랑과 존경과 애정을 먼저 얻어야 한다는 사실을 깨닫기 전에 다른 사람들―부모, 교사, 고용주, 구혼자, 배우자, 연인, 낯선 사람들과 친구들―의 판단을 받으며 전 생애를 보내는 것이 얼마나 슬픈 일인지 가르쳐 준다. 다른 모든 것은 저절로 해결될 것이다.

고독의 여신은 또 이렇게 탄식하며 속삭인다. 다른 사람들의 기대로부터 자유롭게 되기까지 그렇게 오랜 세월을 기다려야 하는 것이 얼마나 비극인가.

고독의 여신은 또 거울을 들여다보라고 가르친다. 거울 속에는 문제의 눈만 보일 것이다. 당신을 진정으로 이해하고 인정하는 유일한 눈. 그 눈 속에서 당신은 모든 존경과 인정, 당신이 원했던 애정과 존중을 발견할 것이다.

그리고 당신이 다른 사람들로부터 받는 모든 것이 필요가 아니라 선물로 다가올 것이다.

마침내 고독은 희생과는 거리가 먼, 시간만이 당신에게 줄 수 있는 상이라는 사실을 알게 될 것이다.

감사의 글

오랫동안 나를 제외하고는 이 책이 빛을 볼 수 있을 것이라고 믿었던 사람은 아무도 없었다. 그러던 중 이 책에 믿음을 보여 준 특별한 사람들이 한 명 한 명 생겨났다. 그들에게 진심 어린 감사와 존중, 애정을 보낸다.

캘리포니아 주 버뱅크의 유능한 나의 에이전트 수전 트래비스. '나의 에이전트에 따르면…… 나의 에이전트가 없었더라면 이 일을 할 수 없었을 것이다. 나의 에이전트는 기가 막히다!'라고 할 때 '나의 에이전트'라는 말은 얼마나 기분 좋은가.

그리고 비언드 워즈 출판사의 참을성 있고 민감하며 통찰력 있는 편집자들. 이 책에서 '공감'을 얻은 로즈메리 레이. 그녀의 야무지고 예민한 손길은 후에 군더더기 없는, 힘 있는 책, 일관성 있고 정직한 책을 만드는 데 결정적인 역할을 했다. 항상 친절하고 변함없는 도움을 주었던 줄리 스타이저발트. 창의적이고 철저한 직업 정신으로 무장한 로라 칼스미스. 상당히 개인적인 생각과 느낌을 성실하고 존경 어린 마음으로 처리하면서 자신이 해야 할 일들을 해 주었던 데이비드 에이블. 그리고 모든 결정이 시작되고 끝나는 정상의 자리에 친절하고 개방적이며 배짱 두둑한 신디 블랙이 있었다. 이제 우리 집에 불이 난다 해도 출판사에 전화할 필요가 없어 다행이긴 하지만 이 책을 출간하는 데 이보다 더 능력 있고 고무적인 팀은 상상조차 할 수 없다.

이 책의 출판에 완벽한 출판사로 비언드 워즈를 접촉해 보라고 용기를 주었던 포틀랜드의 백작부인 캐런. 그녀가 없었더라면 이 책은 내 마음과 머릿속에 영원히 머물러 있었을지도 모른다. 그녀의 엄청난 열정과 참여는 이 책의 시각과 원래 모습을 보존하는 데 필수적이었다.

서북부의 「작가」 지에 나의 해변으로 가는 여정을 기록할 기회를 주었던 졸린 콜롬보의 격려는 이 책의 출간에 씨앗이 되었다.

오랜 세월 나와 함께 또는 헤어져서 살아왔던 제인. 그녀는 아이들 다음으로 그 누구보다 나를 잘 알고 아껴 주었다. 이 책에 담긴, 말로 하지 못했던 사과와 이제 와서 깨달은 후회의 많은 부분은 그녀를 의중에 둔 것들이다.

그리고 자신들의 생각과 느낌, 진심에서 우러난 감정을 조금도 거짓 없이 솔직하게 나누어 주었던 헌신적이고 관대했던 모든 사람들. 그들의 용기 있고 영감을 주는 이야기가 아니었더라면 이 책은 존재할 수 없었을 것이다. 그들이 누구인지는 여러분이 잘 알 것이다

옮긴이의 글

언젠가 우리나라 사람들은 관계를 통해 행복을 느끼는 경우가 가장 많다는 조사 결과를 읽은 적이 있다. 인간은 사회적 동물이기에 당연히 그럴 거라고 생각할 수도 있다. 나 역시 지금까지 타인과의 관계를 통해 울고 웃었으며 한 번도 관계를 떠나 살았던 적이 없었으니 말이다.

그런데 이 책은 의도적으로 관계와 단절된 시간을 보냄으로써 삶의 의미와 진정한 자아를 찾으려는 사람들의 이야기를 들려준다. 그들이 추구하고 경험한 홀로 있음이 결코 편안하거나 쉬운 삶은 아니다. 그런데 왜? 이 책에 등장하는 많은 남녀의 사연들이 그 대답이다. 혼자를 선택한 사람들의 이유나 동기는 각양각색이다. 하지만 공통적으로 들을 수 있는 대답은 자신의 내면 깊은 곳을 들여다볼 시간을 가지고 존재의 중심에서 자신에 대한 성찰을 하기 위해서다. 관계 속에 묻혀 살다 보면 어느새 내 자신의 모습은 잃어버리고 만다. 타인이라는 거울 없이는 내 자신의 모습조차 볼 수 없다. 그런 나는 조건과 환경에 따라 수시로 변하며 거울의 반응에 따라 행복해지기도 하고 불행해지기도 한다.

그래서 늘 불안하고 시선은 늘 타인에게 맞춰져 있다. 하지만 그들의 눈에 비친 나는 허상일 따름이다.

홀로 있는 시간은 자기 자신에게 시선을 돌리게 한다. 나에게 초점을 맞추고 끊임없이 나를 들여다보면 존재의 중심에 이르게 되고 진정한 자아를 찾게 되며 궁극적으로 있는 그대로의 자신을 사랑할 수 있게 된다. 하지만 이 모든 것들이 주위와의 단절 없이는 불가능하다.

그래서 저자는 홀로 있는 시간을 가지라고 끊임없이 주장하고 정당화한다. 홀로 사는 삶의 모습은 다양하다. 오지나 황야에 들어가 절대적 고독을 경험할 수도 있고 도시 한가운데서도 자신을 철저히 고립시킴으로써 홀로 있음을 보장받을 수도 있다. 그보다 온건한 방법으로 사회 생활을 유지하되 독신을 고수하는 사람들도 있다. 배우자란 가장 친밀한 관계이면서도 혼자 있는 시간을 가장 방해하는 존재이기 때문이다. 또 어느 정도 거리를 유지하는 공동체 생활을 통해 혼자 있는 시간을 보장받는 삶의 방식을 택한 이들도 있다.

이 책의 장점은 혼자 사는 삶의 모습들을 다양하게 소개함으로써 독자들로 하여금 자신에게 맞는 방법을 찾아 한 번쯤 시도해 보려는 마음이 들게 한다는 점이다.

어떻게든 혼자 있는 시기를 경험해 보지 않고는 자신이 누구인지, 자신이 진정으로 원하는 것이 무엇인지, 나아가서 진정한 행복을 느낄 수 없다는 주장이 홀로 있음을 경험하고 싶은 강렬한 충동을 느끼게 하는 책이다.

참고 문헌

Allen, Woody. *The Complete Prose of Woody Allen*. New York: Wing Books, 1991.

American Psychiatric Association. *Diagnostic and Statistical Manual of Mental Disorders*. 4th ed. Washington, D.C.: American Psychiatric Association, 1995.

Andre, Rae. *Positive Solitude*. New York: HarperCollins Publishers, 1991.

Bancroft, Anne. *Twentieth-Century Mystics and Sages*. London: Penguin Group, 1989.

Baumgartner, Susan. *My Walden: Tales from Dead Cow Gulch*. Freedom, Calif.: The Crossing Press, 1992.

Bender, Sue. *Plain and Simple: A Woman's Journey to the Amish*. San Francisco: Harper & Row Publishers, 1989.

Berger, Peter L. *Sociology: A Humanistic Perspective*. New York: Anchor Books, 1990.

Bode, Richard. *Beachcombing at Miramar*. New York: Warner Books, 1996.

Burns, David D. *The Feeling Good Handbook*. New York: William Morrow & Co., Inc., 1989.

Cadish, Barry. *Damn! Reflections on Life's Biggest Regrets*. New York: Andrews McMeel Publishing, 2001.

Callahan, Steven. *Adrift: Seventy-Six Days Lost at Sea*. Boston: Houghton Mifflin Co., 1986.

Coleridge, Samuel Taylor. *Poems of Samuel Taylor Coleridge*. New York:

Thomas Y. Crowell Co., 1967.

Cooper, David A. *Entering the Sacred Mountain.* New York: Bell Tower, 1994.

Csikszentmimalyi, Mihaly. *The Psychology of Optimal Experience.* New York: Harper & Row Publishers, 1990.

Cunningham, Lawrence S. *The Catholic Heritage.* New York: Crossroad, 1972.

D' Aboville, Gerard. *Alone.* New York: Arcade Publishing, 1993.

De Mello, Anthony. *The Way to Love.* New York: Doubleday, 1992.

Dillard, Annie. *Pilgrim at Tinker Creek.* New York: Harper & Row Publishers, 1974.

Dowrick, Stephanie. *Intimacy and Solitude.* New York: W. W. Norton & Co., 1981.

Dunne, John S. *The Reasons of the Heart.* Macmillan Publishing Co., Inc., 1978.

Elgin, Duane. *Voluntary Simplicity.* New York: William Morrow and Co., Inc., 1981.

Eliot, T. S. *T. S. Eliot: Collected Poems 1909~1962.* New York: Harcourt, Brace & World, 1963.

Ericsson, Stephanie. *Companion Through the Darkness.* New York: HarperCollins Publishers, 1993.

Erskine, Helen Worden. *Out of This World.* New York: G. P. Putnam's Sons, 1953.

Friday, Nancy. *Women on Top.* New York: Simon & Schuster, 1991.

Friedan, Betty. *The Fountain of Age.* New York: Simon & Schuster, 1993.

Fromm, Pete. *Indian Creek Chronicles.* New York: St. Martin's Press, 1993.

Gardner, Sean. *Missionary.* New York: 1stBooks, 2001.

Gilman, Dorothy. *A New Kind of Country.* New York: Fawcett Crest, 1978.

Goldenson, Robert M., and Kenneth N. Anderson. *Sex A to Z.* New York: World Almanac, 1989.

Griffin, Susan. *A Chorus of Stones.* New York: Doubleday, 1992.

Gustafson, Jane. *Celibate Passion.* New York: Harper & Row Publishers, 1978.

Halpern, Sue. *Migrations to Solitude.* New York: Pantheon Books, 1992.

Hanh, Thich Nhat. *The Miracle of Mindfulness.* Boston: Beacon Press, 1987.

Hanh, Thich Nhat. *Peace Is Every Step.* New York: Bantam Books, 1992.

Holland, Barbara. *One's Company.* New York: Ballantine Books, 1992.

Janus, Cynthia L. *The Janus Report on Sexual Behavior.* New York: John Wiley
    & Sons, Inc., 1993.

Karper, Karen. *Where God Begins to Be.* Grand Rapids, Mich.: William B.
    Eerdmans Publishing Co., 1994.

Kelly, Marcia, and Jack Kelly. *Sanctuaries.* New York: Harmony Books, 1993.

Koller, Alice. *The Stations of Solitude.* New York: Morrow, 1990.

Kottler, Jeffrey. *Private Moments, Secret Selves.* Los Angeles: Jeremy P. Tarcher,
    Inc., 1990.

Lapham, Lewis H. *Money and Class in America.* New York: Ballantine Books, 1989.

Lax, Eric. *Woody Allen.* New York: Alfred A. Knopf, 1991.

L'Engle, Madeleine. *A Circle of Quiet.* New York: Farrar, Straus and Giroux, 1972.

Leslie, Edward E. *Desperate Journeys, Abandoned Souls.* Boston: Houghton
    Mifflin Co., 1988.

Lindbergh, Anne Morrow. *Gift from the Sea.* New York. Vintage Books, 1991.

Masters, William H., and Virgina E. Johnson. *Human Sexual Response.* Boston:
    Little, Brown and Co., 1966.

McCall, Edith. *Sometimes We Dance Alone.* Thorndike, Maine: G. K. Hall &
    Co., 1994.

Merton, Thomas. *Thoughts In Solitude.* New York: Farrar, Straus & Cudahy,
    1958.

Mookerjee, Ajit, and Madhu Khanna. *The Tantric Way.* Boston: New York
    Graphic Society, 1977.

Moore, Brian. *The Lonely Passion of Judith Hearne.* Boston: Little, Brown and
    Co., 1955.

Moustakas, Clark E. *Loneliness and Love.* New York: Prentice Hall Press, 1991.

Nelson, Richard. *The Island Within.* New York: Vintage Books, 1991.

Nomura, Yushi. *Desert Wisdom.* New York: Doubleday & Co., Inc., 1982.

Norris, Kathleen. *Dakota: A Spiritual Journey.* New York: Houghton Mifflin

Co., 1993.

Olson, Sigmund. *Reflections from the North Country.* New York: Alfred A. Knopf, 1976.

Orem, Sara, and Larry Demarest. *Living Simply.* Deerfield Beach, Fla.: Health Communications, Inc., 1994.

Palmer, Greg. Death: *The Trip of a Lifetime.* San Francisco: HarperSan Francisco, 1993.

Patterson, Richard B. *Becoming a Modern Contemplative.* Chicago: Loyola University Press, 1995.

Peck, M. Scott. *The Road Less Traveled.* New York: Simon & Schuster, 1978.

Perkins, Robert. *Into the Great Solitude.* Henry Holt and Co., 1991.

Richards, Judith. *The Sounds of Silence.* New York: Putnam, 1977.

Richards, Mary Caroline. *Centering in Pottery, Poetry, and the Person.* Middletown, Conn.: Wesleyan University Press, 1989.

Rinpoche, Sogyal. *The Tibetan Book of Living and Dying.* San Francisco: HarperCollins, 1992.

Roskolenko, Harry, ed. *Solo.* Chicago: Playboy Press, 1973.

Roth, Philip. *Portnoy's Complaint.* New York: Random House, 1967.

Russianoff, Penelope. *Why Do I Think I Am Nothing Without a Man?* New York: Bantam Books, 1982.

Sallis, James. *Renderings.* Seattle: Black Heron Press, 1995.

Sarton, May. *The House by the Sea.* Boston: G. K. Hall & Co., 1977.

—. *Journal of a Solitude.* New York: W. W. Norton & Co., 1973.

—. *The Silence Now.* New York: W. W. Norton & Co., 1988.

Scot, Barbara J. *Prairie Reunion.* New York: Farrar, Straus and Giroux, 1995.

—. *The Violet Shyness of Their Eyes.* Corvallis, Ore.: Calyx Books, 1993.

Seferis, George. *"Summer Solstice." In The Antaeus Anthology,* edited by Daniel Halpern. New York: Bantam Books, 1986.

Shannon-Thornberry, Milo. *The Alternate Celebrations Catalogue.* New York: The Pilgrim Press, 1982.

Sheehan, George. *Going the Distance.* New York: Villard, 1996.

Shi, David E. *The Simple Life.* New York: Oxford University Press, 1985.

Shulman, Alix Kates. *Drinking the Rain.* New York: Farrar, Straus and Giroux, 1995.

Siebert, Al. *The Survivor Personality.* Portland, Ore.: Practical Psychology Press, 1993.

Sinetar, Marsha. *Ordinary People as Monks and Mystics.* Mahway, N. J.: Paulist Press, 1986.

Slocum, Joshua. *Sailing Alone Around the World.* London: Century Publishing, 1984.

Smith, Don Ian. *Wild Rivers and Mountain Trails.* Nashville, Tenn.: Abingdon Press, 1972.

Steindl-Rast, David, with Sharon Lebell. *The Music of Silence.* San Francisco: HarperCollins, 1995.

St. James, Elaine. *Simplify Your Life.* New York: Hyperion, 1994.

Stoddard, Alexandra. *Living a Beautiful Life.* New York: Random House, 1986.

Storr, Anthony. *Solitude: A Return to the Self.* New York: The Free Press, 1988.

Talbot, John Michael. *Hermitage.* New York: Crossroad, 1989.

Thoreau, Henry David. *Three Complete Books.* New York: Gramercy Books, 1993.

Walker, Susan, ed. *Speaking of Silence.* New York: Paulist Press, 1987.

Warren, Ann K. *Anchorites and Their Patrons in Medieval England.* Berkeley: University of California Press, 1985.

Watts, Alan. *The Book: On the Taboo Against Knowing Who You Are.* New York: Pantheon Books, 1966.

Winokur, Jon, comp. and ed. *The Portable Curmudgeon.* New York: New American Library, 1987.

Younghusband, Francis. *Modern Mystics.* New York: E. P. Dutton & Co., Inc., 1935.

Yount, John. *Toots In Solitude.* New York: St. Martin's/Marek, 1984.

혼자라는 즐거움

첫판 1쇄 인쇄 2005년 3월 10일
첫판 1쇄 발행 2005년 3월 15일

지은이   라이오넬 피셔
옮긴이   이혜경
펴낸이   장세우

편집장   김분하
편 집   정미정, 장영호
디자인   황진희

펴낸곳   (주)대원사
주 소   (140-901)서울시 용산구 후암동 358-17
전 화   (02)757-6717(대)
팩시밀리 (02)775-8043
등록번호 등록 제3-191호
홈페이지 www.daewonsa.co.kr

값 10,800원

ISBN 89-369-0992-4 03840

잘못 만들어진 책은 바꾸어 드립니다.